Frank Schäfer

HENRY DAVID THOREAU

WALDGÄNGER und REBELL

Eine Biographie
Mit zahlreichen Abbildungen

Suhrkamp

Erste Auflage 2017
suhrkamp taschenbuch 4769
Originalausgabe

Umschlaggestaltung: Rothfos & Gabler, Hamburg
Satz: Greiner & Reichel, Köln
Druck und Bindung: CPI – Ebner & Spiegel, Ulm
Printed in Germany
ISBN 978-3-518-46769-5

Inhalt

HENRY DAVID THOREAU

WALDGÄNGER und REBELL

DER FURCHTBARE THOREAU

Personen

HENRY DAVID THOREAU
Waldgänger, Naturdichter, Prophet und Rebell.

RALPH WALDO EMERSON
der »Schiller Amerikas«, Thoreaus Mentor und Freund.

ELLERY CHANNING
Dichter und loser Geselle, Thoreaus Freund.

NATHANIEL HAWTHORNE
Bestsellerautor und schwarzer Romantiker, Thoreaus Freund.

LOUISA MAY ALCOTT
Feministin und erfolgreiche (Jugend-)Schriftstellerin, Freundin von Thoreau.

ROBERT LOUIS STEVENSON
Bestsellerautor und Thoreaus späterer Kritiker.

RICHARD FULLER
Thoreaus Nachhilfeschüler und Reisegefährte.

ELIZABETH HOAR
Thoreaus Schulfreundin, Emersons enge Vertraute.

HENRY DAVID THOREAU Es dürfte angemessen sein, wenn ich zunächst einen Eindruck von meiner Gestalt und meiner Art gebe. Ich bin etwa 1,69 Meter groß – von einem hellen Teint, eher schlank gebaut, und erreiche gerade [1841] das römische Mannesalter. Bin einer, der öfter nach Westen als nach Osten blickt – der beim Verlassen des Hauses mehr Gemütsbewegung zeigt als beim Hineingehen – der den Winter genauso wie den Sommer liebt – Wald genauso wie Feld – Dunkelheit wie Licht. Bin eher einsam als gesellig – weder unstet noch untätig – aber von jeder Jahreszeit beschwingt, bei Tag oder Nacht, nicht durch das Ziehen eines Glockenseils, sondern von einem anmutigen Säuseln oben in der Kiefer in den Wäldern von Concord.

RALPH WALDO EMERSON Thoreau war mit einem sehr anpassungsfähigen und robusten Körper gesegnet. Er war von kleiner Statur …

ELLERY CHANNING Er war von durchschnittlicher Größe …

RALPH WALDO EMERSON … kräftig …

ELLERY CHANNING ... mager geschnitten, mit Gliedern, die länger als gewöhnlich waren oder die er einsetzte, als wären sie länger.

RALPH WALDO EMERSON ... mit heller Gesichtsfarbe, mit starken, ernsten blauen Augen und einem prägenden Merkmal – er trug in späteren Jahren einen würdigen Bart.

ELLERY CHANNING Wenn man sein Gesicht einmal gesehen hatte, konnte man es nicht vergessen.

NATHANIEL HAWTHORNE Er ist hässlich wie die Sünde, hat eine lange Nase, einen schiefen Mund und besitzt ungehobelte und ein wenig ländliche, aber dennoch höfliche Manieren, die sehr gut zu solch einem Erscheinungsbild passen.

ELLERY CHANNING Die Züge waren sehr ausgeprägt: die Nase wie ein Adlerschnabel oder sehr römisch wie bei einem der Bildnisse Caesars ...; starke, überhängende Brauen über sehr tiefliegenden Augen, die je nach Beleuchtung blau oder grau erschienen – Augen, in denen sich alle Arten des Empfindens ausdrückten, aber keine Schwäche oder Kurzsichtigkeit.

NATHANIEL HAWTHORNE Allerdings ist seine Hässlichkeit von der ehrlichen und liebenswürdigen Sorte und steht ihm viel besser als Schönheit.

LOUISA MAY ALCOTT Neben den Makeln sah das Kennerauge die prächtigen Züge, die als Schablone für den perfekten Mann dienen konnten.

ELLERY CHANNING Die Stirn nicht übermäßig breit oder hoch, voll geballter, zweckbewusster Energie; der Mund mit vorspringenden Lippen, die im Schweigen bedeutungs- und gedankenvoll aufgeworfen waren und von denen, wenn sie sich öffneten, die mannigfaltigsten, ungewöhnlichsten und belehrendsten Sprüche strömten. Sein Haar war dunkelbraun, übermäßig voll, fein und weich.

ROBERT LOUIS STEVENSON Thoreaus schmales, eindringliches Gesicht mit der großen Nase deutet selbst in einem schlechten Holzschnitt noch auf seine geistigen und charakterlichen Grenzen hin.

NATHANIEL HAWTHORNE Er ist ein einzigartiger Charakter ...

Thoreau 1854
(Samuel Worcester Rowse)

RICHARD FULLER Mit Thoreau war ich in bester Gesellschaft. Er war ein College-Absolvent von großer Bildung …

NATHANIEL HAWTHORNE … der immer noch viel wilde, ursprüngliche Natur in sich trägt, und soweit er kultiviert ist, ist er es auf seine ganz eigene Art und Weise.

RALPH WALDO EMERSON So konnte er das Geräusch seiner Schritte, das Knirschen der Kiesel unter seinen Schuhen nicht ertragen und lief deshalb, wenn möglich, nie auf der Straße, sondern im Gras und abseits der Straßen über Hügel und durch Wälder. Seine Sinne waren scharf und er bemerkte, dass jedes Wohnhaus nachts einen schlechten Geruch verströmte, wie ein Schlachthof.

ROBERT LOUIS STEVENSON Sein schier beißend scharfer Verstand, seine schier animalische Geschicklichkeit wurde nicht von der umfassenden Lebendigkeit unserer sonstigen Helden begleitet. Er war nicht ungezwungen, nicht großzügig, nicht weltgewandt, nicht einmal freundlich; seine Freude lächelte kaum, oder das Lächeln war nicht breit genug, um zu überzeugen.

RICHARD FULLER Er war durch und durch uneigennützig, wirklich kultiviert, aufrichtig und von wahrem Geist. Ich fand nicht nur Gefallen an seinem detaillierten und kritischen Wissen über die Angelegenheiten der Natur, sondern auch an seiner Einschätzung ihrer flüchtigen Gnaden, diese Haltung ergänzte meine Bildung.

NATHANIEL HAWTHORNE Ich glaube, er hat in Cambridge studiert und früher in dieser Stadt unterrichtet, doch seit zwei oder drei Jahren hat er alle gewöhnlichen Mittel, seinen Lebensunterhalt zu verdienen, zurückgewiesen und scheint dazu geneigt, eine Art Indianerleben unter zivilisierten Menschen zu führen – unter Indianerleben verstehe ich das Vermeiden jeglicher systematischen Anstrengung, ein Auskommen zu finden.

RALPH WALDO EMERSON Er verfolgte ein umfassenderes Ziel: Die Kunst, gut zu leben. Wenn er die Meinung anderer gering schätzte und sich über sie hinwegsetzte, dann nur deshalb, weil er seine Handlungen mit seinem Glauben in Einklang bringen wollte. Er war nie faul oder undisizipliniert, und wenn er Geld brauchte, dann entschied er sich dafür, es mit körperlicher Arbeit, die er gern machte, zu verdienen. Dann baute er ein Boot oder einen Zaun, pflanzte oder veredelte Bäume, vermaß Land oder verschaffte sich eine andere kurzfristige Tätigkeit, die er dauerhaften Beschäftigungen vorzog.

ELLERY CHANNING Er war immer zur Stelle, geschickt mit Auge und Hand, um die besten Melonen im Garten zu ziehen, den Obstgarten mit den erlesensten Bäumen zu bepflanzen oder aus dem Stegreif den Mechaniker zu spielen.

RALPH WALDO EMERSON Er konnte eine Strecke von 80 Metern genauer abschreiten, als ein anderer sie mit einem Maßband messen konnte. Er sagte, er finde seinen Weg nachts im Wald mit den Füßen besser als mit den Augen. Die Maße eines Baums bestimmte er allein mit dem Auge und das Gewicht eines Kalbs oder eines Schweins schätzte er so gut wie ein Viehhändler. Aus einer Schachtel mit losen Bleistiften entnahm er mit einem Handgriff ein Dutzend oder mehr. Er war ein guter Schwimmer, Läufer, Eisläufer und Ruderer und konnte wahrscheinlich an einem Tag weiter wandern als die meisten seiner Landsleute.

ELLERY CHANNING Er hatte die Hauslämmer gern und die Blumen seiner Schwester. Kätzchen waren seine Lieblinge; er konnte eine halbe Stunde lang mit ihnen spielen. Keine Laune oder Kälte, keine Inanspruchnahme seiner Zeit durch öffentliche oder private Obliegenheiten beraubte die Angehörigen seiner Güte und Zuneigung. Er tat die nächstliegenden Pflichten und stellte die Menschen seines engeren Kreises zufrieden.

RALPH WALDO EMERSON Seine robuste Wesensart und Anspruchslosigkeit, sein Geschick im Umgang mit Holz und seine hervorragenden mathematischen Fähigkeiten hätten es ihm ermöglicht, in jedem Teil der Welt zu leben. Er brauchte weniger als andere, um seine Bedürfnisse zu stillen. Auf diese Weise sicherte er sich auch viel freie Zeit.

NATHANIEL HAWTHORNE Mr. Thoreau ist ein leidenschaftlicher und feinfühliger Beobachter der Natur – einen so ernsthaften Beobachter trifft man, wie ich befürchte, ebenso selten wie einen originellen Poeten –, die Natur scheint ihn aus Dankbarkeit für seine Liebe als ihr bevorzugtes Kind adoptiert zu haben und zeigt ihm Geheimnisse, die nur wenigen anderen offenbart werden.

RALPH WALDO EMERSON Unter seinem Arm trug er ein altes Notenbuch, mit dem er Pflanzen presste. In seinen Taschen befanden sich ein Tagebuch samt Stift, ein Fernglas zur Beobachtung von Vögeln, ein Mikroskop, ein Taschenmesser sowie ein Stück starker Bindfaden. Thoreau trug einen Strohhut, festes Schuhwerk und robuste graue Hosen, um sich vor Gestrüpp und Dornen zu schützen, aber auch, um auf Bäume zu den Nestern von Eichhörnchen oder Falken klettern zu können. Ich erinnere mich an einen Tag, da watete er in einem Teich, um Wasserpflanzen zu untersuchen; seine kräftigen Beine waren kein unwesentlicher Teil seiner Ausrüstung.

NATHANIEL HAWTHORNE Er ist vertraut mit Säugetier, Fisch, Vogel und Reptil und kann seltsame Geschichten von seinen Abenteuern und freundschaftlichen Begegnungen mit diesen untergeordneten Brüdern der Sterblichkeit erzählen. Gleichermaßen sind Pflanze und Blume, wo immer sie sprießen, ob im Garten oder in der Wildnis, seine engen Freunde. Auch pflegt er gute Beziehungen zu den Wolken und kann die Vorzeichen eines Sturms erkennen.

RALPH WALDO EMERSON Schlangen wanden sich um seine Beine. Fische schwammen ihm in die Hand und er hob sie aus dem Wasser. Murmeltiere zog er am Schwanz aus ihrem Bau und Füchse verbarg er vor den Jägern. Unser Naturalist war von vollkommener Großherzigkeit.

NATHANIEL HAWTHORNE Es ist typisch für ihn, dass er großen Respekt vor dem Vermächtnis der Indianerstämme hat, deren wildes Leben ihm so gut gefallen hätte …

RICHARD FULLER Er wusste aber auch einiges über die Inder zu sagen.

NATHANIEL HAWTHORNE … und merkwürdigerweise geht er selten über ein gepflügtes Feld, ohne eine Pfeil- oder Speerspitze oder ein

Thoreau 1856
(Benjamin D. Maxham)

Thoreau 1861
(Edward S. Dunshee)

anderes Relikt des roten Mannes aufzulesen. Als ob ihre Geister ihn als Erben ihres schlichten Reichtums auserkoren hätten.

RALPH WALDO EMERSON Es gab keinen wahrhaftigeren Amerikaner als Thoreau. Seine Vorliebe für sein Land und für seine eigene Position war echt, und seine Abneigung gegenüber englischen und europäischen Sitten und Moden grenzte an Verachtung. Neuigkeiten und Bonmots aus Londoner Kreisen vernahm er unwillig, und obwohl er sich bemühte, freundlich zu sein, ermüdeten ihn diese Anekdoten.

ELLERY CHANNING Die geballte Hand zeigte ein Vorhaben an. Beim Gehen nahm er eine Abkürzung, wenn er konnte, und wenn er im Schatten oder an der Mauer saß, so schien er nur umso klarer nach dem nächsten Stück Tätigkeit auszublicken. Sogar im Boot hatte er ein achtsames Aussehen, seine Augen wanderten schnell hin und her – vielleicht gab es dort Enten, eine Schildkröte, einen Fischotter oder einen Sperling zu sehen.

RALPH WALDO EMERSON Er konnte unbeweglich dasitzen und zum Fels werden, auf dem er saß, bis der Vogel, die Echse, der Fisch, eben das Tier, das vor ihm geflohen war, zurückkam und seinen gewohnten Verhaltensweisen nachging, nein, womöglich noch neugierig zu ihm kam und ihn beobachtete.

ELLERY CHANNING Seine ganze Gestalt hatte einen tätigen Ernst, als hätte er keinen Augenblick zu vergeuden.

RALPH WALDO EMERSON Seine Sinne waren scharf, sein Körperbau drahtig und zäh, seine Hände kräftig und geschickt im Umgang mit Werkzeugen. Sein Körper und sein Geist befanden sich auf wunderbare Weise im Einklang.

ROBERT LOUIS STEVENSON Es gab nicht viel, was er nicht konnte. Er baute ein Haus, ein Boot, produzierte Bleistifte und machte Bücher. Er war Vermesser, Gelehrter, Naturgeschichtler. Er konnte laufen, wandern, klettern, Schlittschuh fahren, schwimmen, Boote lenken. Der geringste Anlass genügte ihm, seine Körpertüchtigkeit hervorzukehren; und ein Fabrikant, der bloß sein geschicktes Hantieren an einem Waggonfenster sah, offerierte ihm sofort eine Stellung.

NATHANIEL HAWTHORNE Darüber hinaus hat er mehr als nur einen Anstrich literarischer Bildung – einen tiefen und echten Sinn für Poesie, besonders für die klassischen Dichter, auch wenn er wie alle anderen Transzendentalisten, soweit ich mit ihnen bekannt bin, anspruchsvoller ist, als wünschenswert wäre.

RALPH WALDO EMERSON Das Verhältnis seines Körpers zu seinem Geist war noch feiner, als ich angedeutet habe. Er sagte, er begehre jeden Schritt, den seine Beine machten. Der Länge seiner Wanderungen entsprach die Länge seiner Schriften. Hielt er sich nur im Haus auf, schrieb er nicht.

RICHARD FULLER Thoreau war reich an Widersprüchen. Das brachte mich dazu, die Grundlagen seiner Ansichten genauer anzuschauen, anstatt sie ändern zu wollen. Es entsprach seinem Temperament, die Fahne in die entgegengesetzte Richtung zu schwenken, wenn die Welt seiner Meinung zu sein drohte.

RALPH WALDO EMERSON Nein zu sagen, kostete ihn nichts; es war für ihn leichter, als ja zu sagen. Er war so unzufrieden mit den Beschränkungen unserer alltäglichen Gedanken, dass es sein erster Instinkt war zu widersprechen, wenn er eine Behauptung hörte.

ROBERT LOUIS STEVENSON Es ist nützlich, nein sagen zu können, doch das Wesen der Liebenswürdigkeit besteht sicherlich darin, ja zu sagen, wann immer es möglich ist. Einem Menschen, der sich nicht selbst verabscheut, wenn er genötigt ist, nein zu sagen, fehlt etwas. Und diesem geborenen Dissidenten fehlte viel.

RALPH WALDO EMERSON Natürlich wirkte sich diese Gewohnheit hinderlich auf seine sozialen Beziehungen aus, und obwohl sein Gegenüber ihm am Ende weder bösen Willen noch Unaufrichtigkeit unterstellte, verdarb es doch das Gespräch. Daher stand auch niemand in ganz enger Beziehung zu ihm, obwohl er rein und harmlos war.

ELIZABETH HOAR: Ich liebe Henry, aber ich mag ihn nicht: Seinen Arm zu ergreifen, erscheint mir so, als ergreife man den Arm einer Ulme.

RALPH WALDO EMERSON Sein Wesen hatte etwas Militärisches, das sich nicht unterdrücken ließ. Stets war er männlich und zupackend, selten sanft; es schien, als spürte er sich nicht – außer im Zustand der Rebellion.

ELLERY CHANNING Er war ein einfacher Mann in seinem Benehmen und seiner Kleidung, einer, der nicht misszuverstehen war. Diese Art von Schlichtheit ist nicht ohne Anmut. In seiner Einfachheit ging er manchmal bis zum Äußersten.

RALPH WALDO EMERSON Er hinterfragte jede Gewohnheit und strebte danach, seine Handlungen auf eine ideale Grundlage zu stellen. Er war ein Rebell *in extremis,* und wenige Leben sind so entsagungsreich, wie es seines war. Er wurde in keinem Beruf erzogen, er heiratete nie, er lebte allein, er ging nie in die Kirche, er wählte nie, er weigerte sich, dem Staat Steuern zu zahlen, er aß kein Fleisch, er trank keinen Wein, er rauchte keinen Tabak, und obwohl er Naturforscher war, benutzte er weder Fallen noch ein Gewehr.

ROBERT LOUIS STEVENSON So viele negative Vorzüge geraten leicht in den Ruch von Dünkel.

RALPH WALDO EMERSON Er zog es vor, so wie es ihm vernünftig schien, ein Junggeselle des Denkens und der Natur zu sein.

ROBERT LOUIS STEVENSON Mit einem Wort: Thoreau kniff. Er wollte nicht, dass ihm unter seinen Mitmenschen die Tugend abhandenkam, und verdrückte sich in eine Ecke, um sie für sich zu horten. Um ein paar tugendhafter Schwelgereien willen gab er alles auf.

BRONSON ALCOTT Er schien keinen Anfechtungen ausgesetzt zu sein. All die starken Bedürfnisse, mit denen andere Menschennaturen kämpfen, kannte Thoreau nicht.

ROBERT LOUIS STEVENSON Doch der Mensch kann beim Streben nach Güte auch kalt-grausam und beim Streben nach Gesundheit sogar krankhaft sein. Ich finde jetzt nicht die Stelle, wo er seine Kaffee- und Teeabstinenz erläutert, aber ich glaube, den Inhalt hinzubekommen. Dies ist er: Er hielt es für unökonomisch und eines wahren Empiristen für unwürdig, das natürliche morgendliche Entzücken durch derart schmutzige Genüsse zu verderben; man lasse ihn nur den Sonnenaufgang sehen, und schon sei er auf die Mühen des Tages hinlänglich eingestimmt. Das mag ein guter Grund sein, sich des Tees zu enthalten; aber wenn wir feststellen, dass derselbe Mensch, aus denselben oder ähnlichen Gründen, sich beinahe all der Dinge enthält, von denen seine Nachbarn unschuldig und vergnügt Gebrauch machen, und dazu auch der Schwierigkeiten und Prüfungen der menschlichen Gesellschaft, erkennen wir jene hypochondrische Gesundheit, die heikler als Krankheit ist.

RALPH WALDO EMERSON Natürlich nahmen seine Tugenden manchmal extreme Züge an.

ROBERT LOUIS STEVENSON Shakespeare, dürfen wir uns vorstellen, konnte seinen Tag mit einem Krug Bier beginnen und doch den Sonnenaufgang wie Thoreau genießen und diesen Genuss in weitaus besseren Versen feiern.

RALPH WALDO EMERSON Da er vollkommen integer war, forderte er Integrität auch von anderen. Verbrechen verabscheute er, sie waren für ihn mit keinem irdischen Nutzen zu rechtfertigen. Gaunereien entlarvte er sowohl bei Würdenträgern und Reichen als auch bei Armen unerbittlich und mit demselben Ekel. Diese gefährliche Offenheit im Umgang mit anderen brachte ihm unter seinen Bewunderern den Namen »der furchtbare Thoreau« ein. Es war, als redete er, wenn er schwieg, und als sei er auch abwesend noch anwesend. Ich denke, die Strenge seiner Ideale führte dazu, dass er nicht genügend gesunde menschliche Gesellschaft hatte.

ROBERT LOUIS STEVENSON Ob man ihn Halbgott oder Halbmensch nennt, er war gewiss keiner von uns, denn er hatte nicht das geringste Gefühl für unsere Schwächen.

RALPH WALDO EMERSON Es war leicht zu sehen, dass seiner unerbittlichen Forderung nach Wahrheit asketische Tendenzen zugrunde lagen, die ihn, diesen freiwilligen Einsiedler, noch einsamer machten, als es ihm selbst lieb war.

NATHANIEL HAWTHORNE Alles in allem halte ich ihn für einen Mann, dessen Bekanntschaft gewinnbringend und bekömmlich ist.

AN DER BRÜCKE Henry David Thoreau wird am 12. Juli 1817 in Concord, Massachusetts, geboren. Die Gemeinde ist klein, ländlich, 1850 ergibt eine Volkszählung 2249 Einwohner. Aber sie liegt idyllisch an dem Zusammenfluss des Sudbury und des Assabet, die in den Concord River aufgehen. Inmitten einer abwechlungsreichen Hügellandschaft mit Wiesen, Äckern, Wäldern und kleinen Seen. An den Ufern und Wegrändern wachsen wilder Wein, wilde Äpfel und vor allem Heidelbeeren. Es überwiegen kleine Familienfarmen, auf denen Roggen, Mais, Kartoffeln und Bohnen angebaut werden. Von der großen Knochenmühle des 19. Jahrhunderts, der Industrialisierung, ist noch nichts zu sehen. Die Textilfabriken, für die Massachusetts später berühmt und berüchtigt wird, sind weit entfernt. Immerhin, die Besiedelung nach Westen macht Fortschritte, und bald schrumpfen die Entfernungen infolge des Eisenbahnausbaus.

»Ich habe niemals mit dem Staunen aufgehört, dass ich am schätzenswertesten Ort der ganzen Welt geboren wurde, und noch dazu im idealen Augenblick«, wird Thoreau später, am 5. Dezember 1856, im Tagebuch vermerken. Concord besitzt aber auch etwas, das nur wenige Orte Neuenglands in diesen Jahren beanspruchen dürfen – Geschichte. Die Pilgerväter gründeten 1635 hier ihre erste Siedlung im Inneren des Landes. Concord symbolisiert die religiöse, politische Tradition der jungen USA, den Aufbruchsgeist und die tätige Energie des Puritanismus, aber auch seine asketische Strenge und seinen Dogmatismus.

Fast anderthalb Jahrhunderte später geht die Stadt noch einmal in die patriotischen Annalen ein. Die legendären Minutemen, räudige amerikanische Farmermilizen, bereiten am 19. April 1775 an der North Bridge einem gut ausgebildeten britischen Strafbataillon eine vernichtende Niederlage. Mit diesem Scharmützel beginnt der Unabhängigkeitskrieg. Und jetzt wird die Stadt endgültig zum Nationalheiligtum erhoben.

By the rude bridge that arched the flood,
Their flag to April's breeze unfurled,
Here once the embattled farmers stood
And fired the shot heard 'round the world.

So bedichtet Ralph Waldo Emerson 1837 in seiner »Concord Hymn« die mittlerweile mythische Szenerie. Der Stammvater der »American Renaissance«, der Prophet einer eigenen amerikanischen Nationalkultur, lässt sich nicht grundlos zwei Jahre zuvor hier nieder und zieht weitere Intellektuelle und Künstler in dieses Weimar der Neuen Welt. Die »Concord group« soll das philosophisch und ästhetisch fortsetzen, was die Heroen hier begonnen haben – die Befreiung von der europäischen Tradition. Und er findet in Thoreau alsbald einen gelehrigen Schüler.

DIE BUTTER-REBELLION Thoreaus Vorfahren väterlicherseits sind Hugenotten. Die Thiereaux müssen 1685, als Ludwig XIV. den Katholizismus zur einzig seligmachenden Religion Frankreichs erklärt, aus Tours auf die englische Kanalinsel Jersey flüchten. Großvater Jean emigriert kurz vor Ausbruch der Französischen Revolution in die Neue Welt, lässt sich in Boston als Kaufmann nieder und kommt bald zu einigem Wohlstand.

Thoreaus Vater John hat weniger Glück, er gehört zu den vielen Bankrotteuren Neuenglands. Mehrfach scheitern seine Versuche, als Ladenbesitzer die Subsistenz seiner kleinen Familie zu erwirtschaften. Kurz nach der Geburt des dritten Kindes David Henry – später wird er als Ausweis seiner Individualität die Reihenfolge vertauschen – zieht die Familie ins nahe Chelmsford um. Bald darauf geht es nach Boston. 1823 kehren sie schließlich nach Concord zurück, um sich hier endgültig niederzulassen. Mittlerweile betreibt John eine kleine Bleistiftmanufaktur – und die wirft regelmäßige, wenn auch eher schmale Einkünfte ab. Um über die Runden zu kommen, muss Thoreaus Mutter Cynthia Pensionsgäste im Haus beherbergen.

In Cynthias Ahnenreihe vermischen sich schottische Presbyterianer und englische Quäker. Ihr Vater Asa Dunbar, ein Harvard-Absolvent, gibt seine politische Karriere im Ministerium dran, um sich in der Juristerei und schließlich bis zu seinem frühen Tod als Verwaltungsbeamter in dem kleinen Kaff Keene, New Hampshire, zu verdingen. In seiner Studienzeit macht er sich bei der Universitätsleitung als Rädelsführer der »Harvard College Butter Rebellion« unbeliebt, in der sich die Studenten 1766 lautstark über die schlechte Verpflegung beschweren.

Man muss bei genealogischen Kausalzusammenhängen vorsichtig sein – sie beweisen ja vor allem die Verknüpfungslust des Interpreten –, aber es ist doch zumindest bemerkenswert, dass einige der charakteristischen Merkmale Thoreaus – seine tiefe Religiosität und sein Synkretismus, sein Renegatentum, sein beschränkter beruflicher Ehrgeiz, sein fehlendes monetäres Interesse, ja, seine Antipathie gegenüber dem Yankee-Materialismus – auf die eine oder andere Weise in seiner Ahnenreihe bereits präfiguriert zu sein scheinen.

DER AMERIKANISCHE GELEHRTE Thoreaus Mutter Cynthia wird von den Zeitgenossen als eine energische, zupackende, überaus kommunikative Frau beschrieben. Um erfolgreich eine Pension führen zu können, musste sie das wohl auch sein. Vater John ist der Schweigsame. Ein freundlicher Mann mit guten Manieren. Die beiden kommen gut miteinander aus. Henry ist das dritte von vier Kindern. Seiner fünf Jahre älteren Schwester Helen scheint er nicht sehr nahegestanden zu haben. Sie wird Lehrerin und unterstützt ihn finanziell während seines Studiums. Als Helen 1849 an Tuberkulose stirbt, ist ihm das keine einzige Zeile im Tagebuch wert.

John junior ist zwei Jahre älter als er. Er wird sein Spielkamerad, Vertrauter, bester Freund und nicht zuletzt Vorbild. Die beiden könnten unterschiedlicher nicht sein. Henry ist ein schüchterner, kopfhängerischer Träumer. John dagegen strotzt vor Selbstbewusstsein. Er ist umgänglich, bei allen beliebt, noch dazu sieht er gut aus. Ihm trauen die Eltern eine Karriere zu.

Henrys zweite Schwester Sophia ist zwei Jahre jünger als er. Sie verehrt ihren größeren Bruder und kümmert sich später, als er im Sterben liegt, liebevoll um ihn – und um sein Werk. Sie hilft ihm bei der Überarbeitung seiner letzten Essays »Autumnal Tints«, »Wild Apples«, vor allem aber »Walking« und »Life Without Principle«, der beiden großen Bekenntnisschriften, die Thoreaus Philosophie noch einmal auf den Punkt bringen. Nach seinem Tod betreut Sophia die Publikationen aus dem Nachlass und hat damit einen nicht ganz unwesentlichen Anteil an seinem Nachruhm.

Die Mutter gibt den Ton an im Hause Thoreau. Sie ist bildungsbeflissen und sorgt trotz der schwierigen finanziellen Situation dafür, dass wenigstens ihre beiden Söhne – Frauenemanzipation gibt es noch nicht einmal als Begriff – die Concord Academy besuchen können. Eine der besseren Schulen am Platz, die sich als Sprungbrett für das knapp 25 Kilometer entfernte Harvard College versteht. Cynthia legt jedoch Wert darauf, dass keine Stubenhocker aus ihnen werden, sondern Lebenspraktiker. Sie hält sich gern in der Natur auf, animiert die Familie immer wieder zu Ausflügen in die nähere Umgebung nach Egg Rock, zum Waldensee oder zum Fair Haven Hill, wo sie am Lagerfeuer ihre Bohnen kochen oder Fische grillen – wie in einem der gerade erschienenen »Lederstrumpf«-Romane. Cynthia kennt die lokale Flora und Fauna und weiß ihren Enthusiasmus und ihr Wissen offenbar gut zu vermitteln. Wenn Emerson in Thoreau sein Idealbild des amerikanischen Gelehrten verwirklicht sieht – das er in seinem Vortrag »The American Scholar« skizziert hat –, nämlich als eine Synthese aus solider klassischer Bildung und praktischem Verstand, dann ist das wohl vor allem Cynthia zu verdanken. Und vielleicht auch noch James Fennimore Cooper.

John Thoreau sen.,
der Vater

Cynthia Dunbar Thoreau,
die Mutter

John Thoreau jun.,
der Bruder

Sophia Thoreau,
die jüngere Schwester

Helen Thoreau,
die ältere Schwester

MEIN LEBEN WAR EKSTASE Und noch in einer anderen Sache unterscheiden sich Henrys Kindheit und Jugend von einer in Neuengland typischen. Man ringt im Hause Thoreau um den rechten Glauben. Die einzelnen Familienmitglieder wechseln kreuz und quer die Konfessionen, besuchen Gottesdienste der Trinitarier, der Unitarier – und wieder retour. Thoreau tritt schließlich ganz aus dem Verein aus, als er, gerade volljährig geworden, aufgefordert wird, Kirchensteuern zu zahlen. Bald gehört er ohnehin zu den Apostaten. Die Transzendentalisten um Emerson besuchen keine Messen mehr, sondern gehen hinaus in die Natur und finden den lieben Gott unter jedem Stein.

Toleranz ist bei den Thoreaus also die unbedingte Voraussetzung eines harmonischen Miteinanders. Es scheint vieles erlaubt gewesen zu sein, solange man nur glaubte. Und der Glaube bereichert und erhebt schon das Leben des Kindes, wenn man der Erinnerung eines nostalgisch gestimmten Vierunddreißgjährigen glauben darf. »Mein Leben war Ekstase«, notiert er sich unterm 16. Juli 1851 ins Journal. »Ich kann mich erinnern, dass ich in der Jugend, als ich noch keinen meiner Sinne eingebüßt hatte, ganz lebendig war und meinen Leib mit einem unaussprechlichen Vergnügen bewohnte; seine Ermüdung sowohl wie seine Erfrischung war mir süß. Diese Erde war das herrlichste Musikinstrument, und ich war ganz Ohr für seine Weisen. Dass wir solche süßen Eindrücke empfingen, dass die kühlen Lüfte solche Entzückungen erzeugten! Ich kann mich erinnern, wie erstaunt ich war. Ich sagte zu mir selbst, ich sagte zu anderen: ›Es kommt in mein Gemüt solch ein unbeschreibliches, unendliches, alles einsaugendes, göttliches, himmlisches Vergnügen, ein Gefühl von Erhebung und Weitwerden, und ich habe nichts damit zu schaffen. Ich werde gewahr, dass höhere Mächte mit mir schalten. Dies ist ein Vergnügen, eine Freude, ein Dasein, das ich mir nicht selbst verschafft habe.‹ Mein Schöpfer war daran, mich vollkommener zu machen. Als ich dieses sein Eingreifen entdeckte, war ich tief bewegt. Jahrelang marschierte ich wie nach einer Musik, im Vergleich zu welcher die Militärmusik in den Straßen Lärm und Missklang ist. Ich war täglich wie berauscht …«

GERADE SO Bald nach dem Eintritt in die Concord Academy schreibt Thoreau einen Aufsatz über »Die vier Jahreszeiten«, es ist der älteste erhaltene Text aus seiner Feder, ein unbedeutender Schüleraufsatz, der brav beschreibt, was die einzelnen Jahreszeiten optisch zu bieten haben, aber immerhin sein frühes Interesse für die Sensationen der Natur belegt. Thoreau ist ein guter, aber kein glänzender Schüler. Immerhin tritt er in der Academy endlich einmal aus dem Schatten seines großen Bruders heraus. Die Eltern schicken ihn und nicht John nach Harvard. Für beide reicht das Geld nicht. Ihr Lehrer Phineas Allen sieht in ihm den vielversprechenderen Akademiker. Und er soll recht behalten.

Schon in seiner Schulzeit hat sich Thoreau für Bücher interessiert. Als er im August 1833, mit 16 Jahren, sein Studium aufnimmt und die umfangreiche, etwa 50 000 Bände umfassende Harvard-Bibliothek kennenlernt, wird er zum Bibliophagen. Er liest sich durch die englische Literaturgeschichte, von den Elisabethanern bis zur Gegenwart. Shakespeare, Milton, Chaucer, Goldsmith, Southey, Johnson, Gray. Aber auch Homer, die griechischen Dichter und nicht zuletzt Reisebücher aus dem alten, unheimlichen Amerika.

Dabei ist sein Start in Harvard alles andere als glücklich. Beim Aufnahmetest fällt er beinahe durch. »Du hast es gerade so geschafft«, gibt ihm der College-Präsident Josiah Quincy mit auf den Weg. Und das bedeutet viel Arbeit. Fast alle Studenten stehen in einem der Hauptfächer Latein, Griechisch oder Mathematik »auf Probe«, das heißt, sie müssen Zusatzkurse belegen, um ihre Kenntnisse auf Harvard-Niveau zu heben. Thoreau muss sich gleich in allen drei Fächern verbessern. Aber er kämpft sich durch. Bereits im Frühjahr hat er sich im etwas undurchsichtigen College-Bewertungssystem einen achtbaren Schnitt erarbeitet und wird dafür mit einem 25-Dollar-Stipendium belohnt. Eine längere Krankheit im Frühjahr 1836 – vielleicht ein erster Ausbruch der Tuberkulose, die ihn später dahinraffen wird – verschlechtert danach wieder seine Gesamtnote, aber während seines vierjährigen Aufenthalts in Harvard liegen seine Leistungen in Altphilologie, Französisch, Italienisch und Deutsch, in Mathematik, Geologie, Zoologie, Botanik und Philosophie meistens über dem Durchschnitt. Und so bekommt er weitere Stipendiengelder. Thoreau studiert, wie ein Selbstdenker studieren sollte. Er macht das, was nötig ist, und widmet sich in der übrigen Zeit seinen eigenen Studieninteressen. Ein wenig umgibt ihn die Aura eines Strebers, weil man ihn ständig im Lesesaal antrifft. Und weil er sich meistens raushält. Der großen College-Rebellion 1834 bleibt er fern. Bei den üblichen studentischen Saufgelagen und männerbündischen Rüpeleien macht er nicht mit. Er raucht nicht einmal. Ein idealistischer Asket. Die Verse des Elisabethaners Samuel Daniel werden zu seinem Wahlspruch: »Unless above himself he can / Erect himself, how poor a thing is man.« (»Wer sich nicht selbst überragen kann, / welch armes Ding ist dieser Mann.«)

Auf den einen oder anderen muss er arrogant gewirkt haben. »Er achtete nicht auf Menschen, seine Klassenkameraden schienen ihm sehr entfernt. Er hing ständig seinen Träumen nach«, erinnert sich später sein Kommilitone John Weiss. Er habe gewirkt wie ein ägyptischer Götze, gefangen in einer Art mystischem Egoismus, dazu sein feuchter, indifferenter Händedruck. Kaum einer habe sich mit ihm abgeben wollen. Das passt ein bisschen zu gut zum Vorurteil des ungeselligen, quadratschädeligen Eremiten, um es ganz ernst nehmen zu müssen. Vielleicht stellt sich hier das spätere öffentliche Bild von Thoreau vor die Erinnerung.

Er ist unangepasst und gefällt sich wohl auch in der Rolle des Solitärs, aber er wird keineswegs komplett ignoriert von seinen Mitstudenten, wie Weiss glauben machen will. Er schließt Freundschaften auf dem Campus, pflegt nicht nur Umgang mit seinen alten Bekannten von der Concord Academy, Charles Stearns Wheeler und seinem Stubengenossen Henry Vose. Seine Studienkollegen schätzen ihn und schreiben ihm warmherzige, witzige Briefe, wenn er in Concord krank darniederliegt, um ihn mit dem wichtigsten Universitätsklatsch zu versorgen.

VERWANDTE GEISTER Im Winter 1835/36 macht Thoreau von einer erst kurz zuvor verabschiedeten College-Regelung Gebrauch, die den Studenten erlaubt, ihr Studium einige Monate zu unterbrechen, um selber zu unterrichten. Eine solche Auszeit bietet Vorteile. Studenten, für die kein Aufbaustudium zum Juristen, Mediziner oder Geistlichen in Frage kommt und die sich somit künftig als Lehrer verdingen müssen, können Unterrichtspraxis sammeln. Und außerdem etwas dazuverdienen. Die Studiengebühren sind nicht unerheblich.

Angesichts der prekären finanziellen Situation der Thoreaus nimmt Henry die erstbeste Gelegenheit wahr. Er stellt sich bei Orestes A. Brownson in Canton, Massachusetts, vor. Die beiden diskutieren bis in die Nacht über Gott und die Welt, mehr über Ersteren, und danach darf Thoreau bei ihm anfangen. Brownson ist ein ziemlich selbstverliebter, aber auch blitzgescheiter, unkonventioneller Kopf. Ein großer Eklektiker, der sich aus den unterschiedlichsten Konfessionen seine eigene Gottesvorstellung zusammenflickt und der gerade an seinem Buch »New Views of Christian Society and the Church« schreibt, einem der Grundlagenwerke des Transzendentalismus. Thoreau kommt hier erstmals mit dieser neuen Glaubensrichtung in Kontakt, die als spirituelle Kraftquelle sein ganzes weiteres Leben und Werk antreiben wird. Und das gleich in Gestalt eines ihrer luzidesten Apostel.

Er muss bei Brownson 70 Kinder gleichzeitig unterrichten. Viel dabei gelernt haben können sie nicht. Der Mentor jedoch scheint mit der Leistung seines Praktikanten zufrieden gewesen zu sein und stellt ihm später, als sich Thoreau um eine Anstellung bewerben will, gern eine Empfehlung aus. Vielleicht gilt die aber auch mehr dem verwandten Geist. Die beiden haben eine für beide Seiten inspirierende Zeit miteinander, lesen zusammen Goethe oder lösen die großen religiösen Fragen, die im Neuengland jener Jahre anstehen. Für Thoreau sind die Wochen eine Offenbarung – »eine Epoche in meinem Leben«, wie er im Brief vom 30. Dezember 1837 an Brownson schwärmt, »der Morgen von einem neuen Lebenstag«. Und in Erinnerung an die gemeinsame »Torquato Tasso«-Lektüre schreibt er »Lebenstag« auf Deutsch. »Es erhebt / Die Sonne sich des neuen Lebenstages, / Der mit den vorigen sich nicht vergleicht«, heißt es bei Goethe.

DER GELEHRTE BRAUCHT HARTE ARBEIT Thoreau füllt schon während seines Studiums Notizbücher mit Lektürefrüchten. Kollektaneen. Eine traditionelle Praxis, auf die ihn sein Professor für Rhetorik und Redekunst Edward Tyrrell Channing, der Onkel seines späteren Freundes und Biographen Ellery Channing, gebracht haben dürfte. Der wackere Aufklärer versucht seinen Schülern einen klar strukturierten, vernünftig argumentierenden, heruntergekühlten Stil einzuimpfen. Aber Thoreau hat mittlerweile die englischen Romantiker gelesen, Coleridge, Wordsworth, Carlyle etc., und ist hingerissen von ihrem intuitiven Schwung, Gefühlsüberschwang und nicht zuletzt ihrem reichen, exaltierten Ausdruck. Er gibt durchaus zu, viel gelernt zu haben von Channing, bezeichnet die Kurse bei ihm sogar als einzige segensreiche Erfahrung in Harvard, aber seine rhetorischen Ideale teilt er damit noch lange nicht.

In den frühen Tagebüchern und Essays bemerkt man noch einige Manieriertheiten und sprachliche Kraftmeiereien, die vor allem auf sein Prosavorbild Carlyle hinweisen. Aber er lernt schließlich auch die simple Natürlichkeit eines Emerson zu schätzen. Und die handgreifliche, noch ganz unverbildete, kunstlose Sprache in den Schriften der puritanischen Einwanderer, wie in John Josselyns »New England's Rarities Discovered«. Aus diesen beiden gegensätzlichen Einflüssen mendelt sich schließlich Thoreaus Stilideal heraus. »Wir sollten uns nicht um eine kühle Analyse unserer Gedanken bemühen, sondern sollten, indem wir die Feder gerade und parallel zum Strom halten, von jenen eine genaue Abschrift schaffen. Der Impuls ist letztlich der beste Linguist«, schreibt er am 7. März 1838. »Je näher wir einer vollständigen, aber einfachen Abschrift unserer Gedanken kommen«, desto passabler werde das fertige Werk sein.

Ein paar Jahre später kommt er noch einmal auf diesen Gedanken zurück. Und jetzt ergänzt er ihn um den Aspekt der Körperlichkeit. »Ich finde für die Hände unablässig Betätigung, was auch die Aufmerksamkeit in Anspruch nimmt und die beste Methode ist, Geschwätz aus seinem Stil zu entfernen. Wer in den kurzen Wintertagen vor Einbruch der Nacht Holz fällen und zu Klaftern aufschichten muss, wird bei seiner Arbeit nicht tanzen; sondern jeder Hieb wird genau bemessen sein und nüchtern durch den Wald schallen. Und genauso werden seine Zeilen ertönen und sich dem Ohr mitteilen, wenn er abends die Rechnungen des Tages begleicht. Ich bin oft über die Kraft und Genauigkeit des Stils erstaunt gewesen, die eifrig arbeitende Menschen, obgleich im Schreiben unerfahren, mit Leichtigkeit erreichen, wenn ihnen die Anstrengung abverlangt wird. Es scheint, als sei ihre Aufrichtigkeit und Einfachheit das Wichtigste, was in Schulen gelehrt werden sollte«, heißt es unter dem 5. Januar 1842. »Wer ist nicht der schwachen und plätschernden Satzperioden der Politiker und Gelehrten müde und greift nicht gar zum Bauernkalender, um den einfachen Bericht über die monatliche Arbeit zu lesen und seinen eigenen Ton wieder zu stärken? Ich möchte einen Satz deutlich bis zum Ende gehen sehen, so tief und fruchtbar wie eine gut gezogene Furche, die zeigt, dass der Pflug bis zum Baum herabgedrückt war. Wenn unsere Gelehrten ihr Leben ernsthafter führen würden, wären wir nicht Zeugen jener lahmen Schlüsse, die sie aus ihren schlecht ausgesäten Darlegungen ziehen.«

Und seine Schlussfolgerung ist dann so einleuchtend, dass nicht einmal sein alter Lehrer Channing Einwände gehabt haben dürfte. »Der Gelehrte braucht harte Arbeit als Antrieb für seine Feder. Er wird lernen, sie so fest anzupacken und so anmutig und wirksam zu schwingen wie eine Axt oder ein Schwert. Wenn ich die bemühten Satzperioden eines Edelgelehrten betrachte, der vielleicht in Fuß und Zoll an das Niveau von seinesgleichen heranreicht und es keineswegs an Körperumfang mangeln lässt, bin ich erstaunt über das gewaltige Opfer von Muskeln und Sehnen, das da erbracht wird.« Nein, das könne nicht »eines kräftigen Mannes Arbeit sein, der Mark in seinem Rückgrat hat und eine Achillessehne an seiner Ferse«.

Schriftsteller wissen selbst oft am wenigsten, was sie da machen. Und glücklicherweise geht auch Thoreaus Werk nicht auf in solcherart Holzhackerprosa. Gerade wenn es darum ging, seine Epiphanien und Gefühlsexaltationen im Austausch mit der Natur ins Wort zu erlösen, konnte er mit bloßer Aufrichtigkeit – und ehrlicher körperlicher Arbeit – allein wohl kaum etwas beschicken. Da bedurfte es literarischer Bildung und stilistischer Raffinesse. Und die hatte sich Thoreau in Harvard erlesen. »Als Bilderstürmer der Literatur dankte er den Universitäten selten für das, was sie für ihn getan hatten, und achtete sie wenig«, schreibt Emerson in seinem glänzenden Thoreau-Porträt. »Doch tatsächlich verdankte er ihnen viel.« Immerhin, die Bibliothek hat er stets als großes Geschenk verstanden und auch nach seinem Studium eifrig genutzt.

DIE WIRKLICHE BEDEUTUNG Im Frühjahr 1837, also schon ein paar Monate nach Erscheinen, entleiht Thoreau Emersons transzendentalistische Programmschrift »Natur« aus der Harvard-Bibliothek. Die Lektüre wird zu einem Pfingsterlebnis. Er verinnerlicht dieses Glaubensbekenntnis völlig, macht es zu seinem eigenen.

Emersons Essay beginnt mit einer Klage über die Verbildung seines Zeitalters, das seine Unmittelbarkeit verloren habe. »Unser Zeitalter blickt hinter sich. Es errichtet den Vätern Grabdenkmäler. Es schreibt Biographien, Geschichte und Kritik. Die vorangegangenen Generationen schauten Gott und die Natur von Angesicht zu Angesicht, wir durch ihre Augen. Warum sollten nicht auch wir uns eines ursprünglichen Verhältnisses zum Universum erfreuen dürfen? Warum sollten nicht auch wir eine Dichtkunst und Philosophie der Einsicht statt der Überlieferung haben und eine Religion der Offenbarung statt der Geschichte? Wir leben für kurze Zeit im Schoße der Natur, deren Lebensfluten uns umströmen und durchwallen und die durch ihre Kräfte uns einlädt, ihr gemäß zu handeln; warum sollten wir da in den trockenen Knochen der Vergangenheit herumwühlen oder die jetzt lebende

Generation mit den Masken ihrer verstaubten Gewänder verkleiden? Auch heute scheint die Sonne.«

Die Natur ist der Ort, wo er seinem Gott von Angesicht zu Angesicht begegnen zu können meint. Ausgehend von der Korrespondenzlehre des schwedischen Mystikers Emanuel Swedenborg, der seine Einsichten nach eigenem Bekunden von Engeln und Geistern bezog, von ganz oben also, sieht Emerson in der Natur eine Repräsentation des Göttlichen. In jedem noch so unbedeutenden Naturphänomen, so seine Lehre, offenbart sich der Schöpfergeist. Zugleich ist sich der Mensch »einer universellen Seele bewusst, die in oder hinter seinem eigenen Leben waltet«. Auch er partizipiert also am göttlichen Geist. Mensch, Natur und Schöpfer stehen somit in einem Dreiecksverhältnis. Der Mensch findet durch die innige Betrachtung der Natur zu seinem Schöpfer – und damit zu sich selbst. Das alte philosophische Gebot »Erkenne dich selbst!« und das moderne naturwissenschaftliche Gebot »Erforsche die Natur!« sind somit ein und dasselbe.

Dem Naturerlebnis wachsen dabei im günstigsten Fall epiphanische Qualitäten zu. Bei hochgeklapptem Visier, das heißt wachem Sensorium und einer entsprechenden mentalen Gestimmtheit, gelingt es dem Waldgänger, sich mit dem göttlichen Puls der Natur kurzzuschließen. Der menschliche Körper wird dabei zum mystischen Leitmedium. Von seinen Sinneswahrnehmungen affiziert, gewissermaßen außer sich, dockt der Mensch an den spirituellen Kraftstrom an und erfährt sich als Teil des alldurchdringenden und allumfassenden kosmischen Gesetzes.

Ein Glaubensdogma braucht es dazu nicht mehr und auch keine Institution wie die Kirche. Den Sonntagsgottesdienst darf man getrost ausfallen lassen, wenn sich in der Natur viel deutlicher die göttliche Herrlichkeit offenbart. Zwangsläufig gibt Emerson sein Amt als Pfarrer einer Bostoner Unitarier-Gemeinde auf, um seine weltliche Frömmigkeit ganz individuell, abseits der Orthodoxie, ausleben zu können.

Emerson kämpft an zwei Fronten. Er säkularisiert nicht nur die Religion, indem er sie zu einer ganz individuellen, profanen und von Liturgie befreiten Angelegenheit macht. Er sakralisiert zugleich die

Ralph Waldo Emerson

weltlichen Professionen. Emerson, der Romantiker, der mit den Schriften Schlegels, Schellings und Schleiermachers zumindest mittelbar vertraut war – durch die britischen Adepten Coleridge und Carlyle und auch durch seinen Mitstreiter im Transcendental Club Frederic Henry Hedge, der eine Weile in Göttingen studiert hatte –, bringt jetzt auch in Neuengland Spiritualität und leider auch ein gerüttelt Maß an Frömmelei zurück in Philosophie, Poesie und Naturwissenschaft.

Thoreau folgt ihm auf dem Fuß. »Wie unerlässlich für ein genaues Studium der Natur ist doch die Wahrnehmung ihrer wirklichen Bedeutung«, notiert er sich am 16. Dezember 1837. »Bloße Faktenhuber – Sammler von Materialien für die Handwerksmeister – gleichen jenen in dunklen Wäldern wachsenden Pflanzen, die ›nur Laub statt Blüten treiben‹.«

Die wirkliche Bedeutung hinter der Natur aufzuspüren, das innere Prinzip zu erkennen, das ist einer seiner maßgeblichen Schreibimpulse. Knapp drei Jahre später, am 11. Oktober 1840, paraphrasiert er diesen Gedanken, und man wird in jedem seiner Tagebücher vergleichbare Variationen dieser Idee finden. Es ist einer der Glaubenssätze in Thoreaus Konfession, die er fast schon gebetsmühlenhaft aufruft und in immer wieder neue Metaphern kleidet. »Der wahre Wissenschaftler ist im Besitz einer raren indischen Weisheit – und wird die Natur aufgrund seiner feineren Struktur besser kennen. Er wird besser riechen, tasten, sehen, hören, fühlen als andere. Er wird eine tiefere und feinere Erfahrung haben. Wir lernen weder durch Folgerung und Deduktion, noch dadurch, dass wir die Mathematik auf die Philosophie anwenden, sondern durch direkten Umgang.« Eine fundamentale Absage an die moderne Naturwissenschaft, die zwischen dem betrachtenden Subjekt und dem betrachteten Objekt trennt, die der Natur mit den Mitteln der Vernunft zu Leibe rückt, sie quantifiziert, analysiert, systematisiert und schließlich für ihre Zwecke instrumentalisiert. Er will das Gegenteil, die Distanz zwischen der Natur und dem Menschen überwinden, ganz in ihr aufgehen, um so zu ihrem göttlichen Kern vorzudringen. Deshalb ist auch die Gesundheit für ihn eine unbedingte Voraussetzung. Als eine Art Verbindungsglied zur göttlichen Natur hat der menschliche Körper unmittelbaren Anteil an der gewünschten Vereinigung. Nur ein intakter Körper mit funktionierenden Sinnen kann für Thoreau die ersehnte mystische Einheit gewährleisten.

»Ich fühle mich nie inspiriert, wenn es mein Körper nicht auch ist. Auch er verschmäht ein fades Leben der Alltäglichkeit. Es ist ein Irrtum zu glauben, man könne mit dem Geist streben und den Körper in Wohlleben oder Faulheit daniederliegen lassen«, schreibt er am 21. Juni 1840. Und ein halbes Jahr später, am 25. Januar 1841, macht er aus dieser Beobachtung bereits ein Programm. »Wir sollten unsere Körper stärken und verschönern und eifrig formen, damit sie passende Gefährten der Seele sind – wir sollten ihnen helfen, wie Bäume aufzuwachsen und angenehme und heilsame Elemente in der Natur zu sein. Hätte ich die Verfügungsgewalt über diese Menschenseele gehabt, dann hätte ich sie wohl eher einer Antilope der Prärien vermacht als diesem kränklichen und trägen Körper.«

Aber so wichtig er seinen Körper nimmt, um aus ihm ein optimales metaphysisches Medium zu formen, so unwesentlich ist der Ort der Begegnung mit seinem Schöpfer. Wenn Gott ohnehin in allen Dingen steckt, dann muss man nicht weit reisen, um ihm zu begegnen, dann wird sogar ein Nest wie Concord zum Zentrum des Universums. »Mein Leben verstreicht warm und heiter hier drinnen, während meine Ohren den auf dem Fenstersims plätschernden Regen aufsaugen«, schreibt er am 9. November 1840. »Das ist ein Abenteuer wie das von Crusoe – und so voller Neuigkeiten wie das von Marco Polo, so würdevoll wie das des Sultans, so folgenschwer wie das des regierenden Fürsten.«

DIE MILCH IN DER KANNE Am 30. August 1837 wird Thoreau graduiert. Die Universitäts-Verwaltung bestätigt dem Präsidenten, dass alle Schulgelder ordnungsgemäß bezahlt worden sind, und so erhält er sein Diplom als »bachelor of arts«. Aufgrund seines Notendurchschnitts darf er an der traditionellen Abschluss-Disputation teilnehmen, die in diesem Jahr einem Thema gewidmet ist, auf das Thoreau später immer wieder zurückkommen wird – »Der kommerzielle Geist der modernen Zeit in Anbetracht seines Einflusses auf den politischen, moralischen und literarischen Charakter einer Nation«.

Selbstredend übernimmt er gleich mal die Rolle des Gesellschaftskritikers, für den der Geschäftsgeist direkt vom Teufel kommt, weil er stets alle edleren Gedanken und Gefühle verdrängt, diese wundervolle Welt nur nach ihrem kommerziellen Nutzen betrachtet und nicht etwa bewundert und feiert, wie sich das gehört. Er macht schließlich einen Vorschlag, der seine eigene spätere Lebensführung schon idealiter vorwegnimmt. Man solle die »Ordnung der Dinge« einfach vertauschen, folglich nur noch den siebten Tag der Subsistenzsicherung opfern und die anderen sechs dafür nutzen, »den allumfassenden Garten zu durchstreifen und die sanften Einflüsse und höheren Offenbarungen der Natur einzusaugen«.

Die Graduierungszeremonie macht er noch mit, bei der feierlichen Abschlussfeier am Tag darauf ist Thoreau schon unterwegs nach Concord. Er flüchtet vor dem Spektakel. Allerdings verpasst er dadurch auch Emersons berühmte Rede »Der amerikanische Gelehrte«, die literarische Unabhängigkeitserklärung der Vereinigten Staaten, die sich rückblickend auch als poetologisches Programm lesen lässt, das Thoreau mit seinem Werk einlösen wird.

»Anstatt des Erhabenen und Schönen wird das Nahe, das Geringe, das Gewöhnliche erforscht und bedichtet. Das, was stets von jenen, die sich für lange Reisen in ferne Länder rüsteten, nachlässig mit Füßen getreten wurde, gilt plötzlich als reichhaltiger als alle fremden Weltgegenden. Die Literatur der Armen, die Gefühle des Kindes, die Philosophie der Straße, die Bedeutung des alltäglichen Lebens – das sind die Themen unserer Zeit!«, dekretiert Emerson. »Ich frage nicht nach dem Erhabenen, dem Fernen, dem Romantischen, nach dem, was man in Italien oder Arabien macht, was griechische Kunst ist oder provenzalischer Minnesang. Ich begrüße das Gewöhnliche, will das Alltägliche und Niedere erkunden und zu seinen Füßen sitzen. Wenn ich das

Heute verstehe, verstehe ich auch antike und zukünftige Welten. Was wissen wir wirklich? Die zubereitete Mahlzeit, die Milch in der Kanne, das Straßenlied, die Neuigkeiten des Tages, das Leuchten der Augen, die Form und Bewegung des Körpers – zeigt mir den Seinsgrund dieser Dinge! – zeigt mir seine Präsenz in diesen Dingen, denn dort kann man ihn immer finden, in diesen Randbezirken und äußeren Regionen der Natur! In jeder Kleinigkeit will ich die Polarität sehen, die dieses Kleine sogleich als Teil eines ewigen Gesetzes offenbart.«

Thoreau hat endgültig genug von der Büchergelehrsamkeit, von Logik und Systematik – und wohl auch von dem rigiden Harvard-Reglement. Er kann es kaum abwarten, nach Concord zurückzukehren, an den Waldensee, zu den »Randbezirken und äußeren Regionen der Natur«. Und seine persönliche Notiz ins Jahrgangsbuch nimmt denn auch kein Blatt vor den Mund. »Ich hörte nicht auf mich zu fragen, wie ich hierhergeraten war«, schreibt er. »Es genügt wohl zu sagen, dass, obwohl ich körperlich ein Mitglied der Harvard Universität war, Herz und Seele weit weg waren, an den Orten meiner Kindheit. Jene Stunden, die dem Studium hätten gewidmet sein sollen, wurden mit dem Herumstreifen in den Wäldern und dem Erkunden der Seen und Flüsse verbracht.«

Man wird das vor allem als eine Proklamation lesen dürfen, wie er von nun an sein Leben führen will. Er sehnt sich nach Unabhängigkeit. Ein bisschen was davon hatte er bereits gekostet. Während der Sommerferien 1837 verbrachte er ein paar Wochen mit seinem Freund Charles Stearns Wheeler an Flint's Pond, in Lincoln, einem Nachbarort von Concord. In Wheelers selbstgebauter Hütte. Diese sorglosen, mit Lesen, Schwimmen und guten Gesprächen verbummelten Sommertage sind vermutlich die Urszene für sein späteres Experiment – »Leben in den Wäldern«.

DU MUSST NICHT GEHEN Eine Baisse in den Nordstaaten 1837 erschwert vielen seiner Kommilitonen den Eintritt ins Berufsleben. Nicht jedoch Thoreau. Er hat Glück, zu Hause wartet schon eine Stelle auf ihn. Er bewirbt sich als Lehrer an der Center School, die er selbst einige Jahre besucht hat, und das Schulkomitee in Concord stellt ihn sofort ein. Auch wenn die besseren, ambitionierteren Schüler irgendwann zur Concord Academy wechseln, ist es ein reputierlicher und vor allem einträglicher Job. Sein Jahressalär von 500 Dollar beträgt fast das Doppelte des damaligen Durchschnittsgehalts. Aber das Geld reizt ihn wenig, schon nach zwei Wochen schmeißt er den Bettel wieder hin. Die Anekdote über seine Demission ist oft erzählt worden, weil sie geradezu exemplarisch Thoreaus Prinzipienfestigkeit unter Beweis stellt, für die er durchaus Nachteile in Kauf nimmt.

Am Ende der zweiten Woche als Lehrer besucht ein Vertreter des Schulkomitees, Nehemiah Ball, seinen Unterricht, um nach dem Rechten zu sehen. Und was er sieht, gefällt ihm gar nicht. Es ist zu laut in der Klasse. Ball vermutet mangelnde Autorität bei dem Novizen und bittet ihn deshalb nach draußen auf den Flur, wo er ihn dringend ermahnt, doch endlich vom wohltätigen und probaten Mittel der Prügelstrafe Gebrauch zu machen, denn anders gebe es nun mal keine Ordnung an einer Schule. Thoreau, offensichtlich empört über diese Einmischung und eine solche Forderung, geht in die Klasse zurück, ruft willkürlich sechs Schüler auf, lässt sie nach vorn treten und versetzt ihnen ein paar symbolische Klapse auf die Finger – »für gar nichts«. Ein pädagogisch gewitztes Manöver. Thoreau inszeniert eine körperliche Züchtigung als Farce, um den Schülern – und damit mittelbar der Schulbehörde – die Sinnlosigkeit von Prügelstrafen zu demonstrieren. Noch am selben Abend schreibt er seine Kündigung.

Die Geschichte macht die Runde in Concord und sorgt für Kopfschütteln. Neuengland befindet sich mitten in einer Wirtschaftskrise, und der junge Thoreau wirft wegen solcher Kleinigkeiten seinen lukrativen Job weg! Als er dann auch noch die Reihenfolge seiner Vornamen tauscht, als Ausdruck seiner Individualität – und vielleicht auch nur, um

Ordnung zu machen, weil ihn ohnehin alle Freunde und Familienmitglieder mit Henry anreden –, hat er sich seinen Ruf als komischer Kauz redlich verdient.

Wie wichtig ihm der richtige, gleichberechtigte Umgang mit Kindern tatsächlich ist, zeigt der bereits zitierte Brief an seinen pädagogischen Mentor Brownson, von dem er am 30. Dezember 1837 eine Empfehlung erbittet – er muss sich ja nun um einen neuen Job kümmern. »Ich suche eine Stelle an einer kleinen Schule oder als Hilfskraft an einer großen, oder, was mir noch lieber wäre, als Privatlehrer in einer angesehenen Familie«, schreibt er, um danach seine didaktischen Prinzipien darzulegen. »Ich würde Bildung zu einer angenehmen Sache machen sowohl für den Lehrer als auch für den Schüler. Diese Disziplin, der wir uns bis zum Ende des Lebens widmen, sollte nicht einerseits eine Sache im Klassenzimmer und andererseits eine Sache der Straße sein. Wir sollten danach trachten, Partner der Schüler zu sein, und wir würden genauso von ihnen lernen wie mit ihnen, wenn wir sie nach Kräften unterstützten. Ich bin jedoch nicht blind für die damit verbundenen Schwierigkeiten; es setzt einen Grad von Freiheit voraus, der selten existiert.« Schließlich kommt er auch noch auf den didaktischen Wert von Schlägen zu sprechen. Man könne »die Kuhpeitsche als einen elektrischen Leiter betrachten«, gibt er zu bedenken, aber »anders als beim elektrischen Draht ist meiner Ansicht nach kein einziger Wahrheitsfunke jemals durch ihre Hilfe dem schlummernden Intellekt, dem sie adressiert war, übertragen worden. Ich täusche mich, sie mag eine physische Wahrheit lehren, aber niemals eine moralische Wahrheit.« Der Reformpädagoge Brownson dürfte grimmig genickt haben.

Er bekommt noch andere Empfehlungsschreiben, nicht zuletzt vom Harvard-Präsidenten Josiah Quincy, der ihn sehr schätzt, aber alle Bemühungen sind vergeblich. Es gibt keine vakanten Lehrerstellen in der Umgebung. Thoreau macht sich zu Hause nützlich, wo er kann, und hilft seinem Vater bei der Bleistiftherstellung. Dabei demonstriert er gleich mal seinen praktischen Verstand. Nach eingehender Recherche in der Harvard-Bibliothek verbessert er die Rezeptur und entwickelt eine feinere Graphitmühle. Er legt damit den Grundstein für die Prosperität des Betriebs in den folgenden Jahren.

Aber die Mutter ist unzufrieden mit ihrem Sohn. Das College soll nicht umsonst gewesen sein. Sie macht ihm Vorhaltungen. Im Westen gebe es bestimmt etwas zu tun für ihn. Aber Thoreau will nicht fort, er weint bitterlich, beruhigt sich erst wieder, als seine Schwester Helen ihm zu Hilfe eilt und ihn in den Arm nimmt. »Nein, Henry, du musst nicht gehen, du darfst zu Hause bleiben und mit uns leben.« Aber schließlich lässt er sich doch überreden, schnürt im Frühjahr des Folgejahres sein Säckel und klappert zwei Wochen lang diverse Kleinstädte in Maine ab. Aber auch hier hat man nicht unbedingt auf ihn gewartet. Erfolglos und vermutlich froh, noch einmal davongekommen zu sein, kehrt er heim.

WAS TUN SIE GERADE? Im Herbst 1837 lernen sich Emerson und Thoreau endlich näher kennen – und offenbar sofort schätzen. Emersons Schwägerin, Lucy Jackson Brown, die gerade bei den Thoreaus logiert, stellt den Kontakt zwischen den beiden her, nachdem sie ein Gedicht Thoreaus gelesen hat. Das jedenfalls berichtet sein Freund und späterer Biograph Franklin Benjamin Sanborn. In einer Kleinstadt wie Concord können sich zwei Intellektuelle mit ähnlichen Interessen und Ansichten aber auch schon mal zufällig begegnen. Im Lyceum zum Beispiel, dem gut besuchten Bildungsverein der Stadt, den Emerson mit kostenlosen Vorträgen unterstützt.

Der vierzehn Jahre ältere, charismatische, mittlerweile bekannte Schriftsteller, Autor des Evangeliums der Transzendentalisten, ist mehr als eine Inspirationsquelle. Er übernimmt die Rolle einer intellektuellen Vaterfigur, mit der sich Thoreau von nun an zeit seines Lebens austauschen wird, an der er sich reibt, mit der er hadert und von der er sich später auch nicht ganz ohne Spannungen, wie sich das gehört für ein intensives Vater-Sohn-Verhältnis, emanzipieren muss.

Emerson ist ebenfalls beeindruckt. In seinen Tagebüchern aus dieser Zeit zitiert er mehrfach Aussprüche des jungen Gelehrtenfreundes und lobt seine »Einfachheit und klare Wahrnehmung«. Er nimmt ihn als jüngstes Mitglied in seinen Kreis auf und holt ihn gern dazu, wenn sich befreundete Schriftsteller einfinden. Amos Bronson Alcott etwa, Reformpädagoge, Schriftsteller und eine der bekanntesten Persönlichkeiten des Neuengland-Transzendentalismus, der bald ein intimer Freund Thoreaus wird. James Russell Lowell, der spätere Herausgeber des »Atlantic Monthly«. Oder Margaret Fuller, die Herausgeberin des ab 1840 erscheinenden Transzendentalistenorgans »Dial«, in dem Thoreau erste Gedichte und Essays publiziert, dafür aber auch Fullers argusäugiges, ihn ziemlich enervierendes Lektorat in Kauf nehmen muss.

Auch wenn er später gern lästert über den Salonlöwen, der vom Dichter »Einsamkeit« fordert, selbst jedoch nur allzu gern hineingreift ins pralle Menschenleben, profitiert er von dessen weitreichenden Beziehungen zur Geistesszene des Nordens – nicht zuletzt intellektuell. Emersons offenes Haus, in dem sich allerlei Häretiker, Weltverbesserer, Lebensreformer, Poeten und philosophische Freigeister tummeln und die großen Theorien der Zeit von Locke bis Kant und Hegel durchnehmen, ist eine Ideenschmiede und Probebühne, in der sich Thoreau die Anregungen holt, die ihm seine zwar kultivierte, belesene, aber eben nicht akademisch gebildete Familie kaum bieten kann. Vor allem aber ermuntert ihn Emerson zum Schreiben.

»›Was tun Sie gerade?‹, fragte er. ›Führen Sie Tagebuch?‹ Also mache ich heute meinen ersten Eintrag. Zum Alleinsein halte ich es für nötig, der Gegenwart zu entrinnen – ich meide mich selbst.« So beginnt am 22. Oktober 1837 Thoreaus Diarium, das er 24 Jahre lang, bis kurz vor seinem Tod führen wird. »Ich suche eine Dachkammer auf. Die Spinnen dürfen nicht gestört werden, der Boden nicht gefegt und das Gerümpel nicht in Ordnung gebracht werden.«

Am Ende hat er 47 Kladden vollgeschrieben. Das sind um die zwei Millionen Wörter und über 7000 gedruckte Seiten. Er betrachtet die »Journals« zunächst vor allem als Materialfundus, als Sudelbuch, aus dem die eigentlichen Schriften entstehen sollen. Allerdings geht das Tagebuch nie wirklich auf in dieser Funktion. Von Anfang an notiert er sich auch Beobachtungen aus seinem Alltag, die schon früh sein Erzähltalent verraten, das sich dann in seinen langen Reiseessays, den »Exkursionen«, voll entfaltet.

»Vor etwa vier oder sechs Wochen ereignete sich etwas Merkwürdiges, das, wie ich meine, inzwischen einen Eintrag wert ist«, schreibt er unter dem 29. Oktober 1837. »Wir, John [sein Bruder] und ich, waren auf der Suche nach indianischen Überresten gewesen und immerhin so erfolgreich, zwei Pfeilspitzen und einen Stößel zu finden, als wir, den Kopf voll von der Vergangenheit und ihren Relikten, an einem Sonntagabend zur Mündung des Swamp Bridge Brook schlenderten. Während wir uns dem Hügelrand näherten, der die Flussböschung bildet, brach ich, von meinem Thema angespornt, in eine ausschweifende Lobesrede auf jene urtümlichen Zeiten aus, wobei ich zur Untermalung höchst ungestüm herumfuchtelte. ›Dort auf dem Nawshawtuc‹, sagte ich, ›stand ihr Wigwam der Versammlungsort ihres Stammes, und dort drüben, auf dem Clamshell Hill, lag ihr Festplatz. Dort hielten sie sich zweifelsohne am liebsten auf. Hier, an diesem Abhang, war ein geeigneter Ausguckposten. Wie oft standen sie an ebendieser Stelle, zu ebendieser Stunde, wenn die Sonne hinter jenen Wäldern versank und mit ihren letzten Strahlen die Wasser des Musketaquid vergoldete, und sie sannen über die Erfolge des heutigen Tages und die Aussichten für morgen oder berieten sich mit dem Geist ihrer Väter, die vor ihnen ins Land der Schatten gegangen waren!

Hier‹, rief ich aus, ›stand Tahatawan, und dort‹ (um den Satz zu vollenden) ›ist Tahatawans Pfeilspitze.‹

Wir setzten uns unverzüglich an die Stelle, auf die ich gezeigt hatte, und, um den Scherz abzuschließen, legte ich einen gewöhnlichen Stein bloß, den ich aufs Geratewohl ausgewählt hatte, und holla! der erste, den meine Finger berührten, ein dreckiges Ding, erwies sich als die vollkommenste Pfeilspitze, die so scharf war, als käme sie just aus den Händen eines indianischen Werkzeugmachers!!!«

Thoreau denkt zu keiner Zeit wirklich an eine Publikation der Tagebücher, zunächst schneidet er sogar Seiten heraus, um sie für seine beiden Bücher »Walden« und »A Week on the Concord and Merrimack Rivers« oder für andere Essays zu verwenden. Späterhin stellt er diese Praxis ein und scheint sie mehr und mehr als eigenständiges literarisches Werk wahrzunehmen. »Ist ein Dichter nicht verpflichtet, seine eigene Biographie zu schreiben? Gibt es für ihn überhaupt ein anderes Werk als ein gutes Tagebuch?«, fragt er sich am 21. Oktober 1857. Eindeutig rhetorisch, denn er kennt ja die Antwort. »Wir möchten nicht wissen, wie sein imaginärer Held, sondern wie er, der wirkliche Held, Tag für Tag lebte.«

Entsprechend gewinnen die »Journals« an Geschlossenheit und Konsistenz. Und vor allem Erdung. Während anfangs noch Lesefrüchte, religiöse Aphorismen und lebensphilosophische Räsonnements den meisten Raum einnehmen und durch ihre akademische Blutleere und rhetorische Gestelztheit die Tagebücher nicht immer zu einer spannenden Lektüre machen, gewinnt spätestens mit seinem Aufenthalt am Waldensee das tatsächlich Beobachtete größere Bedeutung. Und auch in den langen Gedankenprotokollen, seinen Überlegungen zur *conditio humana*, zu Leben, Gesellschaft und Regierung, manifestiert sich nun eine gewachsene stilistische Souveränität.

NICHT NUR VERSAMMELT, VERBÜNDET Ohne Aussicht auf eine baldige Anstellung und im vertrauten Kontakt mit einem professionellen Autor, der aufgrund seiner umfangreichen Vortragstätigkeit sogar ziemlich gut davon leben kann, forciert Thoreau seine schriftstellerischen Aktivitäten. Zunächst versucht er sich vornehmlich an Gedichten, bald aber auch an Prosa. Bereits im November 1837 hat er einen kurzen Nachruf auf die 86-jährige Anna Jones, eine der letzten Augenzeuginnen des Unabhängigkeitskrieges, in der lokalen Tageszeitung »The Yeoman's Gazette« veröffentlicht. Seine erste Publikation. Im April 1838 hält er auf Empfehlung von Emerson seinen Debüt-Vortrag

Drawn by J. W. Barber—Engraved by J. Downes, Worcester.

CENTRAL PART OF CONCORD, MASS.

The above is a northern view in the central part of Concord village. Part of the Court-House is seen on the left. Burying-ground Hill (a post of observation to the British officers in the invasion of 1775) is seen a short distance beyond. The Unitarian Church and Middlesex Hotel are seen on the right.

Concord 1839

vorm Lyceum. Das gewählte Thema »Gesellschaft« bietet ihm Gelegenheit, seine ganze snobistische Verachtung für die Menschen als Kollektiv auszukübeln. »Die Masse erreicht nie den Rang ihres besten Mitglieds, sondern stuft sich im Gegenteil auf die Ebene der Niedrigsten herab«, notiert er sich dazu am 14. März 1838. »Daher ist die Masse nur eine andere Bezeichnung für den Pöbel.« Und das Publikum darf sich ruhig angesprochen fühlen. Denn auch an den »privaten Zusammenkünften«, den »Treffen sogenannter Bekannter« lässt er kein gutes Haar. Das sei nicht »Nektar und Ambrosia«, sondern »einfacher Schwarztee und bröckliger Lebkuchen«. »Die äußerste Nähe, in die Menschen zueinander geraten, läuft bloß auf einen mechanischen Kontakt hinaus. Wie wenn man zwei Steine aneinanderreibt, berühren sie sich doch nicht wirklich, auch wenn sie ein vernehmliches Geräusch von sich geben.« Sein Fazit: Man entfernt sich »immer weiter von der wahren Gesellschaft«, in der die Menschen nicht nur »versammelt«, sondern wirklich »verbündet« waren.

Die Besucher des Lyceums scheinen ihm das nicht übel genommen zu haben. Im Gegenteil, ein halbes Jahr später wählt man ihn zum Kurator der Institution. Die nächsten zwölf Monate ist er jetzt für das Programm und den geregelten Ablauf der Veranstaltungen zuständig. Er macht seine Sache so gut, dass man ihn für ein zweites Jahr im Amt bestätigt, und er wäre noch ein weiteres Mal wiedergewählt worden, wenn er nicht abgelehnt hätte.

Von dem Erfolg ermutigt, setzt er sich bald an einen neuen, offenbar komplementären Vortrag über »Klang und Stille«. Aber obwohl ihm einiges dazu einfällt, schafft er es nicht, seine Gedanken in eine halbwegs geschlossene Form und also zum Vortrag zu bringen. »Wie die wahrste Gesellschaft sich immer mehr der Einsamkeit nähert«, notiert er sich im Dezember, »so verfällt die vorzüglichste Rede schließlich in Schweigen.« Man ahnt, warum er nicht recht fertig wird mit dem Thema.

Sein wohlgefällig aufgenommenes öffentliches Debüt als Dichtergelehrter stärkt sein Selbstvertrauen, und so wagt er sich Mitte des Jahres aus der Deckung und gründet, ganz der amerikanische Selfmademan, eine Privatschule im Haus seiner Eltern. Zuvor hat man ihm geflüstert, dass die angesehene Concord Academy bald schließen werde. Und so geschieht es. Im September darf er nicht nur deren Räumlichkeiten, sondern auch deren guten Namen nutzen.

Nach einigen Startschwierigkeiten melden sich so viele Schüler an – sogar auswärtige, die dann bei den Thoreaus im Haus wohnen –, dass er bereits im Februar 1839 einen weiteren Lehrer einstellen muss. Sein Bruder John gibt die Stelle im 40 Kilometer entfernten Roxbury gern auf, um mit ihm gemeinsame Sache zu machen. Sie unterrichten Griechisch, Latein, Mathematik, Englisch, Physik und Naturgeschichte, führen 30-minütige Pausen ein, anstatt der üblichen 10 Minuten, in denen die beiden mit ihren Schülern draußen spielen – und sie unternehmen mindestens einmal in der Woche, meistens öfter, Exkursionen in die Wälder und Felder der Umgebung. Für Thoreau, der täglich mit langen Spaziergängen Körper und Geist – *vita activa* und *vita contemplativa* – in Einklang zu bringen sucht, ist Bewegung ein wesentlicher Faktor seines Erziehungskonzepts. Genauso wie der Verzicht auf körperliche Züchtigung.

Als wollten sie Emersons Grundsatzrede »The American Scholar« in die Tat umsetzen, vermitteln sie überdies Praxiswissen. Ihre Schüler besuchen die lokale Zeitungsdruckerei, legen einen eigenen Garten an oder lernen, wie man ein Boot teert. Thoreau erwirbt Instrumente zur Landvermessung, um ihnen den praktischen Wert der Mathematik näherzubringen. Die Kenntnisse, die er sich dabei aneignet, werden ihm selbst auch noch von Nutzen sein.

In »Walden«, viele Jahre später, formuliert Thoreau sein pädagogisches Ideal. »Wer macht am Ende eines Monats die größeren Fortschritte: der Junge, der sich sein eigenes Taschenmesser aus dem Erz herstellt, das er selbst ausgegraben und geschmolzen und nur das hierfür Notwendigste gelesen hat – oder derjenige, der sich Vorlesungen über Metallurgie an der Hochschule anhört und dann von seinem Vater ein teures Taschenmesser geschenkt bekommt?«

Aber die beiden haben nicht nur ein progressives Konzept, das mit seinen Feldstudien und den vielen praktischen Übungen moderne pädagogische Methoden vorwegnimmt, sie besitzen ganz offensichtlich auch didaktisches Talent. Wenn man den Erinnerungen der Schüler Glauben schenken darf, konnte Thoreau seinen eigenen Bildungsenthusiasmus durchaus vermitteln und war zudem in der Lage, den notorisch langweiligen Schulstoff mit fesselnden Geschichten oder anschaulichen Beispielen goutierbar zu machen.

Das Schulexperiment der Thoreaus dauert nicht einmal drei Jahre. In dieser Zeit bringen die beiden das nicht geringe Kunststück zuwege, die herkömmliche zeitgenössische Steißpaukerei zu revolutionieren, ohne den Ärger der Öffentlichkeit und der Eltern auf sich zu ziehen. Im Gegenteil, die Pionierarbeit der beiden wird allenthalben geachtet. Es gibt sogar eine Warteliste. Aber John, schon immer dünn und von schwacher Gesundheit, erkrankt plötzlich an Tuberkulose. Allein kann und will Henry die Schule nicht weiterführen, und so schließt sie am Ende des ersten Quartals 1841 endgültig ihre Pforten.

FRUCHTBARER MÜSSIGGANG In den Sommerferien des Jahres 1839 unternehmen John und Henry eine Bootstour. Sie haben sich dafür eigens ein Dory gebaut, ein größeres Kanu mit Mast, das sich rudern und segeln lässt – Thoreau tauft es »Musketaquid«, nach dem Indianernamen für ihren Heimatfluss. Sie brechen am letzten Augusttag auf und rudern den Concord River hinunter, der auf den Merrimack trifft, von dort flussaufwärts zum Fuß der White Mountains, um den höchsten Gipfel der Gebirgskette, den Mount Washington, zu besteigen. Sie sind zwei Wochen unterwegs, vom 31. August bis zum 13. September, und Thoreau hat sein Tagebuch dabei. »Während ich hier schreibe, höre ich um mich herum Füchse über totes Laub traben, und jetzt sacht über das Gras, als wollten sie den fallenden Tau nicht stören. Warum sollten wir nicht nachbarliche Beziehungen mit den Füchsen pflegen? Als wollte er unsere scheinbaren Annäherungsversuche überbieten, kommt einer herbei und begrüßt uns naseweis unter unserem Zeltvorhang. Und wir weisen ihn nicht grob zurück«, notiert er sich am ersten Abend und gefällt sich ein bisschen in der Rolle des heiligen Franziskus. »Pst! hier am Boot erhebt die Bisamratte Zoll auf Kartoffeln und Melonen. Haben wir nicht das Zeitalter der Gütergemeinschaft? Ihre Unverschämtheit weckt in mir ein brüderliches Gefühl. Dennoch stehe ich auf, um die Lage zu erkunden, und gehe auf Samtpfoten am Ufer entlang, um ihre Bekanntschaft zu machen.«

Die noch etwas ungelenke Stilisierung verrät ihn. Offenbar hat er von Anfang an die Absicht, den Trip in eine literarische Form zu bringen. Aber so bald kommt er nicht dazu, der Unterricht nimmt ihn zu stark in Anspruch. Im Jahr darauf macht er einen ersten Versuch und skizziert am 11. Juni 1840 auf ein paar Seiten den Aufbruch der beiden. »Wir erwachen bei einem warmen Nieselregen, der unsere Pläne mit Verzögerung bedroht, doch schließlich sind Laub und Gras getrocknet und es kommt ein milder Nachmittag von solch schlichter Heiterkeit und Frische auf, dass es scheint, die Natur selbst lasse einen größeren Entwurf von sich heranreifen. Alles macht den Eindruck eines fruchtbaren Müßiggangs. Es ist die Abendzeit der Seele. Nach diesem langen Tröpfeln und Sickern aus jeder Pore beginnt die Natur wieder gesünder als je zuvor zu atmen. So stoßen wir unser Boot mit einem kräftigen Schubs vom Ufer ab, indes die Schwertlilien und Binsen nickend gute Fahrt wünschen, und wir gleiten schweigend den Fluss hinab. Als hätten wir unser Boot in den trägen Strom unserer Gedanken ausgesetzt und unser Ziel sei Nirgendwo.«

Aber die Erzählung verläppert. Es fehlt die Notwendigkeit. Mit dem frühen, für Thoreau sehr schmerzlichen Tod seines Bruders ändert sich das. Der Verlust auratisiert diesen Ausflug nachträglich. Jetzt wird er wirklich bewahrenswert. Und jetzt wächst der Geschichte eine zusätzliche, wirklich essentielle Funktion zu – als nachgetragene Liebeserklärung an John. Aber es dauert weitere acht Jahre, bis »A Week on the Concord and Merrimack Rivers«, sein erstes Buch, endlich erscheint. Thoreau braucht die Auszeit am Waldensee, um mit dem Text fertig zu werden.

NICHTS ZWISCHEN MIR UND DEM HIMMEL ALS SIE Zu den ständigen Logiergästen der Thoreau'schen Herberge gehören die Wards, Mutter und Tochter Prudence. Sie sind Mitbegründerinnen der Women's Anti-Slavery Society in Concord, der auch die drei weiblichen Thoreaus beitreten, und längst Freunde der Familie. Caroline, eine andere Ward-Tochter, ist verheiratet mit dem orthodoxen Unitarier-Reverend Edmund Quincy Sewall und lebt in der gut 80 Kilometer entfernten Küstenstadt Scituate, Massachusetts. Sie kommt gelegentlich mit ihren Kindern Ellen und Edmund zu Besuch. Die beiden Thoreau-Mädchen verstehen sich gut mit Ellen Sewall. Vor allem Sophia, die jüngere, ist ihr eine lebenslange Vertraute. Im Sommer 1839 allerdings bemerken auch die beiden männlichen Thoreaus die 17-Jährige.

Zunächst aber schließen Henry und Edmund Freundschaft. Der aufgeweckte, lebhafte, auch schon literarisch interessierte Elfjährige ist im Juni 1839 mit seiner Mutter wieder in Concord. Ellen bleibt vorerst zu Hause, um dem kränkelnden Vater zur Hand zu gehen. Edmund ist offenbar auf Abenteuer aus, da kommt ihm der Naturkundler und Indianerfreund Henry gerade recht. Und der erwidert die Zuneigung, nimmt ihn mit auf eine Segeltour, wandert mit ihm zum Waldensee und zu den Klippen von Fair Haven. In seinem Tagebuch schwärmt er am 22. Juni von »einem reinen, kompromisslosen Geist«, mit dem er in den letzten Tagen in Berührung gekommen sei. Offenbar erkennt er in Edmund einen Seelenverwandten. Entsprechend elegisch stimmt es ihn, als der Junge wieder abreisen muss. Nicht für allzu lange übrigens. Ein Jahr später melden ihn seine Eltern in der Academy an, aus Edmund wird ein weiterer Logiergast der Thoreaus und einer von Henrys Lieblingsschülern.

Einen Monat später, am 20. Juli, kommt Ellen Sewall ihrem Bruder und ihrer Mutter nachgereist. Offenbar haben die Thoreau-Burschen

Edmund Sewall

Ellen Sewall

sie eine Weile nicht gesehen oder bisher einfach nicht so genau hingeschaut, jedenfalls sind beide sofort hingerissen von ihren lockigen schwarzen Haaren und den leuchtenden Augen, ihrem Witz und freundlichen, mitfühlenden Wesen, und buhlen um die Gunst der jungen Frau. Sie verbringen viel Zeit miteinander, besuchen eine in Concord gastierende Tiershow mit echter Giraffe, machen Ausflüge zu Fuß und auf den Flüssen mit ihrem just fertig gewordenen Eigenbau Musketaquid. Bereits drei Tage nach ihrer Ankunft, am 23. Juli, sublimiert Henry seinen hormonellen Ausnahmezustand in Minneverse.

One green leaf shall be our screen,
Till the sun doth go to bed,
I the king and you the queen
Of that peaceful little green,
Without any subject's aid.

Aber allein sind sie nie. Meistens ist John dabei, immer aber Tante Prudence als Anstandsdame. »Es gibt kein Heilmittel gegen Liebe außer mehr Liebe«, schreibt er zwei Tage später. Ellen hat ihm ganz offensichtlich den Kopf verdreht, aber auch diese Romanze spielt sich eher in seiner Imagination ab, wie kaum anders möglich in jenen Jahren. Das intimste Erlebnis der beiden sind phrenologische Studien, eine pseudowissenschaftliche Mode damals. Sie tasten einander die Köpfe ab, um anhand der Unebenheiten Rückschlüsse auf Charakter, Temperament und Seelenzustand zu ziehen. Man ahnt, warum die Phrenologie in diesen verdrucksten Zeiten so beliebt war. Thoreau sorgt für Gelächter, als er überwältigt von so viel Nähe einräumt, er spüre gar keine Unebenheiten bei ihr.

Die drei – bzw. vier! – haben eine gute Zeit miteinander. Und alle sind traurig, als Ellen nach zwei Wochen mit ihrer Familie wieder nach Hause fährt. Ellen am meisten. Es hat ihr gefallen, von den Brüdern hofiert zu werden. Bald darauf machen John und Henry ihre Bootstour, und in der Zwischenzeit müssen die beiden sich geeinigt haben, wer ihr weiter nachstellen darf. Denn gleich nach ihrer Rückkehr fährt John nach Scituate ab, um Ellen wiederzusehen. Offenbar hat er das längere Streichholz gezogen. Oder er hat sein Recht als der Ältere geltend gemacht. Oder Henry lässt John den Vorzug, weil er ihm, dem attraktiveren Mann, bessere Chancen ausrechnet.

Jedenfalls trifft sich John mit Ellen in Scituate, sogar in Abwesenheit der Eltern, und die Reise scheint ein voller Erfolg gewesen zu sein, denn Henry schwelgt nun den ganzen Herbst über in Melancholie. Kurz vor Weihnachten schließt er sich dann aber Tante Prudence und John an, die für einen Besuch der Sewalls an die Küste fahren. So ganz hat er offenbar noch nicht aufgegeben. Er schickt ihr ein paar eigene Gedichte im neuen Jahr, und sie lässt ihm ausrichten, wie sehr sie ihr gefallen haben. Im Juni 1840 sehen sie sich wieder. Ellen kommt nach Concord, um nach ihrem Bruder zu sehen, der seit März von den Thoreaus unterrichtet wird. »Neulich ruderte ich in meinem Boot eine ungebundene, sogar liebreizende junge Dame«, notiert sich Henry am 19. Juni. »Während ich die Riemen betätigte, saß sie im Heck, und es gab nichts zwischen mir und dem Himmel als sie. So könnten all unsere Leben malerisch sein, wenn sie frei genug wären, doch mischen sich kleinliche Beziehungen und Vorurteile ein, um den Himmel auszusperren, und wir sehen nie einen Menschen so einfach und deutlich wie die Wetterfahne auf einem Kirchturm.« Zehn Tage später ein ähnlicher Eintrag. »Von allen Phänomenen ist meine eigene Rasse doch die mysteriöseste und unauffindbarste«, heißt es da. Wie lange er sich auch bemüht habe, einen Menschen zu treffen, es sei ihm nicht geglückt.

Irgendetwas scheint schiefgelaufen zu sein. Vielleicht spricht hier auch nur die Enttäuschung darüber, dass John wieder einmal die Initiative übernommen hat. Nach ihrer Abreise nutzt er die erste Gelegenheit, um ihr hinterherzufahren, und bei einem Strandspaziergang, bei dem sie Tante Prudence für einen Moment abgehängt haben, hält er um ihre Hand an. Sie stimmt dem Antrag zunächst zu, angeblich vor lauter Überraschung, bemerkt dann aber bald ihren Fehler. Ihr Herz schlägt offenbar doch für Henry. Als Ellen noch am selben Tag ihrer

Mutter von dem Antrag erzählt, ist diese außer sich und beschwört die Tochter, John sofort zurückzuweisen. Ihr alter Herr, ein Unitarier der strikten Observanz, würde einer Ehe mit einem transzendentalistischen Sektierer niemals seinen Segen geben. Ellen tut, wie ihr geheißen, und John reist schweren Herzens wieder ab.

»Diese zwei Tage, in denen ich keine Einträge in mein Tagebuch gemacht habe«, schreibt Thoreau nach der Ankunft seines Bruders am 19. Juli, »sind in Wirklichkeit ein Äon gewesen, in dem ein syrisches Reich hätte aufsteigen und stürzen können. Wie viele Persien sind in der Zwischenzeit verloren und gewonnen worden? Die Nacht ist mit frischen Sternen besät.«

Henry wittert seine Chance, zumal er von Tante Prudence hört, dass Ellen sich nach ihm erkundigt. Die Sewalls merken etwas und schicken ihre Tochter für eine Weile zu Verwandten, weit weg, damit sie sich die Thoreaus endgültig aus dem Kopf schlägt. Aber sie bleibt auch hier mit ihrer Tante in Verbindung. Thoreau weiß also, wohin er seinen Brief adressieren muss. Im November fasst er sich ein Herz und macht ihr einen Heiratsantrag. Sie fragt brieflich bei ihrem Vater an, und der beordert sie sofort zurück nach Haus und fordert eine Absage in »kurzer, expliziter und kalter Manier«. Er wünscht nun mal keinen Sektierer in der Familie. Und einmal mehr bleibt ihr kaum eine Wahl, als dem Reverend zu gehorchen.

Obwohl sie sich in der Folgezeit aus Gründen der Schicklichkeit kaum mehr sehen, sind sie einander weiterhin zugetan. Ellen erkundigt sich regelmäßig nach ihm bei Tante Prudence und verfolgt mit großer Anteilnahme seine sich anbahnende schriftstellerische Karriere. Er nimmt ein anonymisiertes lyrisches Porträt von ihr in sein erstes Buch auf und besingt ihre »jungfräuliche Reinheit«. Ein paar Jahre später findet Ellen endlich den passenden Mann, Joseph Osgood, einen rechtgläubigen Unitarier-Pfarrer, selbstredend. Thoreau besucht die beiden auf seiner ersten Reise nach Cape Cod. Thoreau und Osgood kommen ziemlich gut miteinander aus. Als Osgood später einmal in Concord predigt, kommt Thoreau nun nicht gleich in seinen Gottesdienst –

nicht einmal Ellen konnte damals den frisch Verliebten dazu bewegen, eine Kirche zu betreten –, aber er nimmt ihn mit auf einen Spaziergang zum Waldensee. Sie bleibt seine große Liebe. Kurz vor seinem Tod erwähnt seine Schwester Sophia zufällig ihren Namen, und ihm geht das Herz auf. »Ich habe sie immer geliebt«, antwortet er. »Ich habe sie immer geliebt.«

DURCH DIE ENTFERNUNG BESSER BEKANNT Es gibt noch andere Frauen in seinem Leben. Alle gehören sie zum Umkreis von Emerson. Dessen Frau Lidian zum Beispiel. Thoreau verehrt sie, nennt sie seine »Mutter-Schwester«, und so behandelt sie ihn auch. Thoreaus Biograph Henry Seidel Canby hat versucht in die spärlichen Dokumente ein erotisches Begehren Thoreaus hineinzugeheimnissen, das von Lidian schließlich zurückgewiesen worden sei. Aber man muss diese Lesart schon sehr wollen, um sie überzeugend zu finden.

Etwas anderes ist es schon bei Lidians älterer Schwester Lucy Jackson Brown, einer von ihrem hochverschuldeten Ehemann mit zwei Kindern sitzengelassenen, fast 20 Jahre älteren, grazilen und für Concord-Verhältnisse fast ein bisschen aristokratischen Lady, die eine Zeitlang bei den Thoreaus logiert. Schon während seiner Studentenzeit hat er ihr einen Blumenstrauß, eingewickelt in ein melancholisches Poem über die Vergeblichkeit seiner Liebe zu ihr, durchs offene Fenster geworfen. Eine solche Beziehung ist tatsächlich undenkbar. Der erste Mann ein abgängiger Bankrotteur, der zweite ein Jüngling, halb so alt wie sie? Damit hätte sie sich endgültig ins gesellschaftliche Abseits befördert. Selbst wenn Thoreau ihr jemals irgendwelche Avancen gemacht haben sollte, wird sie ihn sanft in die Schranken gewiesen haben. Und so steht am Ende auch hier die Idealisierung. »Ich kenne eine Frau, die mit ihrem sanften Tadel so aufrichtig zu mir ist und so beständig wie der blaue Himmel«, schwärmt er am 4. Januar 1841. »Wenn ich unter ihrem Einfluss stehe, dann fällt plötzlich alle Anmaßung ab und ich werde von ihr wie durch Wind und Regen gefegt, so dass aller

Makel entfernt ist. Ich bin glücklich, dass ich mich täglich vor ihr (wie ein Spiegel) hin und her bewegen – und meine Stärke in ihren Blicken beweisen kann. Sie ist zu mir aufrichtiger als zu sich selbst. Ihre Augen sind wie die Fenster der Natur, durch die ich Blicke auf das Ursprungsland der Seele erhasche und von denen ein Licht ausstrahlt, das nicht von der Sonne kommt.« Das göttliche Licht.

Eine solche Apotheose, mit der zugleich ein Gewinn an Distanz von der realen Person verbunden ist, erfährt auch Mary Russell, eine Freundin von Lidian Emerson, die sich in den Sommermonaten 1840 und 1841 bei den Emersons aufhält und sich als Hauslehrerin um ihren Sohn Waldo kümmert. Auch Thoreau wohnt 1841 dort, die beiden hatten also direkten Umgang miteinander. Aber so richtig scheint er sich erst für sie zu erwärmen, als sie im Herbst des Jahres Concord wieder verlässt. Er schmachtet ihr in einem Gedicht hinterher (»To the Maiden in the East«).

Still will I strive to be
As if thou were with me;
Whatever path I take
It shall be for thy sake

Und ins Tagebuch notiert er sich am 12. Dezember 1841, er habe »jüngst von einigen Charakterzügen eines schönen und ernsten Mädchens« gehört, »das ich nur oberflächlich gekannt hatte, das sich aber fortan durch die Entfernung besser bekannt gemacht hat«. Das ist bezeichnend für Thoreau. Er braucht den Abstand, um sie vergöttern zu können. »Jedes Mädchen birgt eine schönere Blüte und köstlichere Frucht als irgendein Kelch auf dem Feld«, fährt er fort, »und wenn sie mit abgewandtem Gesicht geht und auf ihre eigene Reinheit und ihre erhabenen Entschlüsse vertraut, wird sie bewirken, dass der Himmel zurückschaut, und die gesamte Natur wird sie demütig als ihre Königin anerkennen.«

Der Puritanismus, der das neuenglische Klima so lange beherrscht hat, lässt sich eben nicht so einfach mit ein paar forschen Programmschriften hinwegfegen. Thoreau hängt ihm tiefer an, als ihm selbst vermutlich lieb, zumindest als gut für ihn ist. Mit dem transzendentalistischen Bekenntnis zur Natur als Ort Gottes hätte für ihn auch eine gewisse Sinnenfreude verbunden sein können. Wenn schon in jeder Materie ein Stück von der ewigen Essenz steckt, sollte man auch den Körper und alles, was sich damit anstellen lässt, bedenkenlos preisen können. Überall sonst feiert er doch die Natur als das große Vorbild, preist er deren Wildheit als Lebensquell, gerade in der Liebe will er das Wilde domestizieren, die Natur überwinden. Zumindest seine sexuelle Natur. Er übt sich in Entsagung, pflegt eine Askesehaltung, die selbst einem verknöcherten Puritaner zur Ehre gereicht hätte.

In seinem ersten Buch »A Week on the Concord and Merrimack Rivers« hat er sein Konzept von Freundschaft und Liebe schließlich fertig ausformuliert. »Der wahre Freund«, heißt es da, »wird sich an seinen Freund etwa mit folgenden Worten wenden. ›Ich bat dich nie um Erlaubnis, dass ich dich lieben darf – ich habe ein Recht dazu. Ich liebe dich nicht als etwas Privates und Persönliches, das dein eigen ist, sondern als etwas dem All Gehöriges und der Liebe Würdiges, das ich gefunden habe. Oh, wie ich von dir denke! Du bist in reiner Weise gut – du bist unendlich gut. Ich kann dir auf immer trauen. Ich dachte nicht, dass die menschliche Natur so reich wäre … Das möchte ich gern: So innig mit dir verbunden sein, wie es unsere Geister sind, und dich achten, wie ich mein Ideal achte; dass wir einander durch kein Wort, keine Tat, nicht einmal durch einen Gedanken entweihen. Es soll möglichst keine Vertrautheit zwischen uns geben!‹«

Man kann einem solchen Freundschaftsideal nicht gerecht werden. Thoreau hat das durchaus gesehen. »Vielleicht gibt es keinen, der milde, keinen, der uneigennützig, keinen, der weise, edel und heldenhaft genug für eine wahre und dauernde Freundschaft ist.« Und trotzdem hält er an der Idee fest, weil ein Leben ohne ein solches »höheres Gesetz« kein Leben wäre. Um dann von der Realität ständig aufs Neue enttäuscht zu werden. »Ich habe gewisse Freunde, die ich gelegentlich besuche, aber gewöhnlich breche ich von ihnen bald mit einem bittersüßen Gefühl wieder auf«, notiert er sich am 24. November 1850. »Was wir lieben, ist so gemischt und verwickelt mit dem, was wir einer im andern hassen, dass wir durch das Zusammensein mehr betrübt und enttäuscht, ja einander entfremdet werden als durch Fernsein.«

Das erklärt seine mitunter harsche Unfreundlichkeit im persönlichen Umgang. Er fordert zu viel von sich und seinen Mitmenschen. Er brüskiert seine Leute, indem er sie, bisweilen auch ungefragt, mit unbequemen Wahrheiten konfrontiert, und ist selbst enttäuscht, wenn er bei ihnen »billige Höflichkeit« anstatt »Wahrheit« bemerkt. Hier zeigt sich einmal mehr, wie sich idealistische Schwärmerei und Realität vertragen. Überhaupt nicht.

Das erklärt aber auch, warum er keine echte Beziehung zu einer Frau eingehen konnte. Die hätte handfeste, unsublimierte, den Geist erniedrigende Körperlichkeit erfordert. So etwas zutiefst Profanes wie Sexualität hätte Thoreaus ätherisches Idealbild schlicht beschmutzt. »Kein wahrhaftiger und mutiger Mensch wird willens sein, in solch einer Beziehung mit seinem Gefährten zu leben, wie es derzeit die Gesetze jedes Haushalts verlangen«, schreibt er am 19. März 1841. »Das Haus ist geradezu der Schlupfwinkel und die Brutstätte unseres Lasters. Ich brenne darauf, mich aus diesem unsauberen Ort zurückzuziehen. Unter diesem Dach bewegt sich die Luft nicht; hier herrscht Muff.« Was er da wohl entdeckt hat?

In einem Brief an seinen späteren Freund und Jünger Harrison G.O. Blake wird er noch expliziter. Blake heiratet Ende Oktober 1852 zum zweiten Mal und fragt vorher Thoreau um Rat, wie man miteinander umgehen müsse, um die Poesie der Liebe nicht einzutauschen gegen »eine prosaische & abgeschmackte Vertraulichkeit«. Thoreau schickt ihm, vermutlich irgendwann im September 1852, der Brief ist undatiert, »unzusammenhängende Fragmente« über »Liebe« und »Keuschheit und Sinnlichkeit«. Und er bekennt gleich eingangs sein »Unwissen darüber, inwieweit ich die Lage der Menschen im Allgemeinen anspreche oder inwieweit ich meinen eigentümlichen Makel verrate«.

Er hat so seine Zweifel, ob ausgerechnet er in Sachen Eheberatung der richtige Ansprechpartner ist, und tatsächlich geraten ihm seine Ausführungen zu einer Verherrlichung des Zölibats. »Lasst uns lieben, indem wir einander verweigern und nicht hinnehmen. Liebe und Wollust liegen weit auseinander. Das eine ist gut, das andere schlecht. Wenn die Zugeneigten mitfühlen durch ihre höheren Veranlagungen, dann ist da Liebe; aber es besteht die Gefahr, dass sie durch ihre niedrigeren Veranlagungen mitfühlen werden, und dann ist da Wollust. Es ist nicht nötig, dass dies wohl bedacht sei, ja nicht einmal bewusst; aber im Kontakt der Zuneigung liegt die Gefahr, dass wir einander beschmutzen und verderben könnten, denn umarmen können wir nur durch vollkommenes Umarmen«, das heißt »mit unseren reinsten und heiligsten Gedanken.« Dann allerdings darf man auch »Erleuchtung« erwarten.

Ein einziges Argument für die »Kohabitation« – so bezeichnet er die Sache in »Walden« vornehm, wo er noch einmal sein Sublimationskonzept ausführlich verteidigt – lässt er immerhin gelten: »Verbesserung« der eigenen Spezies. »Wilde Tiere vermehren lediglich ihre Art; die Nachkommen edler Männer und Frauen aber werden sich selbst überlegen sein, wie es ihr Bestreben ist. An ihren Früchten sollt ihr sie erkennen.«

Zum Glück für die Frauen hat sich Thoreau schließlich von ihnen ferngehalten. Mary Russell ist anscheinend die letzte, für die er Gefühle aufbringt. Jedenfalls gibt es keine Quellen, die etwas anderes vermuten lassen. In den 1840er Jahren arrangiert er sich mit seinem Junggesellendasein und überhöht es zu einer veritablen Lebensphilosophie, in der das weibliche Geschlecht erotisch für ihn keine Rolle mehr spielt. »Die ganze Natur ist meine Braut«, schreibt er am 23. April 1857 ins Tagebuch. »Die Natur, die für den einen eine nackte und grässliche Einöde ist, ist für den anderen eine süße, zärtliche und wohltuende Gesellschaft.«

Als die Hauslehrerin der Emersons, Sophia Ford, ihm schließlich einen Heiratsantrag macht, ist ihm das alles vor allem sehr lästig. Er habe einen »tragischen Briefwechsel« mit Miss Ford geführt, schreibt er Emerson am 14. November 1847 nach London. »Sie wünschte wirklich – ich zögere, es zu schreiben –, mich zu heiraten. So liest man es heraus. Natürlich schickte ich keine wohlüberlegte Antwort. Wie hätte ich da überlegen können? Ich schickte ein so deutliches Nein zurück, als ich nach beträchtlicher Übung auszusprechen gelernt habe, und ich hoffe zuversichtlich, dass dieses Nein seinen Zweck erfüllt hat. Ich wünschte tatsächlich, es möchte zerplatzen, nachdem es getroffen und eingeschlagen und sich fühlbar gemacht hätte. Auf andere Weise ging es nicht. Ich hatte wirklich keinen derartigen Feind auf meiner Lebensbahn vorausgesehen.« Die Frau ist also mittlerweile der Feind.

Man kann sich die Frage stellen, ob Thoreau von Anfang an nur die philosophischen Implikationen einer Liebesbeziehung im Blick hat. Oder ob seine zölibatäre Lebenskonzeption eine Folge der Zurückweisungen der von ihm begehrten Frauen ist, also nicht zuletzt ein Selbstschutz vor weiteren Enttäuschungen. Für Letzteres spricht zumindest, dass er in der Folge eine nicht nur latente Misogynie entwickelt. Er macht sich immer wieder lustig über Frauen, besonders gern über junge, hübsche. »Die Gesellschaft von jungen Frauen ist die unprofitabelste, die ich je versucht habe. Sie sind so leicht und flüchtig, dass du niemals sicher sein kannst, ob sie da sind oder nicht da sind«, grantelt er am 14. November 1851.

SYMPATHIE Es gibt noch eine weitere Möglichkeit, die Thoreaus Ressentiments gegenüber Sinnlichkeit, Wollust, Sex erklären könnte: Thoreau war schwul. So schwul man sein kann in körperfeindlichen, prä-homosexuellen Zeiten, die für gleichgeschlechtliche Liebe noch gar keinen Begriff kennen, nur den der »Sodomie«, mit dem die christliche Kirche es jahrhundertelang verstanden hat, deviantes Sexualverhalten als Perversion zu denunzieren und zu inkriminieren.

Mittlerweile hat sich diese Sichtweise im angelsächsischen Raum als allgemeine Lehrmeinung durchgesetzt. Walter Harding, der 1996 verstorbene Nestor der Thoreau-Forschung, hatte als Erster in einem Aufsatz über »Thoreau's Sexuality« im »Journal of Homosexuality« vor allem auf Basis der Tagebücher die These aufgestellt, Thoreau habe sich vornehmlich zu Männern hingezogen gefühlt. Harding gibt zu, dass es sich um eine psychologische Spekulation handelt, denn wirklich eindeutige oder auch nur eine solche Lesart nahelegende Zeugnisse kann er nicht vorbringen.

Vor einigen Jahren hat David Bergmann Thoreau dann ohne große Skrupel mit in seine Anthologie »Gay American Autobiography: Writings from Whitman to Sedaris« aufgenommen, und er zitiert dort diverse Tagebucheinträge aus dem Zeitraum vom 25. September bis zum 15. November 1840. Harding und Bergmann bewegen sich auf ähnlich dünnem Eis wie einst Arno Schmidt, der in seiner »etymtheoretischen« Studie »Sitara und der Weg dorthin« Karl May unter anderem anhand der vielen Höhlen in seinem Werk als veritablen Analerotiker entlarven zu können glaubte. Eine gewisse Plausibilität kann man zumal der Summe der Einzelbefunde nicht absprechen, aber jeder einzelne ist dann doch anfechtbar, beweist eher die Findigkeit des Interpreten als das, was bewiesen werden soll.

Die offensichtlichsten Stellen aus dem Tagebuch sind schnell kompiliert. Am 25. September schreibt er: »Mein Freund muss mein Zeltgenosse sein.« Wenn man in Betracht zieht, dass seine Notizen über Freundschaft Teil des Flussfahrt-Schreibprojekts sind, dann könnte hier auch der Bruder gemeint sein. Der war schließlich sein Zeltgenosse und wird später in dem Buch zum Exempel für die echte Freundschaft, die er meint.

Die anderen Belege sind eher noch nebulöser. Unter dem 19. Oktober heißt es: »Mein Freund wohnt am fernen Horizont, der dort so reich ist wie eine östliche Stadt. Dort segelt er ganz allein unter dem Rand des Himmels, doch gehen Gedanken still von mir aus und nehmen ihn in Beschlag, bis er schließlich in meine Reede fährt. Doch nie kommt er wirklich, um in meinem Hafen zu ankern. Vielleicht biete ich keinen guten Ankerplatz. Er scheint sich in einer glänzenden Atmosphäre zu bewegen, während ich aus den umgebenden Räumen tiefer

Dunkelheit auf ihn spähe. Sein Haus ist für meine Augen weißglühend, während ich kein Haus habe, sondern seinem nur nahe bin.«

Und am 3. November schreibt er: »Die Wahrheit ist immer nur enthalten, nie vorenthalten. – Wie eine feudale Burg der Hauptsitz der Gastfreundschaft sein kann, obwohl das Portal nur eine kleine Lücke im Ring der Mauer darstellt. So ist von den drei Punkten in der Festung der Kokosnuss einer stets so weich, dass er von einem Dorn durchbohrt werden kann, und der Reisende ist dankbar für die dicke Schale, welche die Flüssigkeit so getreulich festhielt.«

Man kann dem einen schwulen Subtext unterstellen, wenn man mag. Genauso wie seinem hübschen Gedicht »Friendship«:

Two sturdy oaks I mean, which side by side,
Withstand the winter's storm,
And spite of wind and tide,
Grow up the meadow's pride,
For both are strong

Above they barely touch, but undermined
Down to their deepest source,
Admiring you shall find
Their roots are intertwine

Aber wirklich zwingend erscheint das alles nicht. Etwas intrikater ist da schon sein elegisches Gedicht »Sympathy«, das er seinem späteren Lieblingsschüler Edmund Sewall, Ellens Bruder, nach den mehr oder minder gemeinsam verbrachten Sommerferien in Concord schenkt.

Lately alas I knew a gentle boy,
Whose features all were cast in Virtue's mould,
As one she had designed for Beauty's toy,
But after manned him for her own strong-hold.

Einem heutigen Leser wird unbehaglich, wenn ein männlicher Erwachsener, wie rhetorisch verklausuliert auch immer, die Schönheit eines Jungen besingt. Da mag er anschließend noch so sehr als Tugendbollwerk gepriesen werden. Es gibt noch andere vermeintlich dubiose Verse in dieser Elegie, die ein bisschen zu vollmundig das Innige ihres Verhältnisses, die Seligkeit des lyrischen Ichs und schließlich dessen Trauer über den Verlust beschwören.

We two were one while we did sympathize,
So could we not the simplest bargain drive;
And what avails it now that we are wise,
If absence doth this doubleness contrive?

Eternity may not the chance repeat,
But I must tread my single way alone,
In sad remembrance that we once did meet,
And know that bliss irrevocably gone.

Und in der Strophe davor scheint er nachgerade zu bedauern, dass sie sich nicht noch näher gekommen sind.

Each moment, as we nearer drew to each,
A stern respect withheld us farther yet,
So that we seemed beyond each other's reach,
And less acquainted than when first we met.

Was wie eine kaum noch camouflierte Liebeserklärung klingt, war für Edmunds Eltern nicht weiter der Rede wert. Thoreau schenkt dem Jungen eine Abschrift, sie nehmen die wortreiche Huldigung gegenüber ihrem Sohn wohlwollend zur Kenntnis und schicken ihn, wie schon erwähnt, bald darauf in seine pädagogische Obhut. Und vielleicht spricht aus dieser lyrisch amplifizierten Ergebenheitsadresse wirklich nur der Geist des Idealismus, der keine profanen Hintergedanken kennt. Zumindest ist er sich ihrer nicht bewusst. Der transzendentalistische Schwärmer macht keinen Unterschied zwischen Mann und Frau oder Kind. Thoreaus Freundschafts-Ideal geht, wie er in »A Week on the Concord and Merrimack Rivers« schreibt, »über die Grenzen unseres irdischen Lebens hinaus und nimmt den Himmel für uns vorweg«. Freundschaft ist für ihn ein Zeugnis des Göttlichen im Diesseits, also etwas ausschließlich Geistiges. Und so lässt sich möglicherweise auch hier seine »Sympathie« lesen.

Dass sich damit unbewusst eine Sehnsucht, vielleicht sogar ein Begehren ausdrücken kann, das in der bürgerlichen Gesellschaft Mitte des 19. Jahrhunderts schlicht keinen Platz hatte, ja, dass es möglicherweise einer solchen Sublimation bedurfte, gerade weil es keinen Platz hatte, bleibt davon ganz unberührt. Nur scheint Thoreau selbst nichts davon geahnt zu haben. Wenn er auch nur die kleinsten Zweifel an der Unbedenklichkeit dieses Gedichts gehabt hätte, wäre er nicht so offen damit umgegangen. Ein paar Wochen später zeigt er es Emerson. Und auch der sieht nichts Verwerfliches darin, im Gegenteil. »Die reinste Form, und die erhabenste, glaube ich, die bis jetzt aus diesem unpoetischen amerikanischen Wald geläutet hat«, notiert sich Emerson am 1. August 1839 im Tagebuch, und im Jahr darauf veröffentlicht er die Verse in der ersten Nummer des »Dial«. Auch er hört die Glocken läuten in diesem Poem, liest es mithin als eine Art Glaubensbekenntnis.

Wo wirklich aussagekräftige Dokumente fehlen, springt naturgemäß gern die Fantasie ein. John Schuyler Bishop hat mit »Thoreau in Love« gleich einen ganzen Roman geschrieben, in dem er Thoreau, während seines Aufenthalts in Staten Island, eine wilde Affäre mit einem Mann andichtet. Dahinter steht offenbar die wahrhaft menschenfreundliche Hoffnung, er möge nicht als Jungfrau gestorben sein. So sieht es aber leider aus. Selbst wenn man eine Präferenz für Männer bei ihm annehmen will, ausgelebt hat er sie augenscheinlich nicht. Das muss auch Harding konzedieren. Und das wäre auch schwierig geworden in einer restriktiven Gesellschaft, die Sodomie empfindlich bestraft. In England werden noch 1835 zwei eines solchen Vergehens überführte

Delinquenten hingerichtet, in den USA drohen zumindest lange Gefängnisstrafen.

Man darf bei aller Spekulation über Thoreaus Sexualität nicht vergessen, in welcher prüden, ja geradezu asexuellen Atmosphäre er aufgewachsen ist. Es gehört gewissermaßen zur Familientradition, ledig zu bleiben. Keins seiner Geschwister wird sich verheiraten. Diverse alte Jungfern und Junggesellen gehören zum erweiterten Familienkreis – Tante Jane, Tante Maria, Tante Louisa, Tante Sally, Tante Betsy und der kauzige Onkel Charles wohnen sogar eine Weile mit ihnen unter einem Dach. Eine Junggesellenexistenz ist in seiner Familie nichts, wofür man sich schämen muss, sondern eine akzeptierte Tatsache.

THYMIAN UND MAJORAN Lesungen und private Diskussionsrunden, das sind die Plattformen, auf denen die Transzendentalisten ihre Ideen diskutieren und propagieren. Als Schwätzer verlacht oder, noch schlimmer, als Ketzer diffamiert, wird ihnen von den eingeführten Intellektuellenmagazinen wie »North American Review«, »The Knickerbocker« oder »The Yale Review« nur ausnahmsweise Platz zur Publikation geboten. Auch der Zugang zum Buchmarkt wird ihnen erschwert, weil die meisten Verlage auf einer Übernahme der Druckkosten bestehen. Um die eigenen Reihen zu schließen und für ihre neue Konfession zu werben, beschließen die führenden Köpfe – Emerson, Frederic Henry Hedge, Amos Bronson Alcott, Theodore Parker und George Ripley – im Spätsommer 1839 die Gründung einer Vierteljahresschrift. Alcott, der Reformpädagoge und Schriftsteller, mit dem sich Thoreau in der Zwischenzeit angefreundet hatte, wirft den Namen »The Dial« in die Runde, auf den sich alle einigen können. Thoreau gehört zu den ersten Abonnenten. Mit Emerson als *spiritus rector* im Hintergrund rechnet er sich gute Chancen aus, hier regelmäßig publizieren zu können.

Emerson trägt Margaret Fuller die Herausgeberschaft an. Und Fuller, die von ihrem Vater zum intellektuellen Wunderkind dressierte, angeblich belesenste Frau Neuenglands, die bald zur ersten Profi-Autorin der USA avanciert, macht sich Anfang 1840 an die Arbeit. Im Juli erscheint Nummer eins. Emerson hat dafür gesorgt, dass Thoreaus Gedicht »Sympathy« Aufnahme findet. Außerdem eine erste literaturkritische Fingerübung, »Aulus Persius Flaccus«, über den römischen Stoiker und Satiriker, die Thoreau selbst nicht sehr schätzte.

Emerson versucht immer wieder Einfluss zu nehmen auf Fuller und Thoreaus Publikationen durchzudrücken. So richtig gelingt ihm das nicht. In den zwei Jahren, in denen sie die redaktionelle Verantwortung hat, bringt Thoreau nur vier Gedichte und eine Übersetzung unter. Die Zusammenarbeit erweist sich von Anfang an als schwierig. Und ihr Verhältnis bleibt ambivalent, respektvoll zum einen, aber auch kritisch, idiosynkratisch. Sie sind sich offenbar gegenseitig nicht ganz geheuer.

Im Sommer 1840 bietet Thoreau ihr einen langen Essay an, »The Service«, an dem er viele Monate gearbeitet hat. Fuller braucht etwas Bedenkzeit und lehnt ihn schließlich ab. Er sei zwar »reich an Gedanken«, schreibt sie ihm, aber die seien so unordentlich vorgetragen, dass die Lektüre ihr »Verdruss« bereite. Fehlende Stringenz, das ist ein Vorwurf, den man vielen seiner Essays machen könnte. Da er sie in der Regel aus Tagebuchfragmenten kompiliert, sind sie in ihrer Struktur oftmals eher assoziativ, aphoristisch. Man sieht ihnen bisweilen den Produktionsprozess noch an. In seinen besten Arbeiten macht gerade das den Reiz aus. Die Collagemethode bedingt gewissermaßen ihre stilistische Variabilität, Lebendigkeit und Mehrdeutigkeit. »The Service« ist vor allem wirr. Auf die gerade kursierende Pazifismus-Debatte Bezug nehmend, schlägt er sich auf die Seite der Gegner und elogiert die »Qualitäten des Rekruten«. Es geht ihm nicht in erster Linie um die Bewährung im Kampf, obwohl er auch das nicht ausschließt. Der Rekrut ist ihm vor allem Symbol für den ganzen Menschen, der im Rhythmus des Universums seinen Weg geht. »Eines Mannes Leben sollte ein stolzes Marschieren zu unhörbarer Musik sein«, dekretiert er. Ähnliche Gedanken zum autonomen Ich, das einer höheren Idee folgt und dadurch im Einklang mit den »Sphären« steht, hat er später weit-

Margaret Fuller

aus weniger pompös und verstiegen formuliert. Selbst Emerson war das diesmal augenscheinlich zu dithyrambisch. Der Aufsatz bleibt ungedruckt, obwohl er im März 1842 die Redaktionsgeschäfte übernimmt.

Margaret Fuller hat inzwischen enttäuscht die Brocken hingeworfen, weil der Erfolg des »Dial« mit gerade mal 300 Abonnenten und einer Verkaufsauflage von gut 1000 Stück weit hinter ihren Erwartungen zurückbleibt und sie deshalb auch nicht bezahlt werden kann. Ein Jahressalär von 200 Dollar ist abgemacht, aber die Zeitschrift spielt kaum die Druckkosten ein.

Nach Fullers Demission steht der »Dial« Thoreau weit offen. Er übernimmt das Korrektorat und veröffentlicht diverse Gedichte, bis Emerson ihm gegenüber etwas deutlicher wird – und Thoreau, frustriert von dessen abschätzigem Urteil, einen Teil seiner Lyrik verbrennt. »Er strebte zweifellos nach dichterischem Ausdruck und technischer Fähigkeit«, urteilt Emerson später in seinem Nachruf, aber seine »Verse sind oft grob und mangelhaft. Ihr Gold fließt noch nicht rein, es ist schlackig und unverarbeitet. Thymian und Majoran sind noch kein Honig.«

Von seinem Freund ermuntert, konzentriert er sich jetzt stärker auf die Prosa und veröffentlicht mit »The Natural History of Massachusetts« im Juli 1842 einen Essay, der weit vorausweist auf sein späteres Werk. Ursprünglich gedacht als eine Sammelbesprechung diverser Untersuchungen zur Flora und Fauna seiner Heimat, wächst ihm dieser Text unter der Hand zu einem eigenständigen, aus Tagebucheinträgen montierten Lobgesang auf den Reichtum der Natur. Hier ist Thoreau – zumindest partiell – zum ersten Mal ganz bei sich.

»Ich glaube, dieser Artikel vermittelt ein sehr gutes Bild seines Denkens und Wesens«, schreibt Nathaniel Hawthorne am 1. September 1842 in sein Tagebuch. Die beiden haben sich in diesem Sommer kennengelernt. »So wahr, genau und nüchtern in der Beobachtung, doch ebenso die Seele wie das Äußere dessen vermittelnd, was er sieht, wie ein See seine bewaldeten Ufer widerspiegelt, jedes einzelne Blatt zeigt, aber auch die wilde Schönheit der ganzen Szene abbildet. Außerdem gibt es in dem Artikel Passagen vager und verträumter Metaphysik, teils gekünstelt und teils dem natürlichen Atem seines Intellekts entsprungen – und auch Stellen, wo seine Gedanken das Maß und den Klang spontaner Verse anzunehmen scheinen, was nur folgerichtig ist, da er echte Poesie in sich trägt. Durch den ganzen Text ziehen sich zudem gesunder Menschenverstand und moralische Wahrheit, was ebenfalls seinen Charakter widerspiegelt. Denn er ist im Denken und Fühlen nicht ohne Klugheit, und ich finde den Umgang mit ihm gesund und erquicklich.«

In den folgenden zwei Jahren, in denen »The Dial« noch erscheint, bis auch Emerson endlich aufgibt, bekommt Thoreau genug Gelegenheit, sein Profil als Autor zu schärfen. Er wird wahrgenommen, bekommt Zuspruch, auch Kritik, macht alles in allem die ermutigende Erfahrung, dass er etwas schreiben kann, das andere für lesenswert erachten. In dieser Zeit entwickelt sich sein Selbstverständnis, ein Schriftsteller zu sein.

Thoreau steuert diverse Übersetzungen von Pindar, Aischylos und Anakreon bei, ein paar Kompilationen fernöstlicher Literatur, einen anerkennenden Hinweis auf die Zeitung der Anti-Slavery Society »Herald of Freedom« und ihren Herausgeber Nathaniel P. Rogers, schließlich einige Glossen, die er später überarbeitet in »A Week on the Concord and Merrimack Rivers« aufnimmt. Sogar einige Gedichte kann er noch einschmuggeln. Und in der Oktoberausgabe 1843 erscheint mit »A Winter Walk« ein längerer Essay, der an seine späteren Meisterwerke heranreicht und bereits zeigt, was Thoreau seinem Lehrmeister Emerson voraushat – er ist ein großartiger Beobachter. Und nicht nur das, er ist ein Sensualist.

Die ältere Philologie hat gern von seinem großen Interesse für die amerikanischen Ureinwohner auf eine »indianerhafte Schärfe« (F. O. Matthiessen) seines Sensoriums geschlossen, die gewissermaßen die Bedingung für seine dichten, suggestiven Naturbeschreibungen gewesen sei. Was auch immer dran ist an den Legenden, er habe Entfernungen ohne Instrumente mit der Präzision eines Geodäten oder die

Tageszeit fast auf die Minute genau nach dem jeweiligen Öffnungsgrad der Blüten angeben können – zumindest spricht er seinen Sinneswahrnehmungen, eben nicht nur der Augen, literarisch ein gewisses Eigenrecht zu. Er räumt den visuellen, akustischen, olfaktorischen und taktilen Affekten mindestens ebenso viel Platz ein wie der Reflexion. Meistens sogar mehr. Thoreaus Prosa schlägt sich durchs Dickicht, sie macht sich richtig dreckig, holt sich Schwielen an den Füßen, Kratzer im Gesicht und riecht bisweilen streng, während Emerson, bei aller Naturbegeisterung ein Schreibtischgelehrter, dem eleganten Schwung der Gedanken stets den Vorzug lässt.

SCHNEEIGE, FISCHIGE GEDANKEN In »A Winter Walk« verzichtet er auf den üblichen metaphysischen Gallimathias und verlegt sich stattdessen auf eine detailverliebte, sprachlich anschauliche, zwischen sachgemäßer, beinahe wissenschaftlicher Präzision und lyrischer Amplifikation originär vermittelnde Beschreibung der Natur. Dieses Verfahren hat er in seinen Journalen unterdessen weidlich erprobt.

Thoreau illuminiert einen ganzen Wintertag. Er beginnt mit dem ersten Blick durch die »frostbedeckten Scheiben« nach dem Aufstehen und schließt mit der abendlichen »Muße an warmen Öfen und Kaminen«. Dazwischen nimmt er den Leser mit auf einen Spaziergang durch die eisige Landschaft, und wie ein Scout weist er ihn auf immer neue Naturschönheiten hin. »Wenn wir uns in den hart gefrorenen Wiesen über die Bäche beugen, können wir die Unterwasserhäuschen der Larven der Köcherfliegen (*Plicipennia*) beobachten, kleine zylindrische Gehäuse, die sie aus Kalmus, Zweigen, Gras und verwelkten Blättern, Muschelstückchen und Kieselsteinen um sich gebildet haben, in Form und Farbe den Wracks ähnlich, die den Boden übersäen – bald über den Kieselgrund treibend, bald in winzigen Wirbeln kreisend und steile Wasserfälle hinabstürzend, rasant mit der Strömung dahinsausend oder hin- und herschwankend am Ende eines Grashalms oder einer Wurzel. Alsbald verlassen sie ihre versenkten Gehäuse, kriechen an den Stängeln von Pflanzen nach oben oder steigen an die Oberfläche wie Mücken, von nun an vollkommene Insekten, und flattern über die Wasserfläche oder opfern ihr kurzes Leben an der Flamme unserer abendlichen Kerzen.«

Er bietet seine ganze Suggestionskraft auf, um den schlechten Ruf der kalten Jahreszeit zu überschreiben, aus ihr eine echte Idylle zu machen. Man muss nur genau hinschauen, so genau wie er, um ihre Vorzüge zu bemerken. »Sieh, welche Tugend sich auf den kahlen Feldern und in den klirrenden Wäldern birgt. Noch an den kältesten und tristesten Orten behauptet sich eine herzerwärmende Güte. Ein scharfer, durchdringender Wind bläst alles Ansteckende fort, und nichts vermag ihm standzuhalten als das, was Tugend in sich hat.« Der Winter als eine moralische Anstalt betrachtet.

»Wenn wir so ganz allein im tiefen Wald stehen, wo der Wind den Schnee von den Bäumen rüttelt, und die einzigen menschlichen Fußspuren hinter uns lassen, finden wir, dass unsere Betrachtungen von reicherer Vielfalt sind als das Leben in den Städten. Die Meise und der Kleiber sind anregendere Gesellschaft als Staatsmänner und Philosophen, und wir kehren zu den Letzteren zurück als zu windigeren Gefährten.« Das ist die Kehrseite der Medaille. Das wortreiche Lob der Natur kommt bei ihm selten ohne zivilisationskritische Seitenhiebe aus. Aber seine Verachtung der Metropolen – in der Zwischenzeit hat er, wie wir noch sehen werden, mit New York eine wirkliche Großstadt kennengelernt – formuliert er hier noch eher moderat, ohne den polemischen Furor, in den er sich später hineinsteigern kann.

Wie er sich Kultur idealiter vorstellt, demonstriert er am Beispiel eines Eisanglers, dem er auf dem zugefrorenen See begegnet. Er »legt seine Angelleine in einem entlegenen Becken aus wie ein Finnländer, die Arme in den Taschen seines wetterfesten Mantels vergraben, mit dumpfen, schneeigen, fischigen Gedanken, ja, er ist selbst ein kiemenloser Fisch, nur wenige Zoll getrennt von seinen Artgenossen, stumm, aufrecht und dazu geschaffen, sich in Wolken und Schneegestöber zu hüllen wie die Kiefern am Ufer. In dieser Wildnis stehen Männer in der

Landschaft oder bewegen sich bedächtig und schwerfällig, den Lustbarkeiten und der Lebhaftigkeit der Städte entsagend zugunsten der stummen Schlichtheit der Natur. Durch ihn verliert die Gegend nichts von ihrer Wildnis, ebenso wenig wie durch die Häher und Bisame.« Er stehe da wie einer der Ureinwohner, »bevor sie durch ein Stück Eisen verführt wurden, schwatzhaft zu werden. Er gehört der Familie des natürlichen Menschen an und hat tiefere Wurzeln in der Natur als die Bewohner der Städte.« Das ist und bleibt sein Idealbild – der undomestizierte, von der Natur noch nicht entfremdete Mensch.

Erst ganz am Ende reicht er den Schreibanlass nach und damit auch die Legitimation für den Abdruck im »Dial«. Diese große Prosa-Eloge soll die Alltagsnähe und Praxistauglichkeit des Transzendentalismus unter Beweis stellen. Sogar in der vermeintlichen Tristesse der winterlichen Landschaft vermag der nämlich die Schönheit der Schöpfung zu erkennen. Ganz anders als das orthodoxe Christentum. »Die schöne hebräische Offenbarung nimmt dieses ganze heitere Schneetreiben nicht zur Kenntnis. Gibt es denn keine Religion für die gemäßigten und frostigen Zonen? Uns ist keine Heilige Schrift bekannt, die von dem reinen Wohlwollen der Götter an einem neuenglischen Winterabend berichtet. Noch nie wurde ihr Loblied gesungen« – nun, bis gerade eben. »Lass einen wackeren, gottesfürchtigen Mann ein Jahr in den Wäldern von Maine oder Labrador verbringen und sieh zu, ob die hebräische Bibel auf angemessene Weise zu seiner Lage und Erfahrung spricht, vom Einfall des Winters bis zum Aufbrechen des Eises.« Natürlich nicht, will er insinuieren, mit diesem Glaubensbekenntnis hier ist er deutlich besser bedient!

Der Apostel Thoreau tritt mal eben gegen die Bibel an. Das zeugt nicht nur, ganz im Sinne des Selfmade-Programms, das Emerson in »Natur« empfiehlt, von einer grandiosen Respektlosigkeit gegenüber althergebrachter Autorität, sondern auch von einem gesunden Selbstbewusstsein als Schriftsteller. Mittlerweile weiß Thoreau ziemlich gut, was er kann.

EIN SEIDENWIMPEL IM WIND Weil sein Bruder John an offener Tuberkulose erkrankt, schließen die beiden Thoreaus im Frühjahr 1841 die Academy. Henry versucht nur halbherzig, eine neue Anstellung als Lehrer zu finden. Er will eigentlich längst etwas anderes. »Der Gedanke an den Waldensee im Wald dort macht mich gefügig und geschmeidig für die Pflichten des Tags«, schreibt er am 2. Dezember 1840. »Manchmal verlangt mich nach ihm.«

Aber noch ist es nicht so weit. Er hilft seinem Vater bei der Bleistiftproduktion oder verdingt sich als Tagelöhner, mistet Ställe aus, flickt Zäune, streicht Häuser. Er ist sich für körperliche Arbeiten keineswegs zu schade, spielt sogar mit dem Gedanken, eine kleine Farm zu kaufen, hadert aber mit sich, ob er so das autonome Leben führen kann, das er sich wünscht. »Ich darf als Farmer und Landbesitzer nichts von meiner Freiheit einbüßen«, sinniert er am 27. März 1841. Er will weiterhin »so frei sein wie ein Seidenwimpel im Wind«. Thoreau prüft ein paar Angebote, aber letztlich kommt es zu keinem Abschluss, weil entweder er oder der Verkäufer einen Rückzieher macht.

Im Herbst des Jahres besinnt er sich eines Besseren und sucht nur noch nach einem einsamen Flecken, wo er eine Hütte aufstellen kann. »Es ist jetzt Zeit, dass ich anfange zu leben. Ich möchte so sein wie ihr meine Wälder, und werde nicht eher ruhen, bis ich eure Unschuld erlangt habe«, notiert er sich am Weihnachtsabend. »Ich möchte bald fortgehen und am See leben, wo ich nur den Wind im Schilf flüstern höre. Das wird ein Erfolg sein, sofern es mir gelingt, mich selbst zurückzulassen. Aber meine Freunde fragen, was ich tun werde, wenn ich dort bin. Habe ich nicht genug zu tun, wenn ich das Fortschreiten der Jahreszeiten beobachte?« Er denkt hier wohl noch nicht an Walden, sondern an Flint's Pond bei Lincoln, wo er vor vier Jahren mit seinem Kommilitonen Stearns Wheeler die Sommerferien verbracht hat. Aber auch dieser Plan scheitert, der Grundstücksbesitzer mag keinen Einsiedler auf seinem Land dulden.

Im selben Jahr gründet Emersons Freund George Ripley in Roxbury, bei Boston, eine transzendentalistische Landkommune. Auf der

»Brook Farm« sollen sich Künstler durch Bündelung ihrer Ressourcen und also idealiter ohne große monetäre Rücksichten hauptsächlich ihrer Kunst widmen können. Eine Gemeinschaft mit reformerischem Anstrich, die Gleichberechtigung der Geschlechter und Hautfarben propagiert und zeitweilig Nathaniel Hawthorne und Margaret Fuller für sich gewinnen kann.

Auch an Thoreau geht eine Einladung, aber er will ja gerade das Gegenteil, Einsamkeit statt Gesellschaft. Eine Zweckgemeinschaft, die zur gegenseitigen Subsistenzsicherung unter einem Dach wohnt, das entspricht zu sehr dem Leben, dem er zu entkommen hofft. »Was die Kommunen angeht, ich glaube, ich würde lieber eine Junggesellenherberge in der Hölle nehmen, als mich im Himmel beköstigen zu lassen«, erklärt er bereits am 3. März. »Das Grab ist die einzige Pension, die hundert gleichzeitig bedienen kann. In der Katakombe können wir ohne Nachteile zusammen hausen und einander stützen.« Er bleibt bei dieser Meinung, auch als zwei Jahre später sein Freund Bronson Alcott die noch lebensfernere und folglich noch schneller scheiternde »Fruitlands«-Kommune aufbaut.

Er schließt am Ende einen Kompromiss, tauscht das volle gegen ein weniger volles Haus und zieht zu Emerson. Der gewährt ihm für die nächsten zwei Jahre Kost und Logis und freien Zugang zur Bibliothek, zum Ausgleich übernimmt Thoreau alle anfallenden Arbeiten. Der praktisch vollkommen unbegabte Emerson kann die Unterstützung des handwerklich geschickten Tatmenschen gebrauchen. Zumal er immer häufiger auf Vortragsreisen weilt. Mit Thoreau im Haus weiß er seine Familie in besten Händen. Und Thoreau fügt sich gut ein, besorgt den Garten, hält das Haus in Schuss und liest sich durch Emersons Büchersammlung, vor allem durch die umfangreiche Auswahl heiliger Bücher des Ostens – die Hindu-Ethik »Gesetze des Manu« etwa oder die moralische Geschichtensammlung »Heetopades« des Vishnu Sarma. Die morgenländischen Glaubenslehren faszinieren ihn immer mehr, und er inkorporiert sie seinem Denken. Ein weiterer Anknüpfungspunkt für Gespräche zwischen den beiden. Sie kommen sich nicht nur intellektuell sehr nahe in dieser Zeit. Emerson lässt ihm alle Freiheiten, die er zum Schreiben braucht. Das Arrangement hat eher den Charakter eines Aufenthaltsstipendiums.

Allerdings machen Thoreaus ewiger Widerspruchsgeist, seine Kompromisslosigkeit auch in Kleinigkeiten und sein bis zur Unhöflichkeit knorriger Eigensinn den Umgang mit ihm nicht immer leicht. Emersons Frau Lidian jedoch übt einen kalmierenden Einfluss aus, ihr gegenüber ist er stets hilfsbereit und liebenswürdig. Auch die beiden Kinder Edith und Waldo mögen ihn. Er bastelt ihnen Spielzeug, macht ihnen Popcorn, spricht mit ihnen in Kindersprache. Vor allem um den fünfjährigen Waldo kümmert er sich wie um einen eigenen Sohn.

GRABMÄLER VON MOOS BEDECKT Im Januar 1842 ereignet sich dann eine doppelte Tragödie, die Thoreau für eine Weile völlig aus der Bahn werfen wird. Der ohnehin tuberkulosegeschwächte John schneidet sich am Neujahrstag beim Rasieren am linken Ringfinger und zieht sich eine Tetanusinfektion zu. Die Krankheit wird zu spät erkannt, Wundstarrkrampf setzt ein, der zu spät konsultierte Arzt kann ihm nur noch bestätigen, dass er einen baldigen, sehr schmerzhaften Tod erleiden wird. »Soll ich den Becher nicht trinken, den mir mein Vater reicht?«, soll er lapidar geantwortet haben.

Henry pflegt ihn in den letzten Tagen. John stirbt am frühen Nachmittag des 11. Januar. Bei der Beerdigung macht Henry zunächst einen gefassten Eindruck, aber danach ist er wie paralysiert, er spricht kaum noch, verliert sich in Grübeleien. Schließlich wird auch er krank und zeigt mysteriöserweise dieselben Symptome wie sein Bruder. Eine Verletzung ist nicht festzustellen, dennoch rechnet man auch bei ihm mit dem baldigen Tod. Aber nach zwei Tagen setzt langsam Besserung ein. Offenbar eine psychosomatische Erkrankung, die durch eine Überidentifikation mit dem Bruder ausgelöst wird. John ergänzte die eigene Person, stellte für ihn eine Art Komplementärcharakter dar. Seine Leutseligkeit moderierte die eigene Introvertiertheit. Er war seine Nabelschnur zur Gesellschaft, von der er sich von nun an immer weiter entfernt.

Und dann nimmt sich das Schicksal auch noch die Emersons vor. Knapp zwei Wochen nach Johns Tod erkrankt der junge Waldo an Scharlach und stirbt in wenigen Tagen, am 27. Januar. Die beiden Freunde rücken jetzt noch enger zusammen.

Thoreau braucht Zeit, um sich von diesen Schickalsschlägen zu erholen. Wochen-, monatelang leidet er unter depressiven Erschöpfungszuständen. Noch Mitte April ist er zu schwach, um im Garten zu arbeiten. Sonst ein großer Sänger vor dem Herrn, kommt noch lange danach kein Lied über seine Lippen. Im täglichen Selbstgespräch macht er sich daran, seine Melancholie zu bearbeiten. »Ich muss gestehen, dass mir nichts so fremd ist wie mein eigener Körper. Ich liebe jedes andere Stück Natur beinahe mehr«, notiert er sich am 21. Februar 1842. »Meine Seele und mein Körper gerieten jüngst gemeinsam ins Torkeln. Sie stolperten und behinderten sich gegenseitig wie ungeübte siamesische Zwillinge. Beide sollten wie einer gehen, dann läge zwischen ihnen und dem Firmament kein Hindernis.«

Das Tagebuch dieser Zeit dokumentiert, wie er versucht in den Modus stoischer Demut zurückzufinden. Sechs Wochen später hat er seine Trauer erfolgreich überwunden. Am 2. März schreibt er einen Brief an Lidians Schwester, die verehrte Lucy Brown, und hier kann er den Tod der beiden geliebten Menschen bereits als Teil des universellen Plans begreifen und akzeptieren.

»Bald nach Johns Tod hörte ich einer Spieluhr zu; und wenn mich jemals dieses Sterben mit der Schönheit und Harmonie des Weltalls unverträglich gedünkt hatte, so wurde es jetzt in den friedlichen Lauf der Natur mit eingeschlossen durch jene gleichförmigen Noten, die in mildem und ungetrübtem Ton weit und breit unter den Himmeln widerklangen«, heißt es da. »Bald wird das Eis schmelzen, und längs des Flusses, den er so oft besuchte, werden die Amseln froh wie immer singen. Die gleichbleibende immerwährende Heiterkeit wird in diesem Angesicht Gottes erscheinen, und wir wollen uns nicht sorgen, ob es nicht auch bei ihm so ist. Ich wünsche nicht, John jemals wiederzusehen – ich meine den, der tot ist –, wohl aber jenen anderen, der er gern sein wollte, von dem er der unvollkommene Vertreter war. Und Waldo – er starb, wie sich von dem Bach der Nebel erhebt, durch den die Sonne bald ihre Strahlen schießen wird. Sterben nicht die Blüten jeden Herbst? Er hatte hier noch nicht einmal Wurzel geschlagen. Ich war nicht bestürzt, zu hören, er sei tot; es schien das natürlichste Ereignis, das sich begeben konnte. Seine feine Veranlagung forderte es, und die Natur gab ihrem Verlangen gütig nach. Es wäre seltsam gewesen, wenn er gelebt hätte. Darum wird auch die Natur keinen Kummer über seinen Tod bekunden, sondern bald werden wir den Ton der Lerche drunten in der Wiese hören, und frischer Löwenzahn wird aus den alten Wurzeln sprießen, dort wo er ihn letzten Sommer pflückte.«

Auch wenn man konzediert, dass Mitte des 19. Jahrhunderts das Verhältnis zum Tod zwangsläufig ein anderes war, kann man nur hoffen, dass Emerson diese Zeilen nie zu Gesicht bekommen hat. Dieser indolente, in seiner Abgeklärtheit schlicht pietätlose Glaubenssermon hätte ihn sicher verletzt. In solchen Passagen ahnt man, was Emerson mit seinem Beinamen »der furchtbare Thoreau« gemeint haben könnte.

Möglicherweise macht sich Thoreau hier aber auch selbst etwas vor. Er konnte nämlich durchaus anders. Noch viele Jahren später soll er, wenn im Gespräch der Name seines Bruders fiel, mit den Tränen gekämpft haben. Viele der Tagebuchnotate muss man vielleicht als Selbstbeschwörungen lesen. Autosuggestion. Seine Lektüre der fernöstlichen Weisheitslehren weist ihm den Weg. »Ich muss mein Leben ebenso passiv empfangen wie das Weidenblatt, das über dem Bach flattert«, bemerkt er am 11. März 1842. »Ich werde geduldig die Winde abwarten und wachsen, wie die Natur es bestimmt … Ich habe das Gefühl, als legte ich zu jeder Zeit mein Leben und die Verantwortung fürs Leben in Gottes Hände und könnte ebenso unschuldig und sorgenfrei werden wie eine Pflanze oder ein Stein.«

Das tröstet ihn. Zwei Tage später der endgültige Durchbruch. »Die traurige Erinnerung an dahingeschiedene Freunde wird bald von erhabenen und angenehmen Gedanken überdeckt, so wie ihre Grabmäler von Moos bedeckt sind. Auf diese Weise heilt die Natur freundlich jede Wunde. Je mehr man über die zahllosen unansehnlichen kleinen Moose und Pilze nachsinnt, umso mehr strahlen sie vor Schönheit.«

VIER FREUNDE besetzen schließlich die Lücke, die Johns Tod hinterlassen hat. Allesamt lernt er sie bei Emerson kennen. Zunächst Bronson Alcott, den großen und später auch einflussreichen Pädagogen, Abolitionisten, Frauenrechtler und ehemaligen Lehrer Margaret Fullers, über dessen lebenspraktische Unzurechnungsfähigkeit Thoreau sich amüsiert, während er ihn als anregenden, vielseitig gebildeten und toleranten Geist sehr schätzt. In »Walden« zeichnet er ein liebevolles Porträt von ihm. Als »einer der letzten Philosophen« und »wahrer Menschenfreund«, heißt es da, stellt »er mit unermüdlicher Geduld und unerschütterlichem Glauben das Ebenbild Gottes im Menschen wieder her … Mit seinem großmütigen Geist nimmt er Kinder, Bettler, Irre und Gelehrte auf und bewirtet den Gedanken eines jeden, indem er noch Weite und Feinheit hinzufügt. Er sollte eine Karawanserei an der Landstraße der Welt eröffnen, in der die Philosophen aller Völker Einkehr halten könnten.« »Er ist vielleicht der gesündeste Mensch und hat die wenigsten Schrullen von allen, die ich kenne – er bleibt sich treu, gestern wie morgen. Früher pflegten wir oft miteinander zu schlendern und zu plaudern und die Welt hinter uns zu lassen … Wohin wir uns auch wandten, immer schien es, als hätten sich Himmel und Erde vereinigt, denn durch ihn wurde die Schönheit der Landschaft gehoben. Ein Mann im blauen Gewand, für den der hochgewölbte Himmel, der seine Klarheit spiegelt, das passendste Dach ist. Ich verstehe nicht, wie er jemals sterben sollte – die Natur kann ihn nicht missen.«

Thoreaus Skizze fällt vielleicht auch deshalb so hymnisch aus, weil Alcott – »jetzt verhältnismäßig wenig angesehen« – von all seinen Freunden den Zuspruch am meisten gebrauchen kann. Später wird er die Schulen in Concord leiten. Und sein reformpädagogisches Wirken hat großen Einfluss auf die Entwicklung des Bildungssystems der Vereinigten Staaten.

Bereits im Herbst 1841 lernt er Margarets Bruder Richard Fuller kennen. Der zieht für eine Weile nach Concord, damit Thoreau ihn auf die Aufnahmeprüfung für Harvard vorbereiten kann. Im Februar 1842 beginnt sein Studium. In den ersten Semesterferien, Mitte Juli, machen die beiden eine Wanderung auf den Gipfel des Bergs Wachusett, gut 55 Kilometer westlich von Concord. Thoreau stenographiert die viertägige Reise mit und kondensiert in den Folgemonaten daraus seinen ersten Reisebericht, eine Gattung, in der er später noch reüssieren wird.

»A Walk to Wachusett« erscheint im Januar 1843 in der »Boston Miscellany of Literature«, sein erster längerer Essay außerhalb des »Dial«, der allerdings einmal mehr kein Geld einbringt, weil ihn der Herausgeber Nathan Hale um das Honorar prellt. Immerhin, Thoreau erweitert seinen Leserkreis, wenn auch mit einem eher unkonzentrierten, assoziativen, den Blick schweifen lassenden Panegyrikus über das Leben im Freien. Es fehlt ihm die erzählerische Kohärenz, der Essay zerfällt in Detailbeobachtungen über den Wert des Hopfens, mähende Bauern auf der Wiese oder die Bäche, die sie plantschend durchwaten. Zudem bemüht er von Homer und Virgil bis Wordsworth und Samuel Johnson zu viele Gewährsmänner. Notgedrungen. »Auf dieser Wanderung passierte nichts, was notierenswert wäre«, schreibt sich sein Gefährte Fuller ins Tagebuch. Thoreau macht einen zwanzigseitigen Essay aus diesem »nichts«.

Kurz bevor Fuller und Thoreau den Wachusett besteigen, zieht der bereits namhafte, in wenigen Jahren mit seinem Roman »The Scarlett Letter« Weltruhm erlangende Schriftsteller Nathaniel Hawthorne mit seiner Frau nach Concord. Thoreau bereitet den beiden einen adäquaten Empfang, indem er ihren Garten anlegt. Sie werden bald Freunde. Hawthorne lässt seine Kontakte zum Literaturbetrieb spielen, um ihm Publikationsmöglichkeiten zu verschaffen, und macht auch später immer wieder Werbung für das Thoreau'sche Werk.

Amos Bronson-Alcott

Als die von Thoreau gepflanzten Melonen reif sind, lädt man ihn zum Essen ein. Anschließend nimmt er Hawthorne mit auf eine Bootstour. »Mr. Thoreau beherrschte das Boot so vollkommen, ob mit zwei Paddeln oder mit einem, es schien mit seinem eigenen Willen zu verschmelzen und bedurfte anscheinend keiner körperlichen Anstrengung, um es zu steuern«, schreibt er tags darauf, am 1. September 1842, ins Tagebuch. »Er erzählte, wie er, als einige Indianer vor ein paar Jahren Concord besuchten, feststellte, dass er ganz ohne Lehrer exakt ihre Methode angenommen hatte, ein Kanu anzutreiben und zu lenken. Da der arme Kerl jedoch Geld brauchte, wollte er das Boot verkaufen, das er so geschickt steuerte und mit seinen eigenen Händen gebaut hatte. Also kam ich mit ihm überein, seinen Preis zu zahlen (nur sieben Dollar), und wurde entsprechend zum Eigentümer der Musketaquid. Ich wünschte, ich könnte das aquatische Geschick seines ursprünglichen Besitzers zu einem ebenso vernünftigen Preis erhalten.« Thoreau bringt ihm den Umgang mit dem Boot schließlich bei. Es dauert eine Weile.

Hawthorne ist angetan von Thoreaus unprätentiöser Art, und die beiden unternehmen gern Spaziergänge und Bootsfahrten miteinander, während ihm in der Gesellschaft des großen Präzeptors Emerson immer etwas unbehaglich ist. Seine Frau Sophia beschreibt in ihren »Memories of Hawthorne« eine hübsche Szene mit den drei Literaten, die auf dem zugefrorenen Fluss Schlittschuh laufen. Hawthorne würdevoll und ruhig wie eine griechische Statue, Thoreau in »ekstatischen Tänzen und bacchischen Sprüngen« und hintendran Emerson, der sich kaum auf den Beinen halten kann und gelegentlich lang hinschlägt.

Noch bevor Thoreaus Aufenthalt bei den Emersons endet und er sich nach Staten Island aufmacht, um sich dort als Hauslehrer zu verdingen, lässt sich Margaret Fullers Schwager, der Dichter Ellery Channing, in Concord nieder. Channing, Sohn des bekannten unitarischen Geistlichen William Ellery Channing, ist ein verwöhnter Egomane, ein loser, unsteter Geselle, der seine Braut bald verlässt, um sich treiben zu lassen. Er lebt eine Weile in New York, arbeitet als Redakteur bei Greeleys »New York Daily Tribune«, geht nach Europa, um 1846 nach Concord zurückzukehren. Thoreau und Channing lernen sich bereits 1842 kennen, aber ihre Freundschaft vertieft sich erst in den Folgejahren, schließlich werden sie sogar Nachbarn und pflegen beinahe täglichen Umgang miteinander. Die beiden haben durchaus Gemeinsamkeiten. Sie sind als Exzentriker verschrien, wie Thoreau hat Channing nur selten eine feste Anstellung, er teilt dessen Freiheitsbedürfnis und religiöse Liebe zur Natur. Aber seine Rücksichtslosigkeit und sein rüpeliges Benehmen sind Thoreau auch eine stete Ermahnung, wie er nicht sein will. Dennoch wird Channing zu seinem engsten Vertrauten.

Für Letzteren ist die Bekanntschaft mit Thoreau das prägende Ereignis seines Lebens. Noch fünf Jahre nach seinem Tod klagt er im Tagebuch über den Verlust des Freundes. Und so ist es auch Channing, der Thoreau eine erste, seinem Naturell gemäß ziemlich unorthodoxe Biographie widmet. Als »sublime Schluderei« hat Thoreau einmal Channings Gedichte bezeichnet, dasselbe könnte man auch über »Thoreau, the Poet-Naturalist« (1873) sagen.

MENSCHENHERDEN Ein Jahr sollte Thoreau ursprünglich bei den Emersons wohnen, es werden zwei daraus. Als er seinen Freund Emerson bittet, die Augen nach einer Anstellung offen zu halten, zögert der nicht lange und bringt seinen Bruder, Richter William Emerson aus Staten Island, ins Spiel, der für seine drei Söhne, vor allem für den ältesten, den siebenjährigen Willie, einen Hauslehrer sucht. Ein solches Arrangement bietet Vorteile für alle Seiten. Willie bekommt einen versierten Lehrer. Thoreau ist finanziell versorgt, kann seine eigenen literarischen Pläne verfolgen und zudem in der Pressehochburg New York nebenan seine Fühler ausstrecken – er spielt mit dem Gedanken, sich als Journalist zu verdingen. Und für Emerson ist es eine elegante Lösung, seinen unverbesserlichen Hausgenossen loszuwerden. Die ständige Nähe scheint ihrer Freundschaft nicht zu bekommen.

Emerson regelt die Formalitäten, kümmert sich einmal mehr vorbildlich um die Belange seines Schützlings, vergisst aber auch nicht,

Nathaniel Hawthorne

Ellery Channing

seinen Bruder vor dessen »gelegentlichen Marotten« zu warnen. Und so reist Thoreau am 6. Mai 1843 ab nach Castleton, Staten Island. Er ist sofort beeindruckt von der besonderen Tier- und Pflanzenwelt hier und inspiziert sie so eingehend, dass er für einen Grundstücksmakler gehalten wird. Vor allem das Meer fasziniert ihn. »Ich komme gerade vom Strande«, schreibt er Emerson am 23. Mai, »und den liebe ich sehr. Alles hat dort einen großen und edlen Maßstab – der Tang, das Wasser, der Sand; und sogar die toten Fische, Pferde und Schweine haben einen gesunden, üppigen Geruch; große Fischnetze sind zum Trocknen ausgespannt; Krabben kriechen über den Sand; plumpe, nur für das Meer geeignete Boote tanzen wie Wasservögel auf der Brandung, und in der Ferne gehen Schiffe ihrem Geschäft nach.«

Aber von Anfang an vermisst er Concord, seine Familie und Freunde. »Ich habe bis jetzt kaum begonnen, auf Staten Island zu leben«, bekennt er in einem Brief an Emersons Frau Lidian vom 22. Mai 1843, »aber wie der Mann, dem verboten war, englischen Boden zu betreten, und der darum schottische Erde in seinen Stiefeln trug, so trage ich Concorder Erde in meinen Stiefeln und meinem Hut, – und bin ich nicht aus Concorder Staub gemacht? Ich kann mir nicht wirklich vorstellen, dass es das Rauschen des Meeres ist, was ich jetzt höre, und nicht der Wind in den Wäldern von Walden.«

Anfangs interessiert er sich sehr für das nahe New York. Von der Stadt selbst, von den prächtigen Kirchen und gloriosen Gebäuden ist er eher enttäuscht, aber die »Menge ist etwas Neues und verdient Beachtung«, konzediert er im schon zitierten Brief an Emerson vom 23. Mai. »Sie ist tausend Dreifaltigkeitskirchen und Börsen wert, während sie auf diese blickt, und eines Tages wird sie sie überrennen und unter die Füße treten. Es gibt zwei Dinge, die ich höre und von denen ich spüre, dass ich in ihrer Nachbarschaft lebe – das Rauschen der See und das Summen der Stadt.«

Aber bereits einen Monat später hat er genug von ihrem Summen. »Je mehr ich die Großstadt sehe, desto weniger mag ich sie«, schimpft er in einem weiteren Brief an Emerson vom 8. Juni. »Ich schäme mich meiner Augen, welche sie erblicken. Sie ist tausendmal gewöhnlicher, als ich es mir hätte vorstellen können … Die Schweine auf der Straße sind hier noch der respektabelste Teil der Bevölkerung. Wann wird die Welt lernen, dass eine Million Menschen ohne Bedeutung sind, verglichen mit *einem* Menschen?« Offenbar kann er sich mittlerweile den Menschen in seiner Vielheit nur noch als besinnungslosen und moralisch überaus anfechtbaren Mob vorstellen. Im Kern nimmt er hier bereits die versnobt-pejorative Deutung vorweg, die Gustave Le Bon in seiner berühmten Fin-de-Siècle-Kampfschrift »Psychologie der Massen« vertritt.

Ein halbes Jahr später ist seine Empörung verflogen, und er kann seine Ablehnung etwas ausgewogener formulieren. Eine philanthropische Akzentverschiebung. Es gelingt ihm jetzt, die nivellierende, den Einzelnen entmündigende Kraft der Masse zu missbilligen, ohne den Massenmensch selbst für seine Existenz zu verachten. »Ich habe zwanzig- oder dreißigmal die Bucht überquert und habe eine große Menge Einwanderer gesehen, die zum ersten Mal zur Stadt hinauffuhren«, schreibt er seiner Mutter am 1. Oktober. »Norweger, die ihre altmodischen Ackergeräte mit nach dem Westen schleppen und hier nichts kaufen wollen aus Furcht, betrogen zu werden; englische Fabrikarbeiter, an ihren bleichen Gesichtern und fleckigen Händen zu erkennen, die ihr Geburtsrecht in ein wenig billiger Sonne und Wind wiedererlangen wollen. Englische Reisende auf dem Weg zum Astor-Haus, an dem ich der Stadt die Ehre erwiesen habe. Ganze Familien von Auswanderern kochen ihr Essen auf dem Pflaster – so sonnenverbrannt, dass man im Zweifel ist, wo das Fleisch vom Gesicht des Fremden beginnt. Ihre ordentliche Kleidung abgetragen, und dann in breiten Streifen um ihre Körper gebunden, die umherwandern wie bandagierte Finger – Mützen sitzen auf ihrem Kopf, wie aus Haar gewebt, das weiter wächst an den Wurzeln – alle eifrig kochend, sich von Zeit zu Zeit über den Topf beugend, wobei sie etwas hineintun, um dann, sofern sie die Berechtigung dazu haben, tatsächlich etwas herauszunehmen. Sie sehen aus wie achtenswerte, aber gezeichnete Leute, die wie Grafen auftreten, wenn sie nach Wisconsin kommen und ihren Kindern von diesen Erfahrungen berichten.«

Er bringt für diese armen Emigranten nicht nur Empathie auf. Er hinterfragt schließlich die eigene ressentimentale Perspektive. »Wenn man Tag für Tag so viele Leute sieht, dann empfindet man zuletzt weniger Achtung vor Fleisch und Bein … Es muss einen sehr schlechten Einfluss auf Kinder haben, wenn sie so viele menschliche Wesen auf einmal sehen – nur noch Menschenherden.« Es sind nicht unbedingt die Menschen, die sich verändern, wenn sie als Masse in Erscheinung treten. Die Perspektive ändert sich. Man bekommt einen verächtlichen, dehumanisierenden Blick.

Aber letztlich ist New York für ihn auch beruflich eine Enttäuschung. Emerson knüpft von Concord aus Kontakte für ihn, aber es kommt nicht viel dabei heraus. Die einzigen beiden Personen, die ihn unterstützen, John Louis O'Sullivan, Herausgeber von »The United States Magazine and Democratic Review«, und Horace Greeley, Inhaber der noch jungen, aber bereits einflussreichen Zeitung »New York Daily Tribune«, hat er bereits in Concord kennengelernt. O'Sullivan, mit dem ihn Hawthorne bekannt gemacht hat, druckt immerhin zwei Artikel. Greeley hingegen wird zu einem Freund, der sich von nun an in fast schon selbstloser Weise um Thoreaus Werk verdient macht. Als inoffizieller und unentgeltlicher Literaturagent bringt er Thoreaus Essays in namhaften Magazinen unter und lanciert immer wieder Auszüge daraus im eigenen Blatt. Sogar die Honorare sammelt er ein für ihn.

Aber mehr ist in New York nicht zu holen. Die Redaktionen haben nicht auf ihn gewartet. Und Thoreaus intellektuelles Profil passt auch nicht zur Stellenbeschreibung. Den alerten, schlagfertigen, für eine gute Pointe seine eigene Mutter verkaufenden Tintenkleckser nimmt man ihm zu Recht nicht ab. Seine fast schon leitmotivische Antipathie gegenüber der Presse in den folgenden Jahren geht wohl auch auf diese frühe Enttäuschung zurück.

Erschwerend kommt hinzu, dass er bis in den späten Sommer hinein gesundheitlich angeschlagen ist. Seit dem Winter laboriert er an einer Erkrankung der Atemwege. Sie wird als Bronchitis abgetan, ist aber möglicherweise ein Ausbruch der Tuberkulose, die in Neuengland ohnehin grassiert und in der Familie Thoreau besonders viele Opfer fordert. Das feuchte Klima in Staten Island trägt nicht gerade zu seiner Gesundung bei. Und auch mit den Emersons wird er nicht recht warm. Von seinem Schüler Willie ist er nur mäßig angetan. Und der eher konventionelle Richter kann mit den Transzendentalisten schon wenig anfangen, mit einem individualistischen Feuerkopf, der jede Möglichkeit zum Widerspruch nutzt, gleich gar nichts. Thoreau fühlt sich hier nicht wohl. Und so nimmt sein Heimweh eher noch zu.

»Liebe Mutter«, schreibt er am 6. August, »Deinen Briefen bin ich hauptsächlich dankbar wegen der Nachrichten über Concord und die Familie, die ich durch sie erfahre, und ich bin sehr froh, wenn ich einen bekomme. Gern wäre ich mit Euch in den Wäldern von Walden gewesen. Ich denke an Euch alle sehr oft und wüsste gern, ob Ihr von mir nur durch so viele Meilen Erdboden getrennt seid oder ob Euch auch die Erinnerung so viele Meilen ferngerückt ist. Das Leben, das wir leben, ist ein seltsamer Traum, und ich vertraue überhaupt keiner Rechenschaft, die Menschen von ihm ablegen. Ich glaube, ich würde zufrieden sein, wenn ich an der Hintertür in Concord unter dem Pappelbaum sitzen könnte, von nun an für immer.«

Eine Heimreise zu Thanksgiving, verbunden mit einem Vortrag vor dem Lyceum über Homer, Ossian und Chaucer, die vermeintlich »alten Poeten«, gibt ihm endgültig den Rest. Anfang Dezember fährt er zwar noch einmal nach Staten Island zurück, aber nur noch um seine Sachen zu packen und das Beschäftigungsverhältnis mit Anstand zu lösen. Am 17. Dezember 1843 ist er endgültig zurück in Concord und wird die Stadt ab jetzt nur mehr für sporadische Exkursionen verlassen.

DAS WIEDERGEWONNENE (WIEDERZUGEWINNENDE) PARADIES Zwei Artikel kann Thoreau, wie gesagt, in O'Sullivans »Democratic Review« platzieren. Zunächst »The Landlord« im Oktoberheft. Dieser humoristisch-popularphilosophische Versuch, die Tugenden des Gastwirts zu beleuchten, ist für ihn selber nicht weiter der Rede wert. Nur ein »kurzes Stück, das ich schrieb, um es zu verkaufen«, stellt er in einem Brief an seine Mutter vom 1. Oktober 1843 klar. Das Soziotop Kneipe ist schlicht nicht sein Thema.

Einen Monat später erscheint »Paradise (to be) Regained«, ein Rezensionsessay zu John Adolphus Etzlers Buch »The Paradise within the Reach of all Men, without Labor, by Powers of Nature and Machinery«. Und hier ist er überzeugender. Etzler, ein deutscher Sozialutopist in der Nachfolge Charles Fouriers, der in den reformistischen Zirkeln der USA gerade heiß diskutiert wird, hegt die Hoffnung, dass dank technologischer Entwicklung die Welt innerhalb kürzester Zeit von Hunger und Arbeit befreit werde könne. Sein Buch ist ein erster visionärer Entwurf für ein solches Maschinenparadies.

Thoreau tut zunächst so, als würdige er durchaus den Wert dieses Versuchs. Er adelt ihn geradezu, wenn er ihn als komplementäres Unternehmen, als »Transzendentalismus der Mechanik«, seinem eigenen Reformkonzept gegenüberstellt: Der moralische Transzendentalist versuche zunächst sich selbst zu »reformieren, und dann werden die Natur und Umstände in Ordnung sein«, der mechanische dagegen »will die Natur und die Umstände reformieren, und dann wird es dem Menschen gut gehen«.

Nachdem er ausführlich den Inhalt des Buches referiert hat, spielt er aber doch die wahren Transzendentalisten gegen die bloßen Mechaniker aus. »Keine wirklich wichtige Arbeit kann durch Kooperation oder durch Maschinen leichter gemacht werden«, dekretiert er. Denn Arbeit, wie er sie versteht, ist eben nicht nur ein Mittel zum Zweck, sondern der Zweck selbst. »Es macht uns schließlich doch Freude, die kleine private, aber sowohl konstante wie akkumulierte Kraft zu betrachten, die hinter jedem Spaten auf dem Feld steht. Das ist es, was die Täler glänzen und die Wüsten wirklich blühen macht. Manchmal, so gestehen wir, sind wir so entartet, dass wir mit Vergnügen nachdenken über die Tage, als Menschen ins Joch gespannt waren wie Vieh und einen Hakenstock als Pflug zogen. Im Grunde waren die großen Interessen und Methoden dieselben.«

Dem Utopisten Etzler hält Thoreau eine geballte Ladung Zivilisationskritik entgegen. Er will genau in die entgegengesetzte Richtung, zurück in den Mythos, zum »vollständigen Menschen«, dem schon Emerson in »The American Scholar« ein paar dicke Tränen nachweint: »Dieser Mensch ist weder Bauer noch Professor, noch Ingenieur – er ist all das zugleich. Dieser Mensch ist Priester und Gelehrter, Politiker, Unternehmer und Soldat.«

Vor diesem Hintergrund muss Etzlers Paradies unbefriedigend bleiben. Es sichert »lediglich das höchste Maß an Bequemlichkeit und Vergnügen«, aber trotzdem werde hier niemand froh. Nur eine Reform des Bewusstseins könne das erreichen, und die mache dann »die andere überflüssig«.

Der Herausgeber der »Democratic Review« ist nicht ganz einverstanden mit Thoreaus Kritik und drängt auf Überarbeitung. Aber auch die veränderte, von O'Sullivan angenommene Fassung hat in einem politischen Magazin nichts zu suchen, im Grunde ist sie apolitisch. Thoreau traut der Polis wenig, dem Individuum aber alles zu. Jeder Einzelne müsse bei sich mit der Reform beginnen. »Beim Reformieren der Welt haben wir wenig Vertrauen in Gesellschaften«, betont er. Kein Wunder, die Menge hatte Thoreau ja gerade erst in New York zu verachten gelernt.

»Paradise (to be) Regained« ist nicht so konzis und plastisch formuliert wie »Walden« oder seine späteren Essays »Walking« oder »Life Without Principle«. Er tastet sich hier noch heran an seinen Gegenstand, bleibt ein bisschen vage, passagenweise auch kryptisch. Nicht zuletzt, die von ihm propagierte Überlegenheit der moralischen über die bloß maschinelle Reform bleibt eher eine Behauptung. Immerhin steckt er in diesem Text, der über eine Rezension weit hinausgeht, erstmals öffentlich als Kulturkritiker seinen Claim ab, den er später noch erweitern und mit beachtlicher polemischer Schlagkraft verteidigen wird.

So stellt er hier auch bereits Überlegungen zum Natur- und Tierschutz an. »Wie viel Großmut lassen wir gegenüber dem Wal und dem Biber walten? Sollten wir nicht fürchten, mit ihnen auch nur für einen Tag die Plätze zu tauschen, weil ihr Betragen uns beschämen könnte? Könnten wir nicht den Hai und den Tiger mit Großmut behandeln, statt zu ihnen hinunterzusteigen und ihnen auf ihrer eigenen Ebene zu begegnen mit Lanzen von Haifischzähnen und Schilden von Tigerhaut? Wir verleumden die Hyäne; der Mensch ist das wildeste und grausamste Tier.«

Er plädiert daher für mehr Achtsamkeit und Fürsorge. »Wie gemein und roh handeln wir an der Natur! Könnten wir nicht etwas weniger roh vorgehen?« Was genau er ändern will, kann er allerdings noch nicht konkret benennen. »Können wir nicht mehr tun, als den Wald abzuholzen und zurechtzustutzen – können wir nicht seinen inneren Haushalt unterstützen, den Kreislauf der Säfte? Jetzt arbeiten wir oberflächlich und gewalttätig. Wir ahnen nicht einmal, wie viel getan werden könnte, um unsere Beziehung zu der belebten Natur zu verbessern; welche Freundlichkeit und kultivierte Höflichkeit es geben könnte!« Immerhin, Thoreau entwickelt ein Problembewusstsein.

DAS FERNERE INDIEN Gleich nach seiner Heimkehr zieht die Familie in ein neues Haus, in die Main Street, und Thoreau verdingt sich einmal mehr in der väterlichen Bleistiftmanufaktur. Bis zum Frühjahr 1844 widmet er seine Aufmerksamkeit fast ausschließlich der Verbesserung der Produkte. Bestanden die Bleistifte üblicherweise aus zwei Holzhälfen, die um die Mine verleimt wurden, entwickelt er nun einen feinen Drillbohrer, der den massiven Holzstift aushöhlt. Anschließend wird die passgenau geformte und gehärtete Graphitmine in diesen Zwischenraum gerammt. Dieses innovative Verfahren vereinfacht nicht nur den Produktionsprozess, es verbessert auch die Haltbarkeit und Stabilität der Bleistifte. Thoreau experimentiert überdies mit der Graphitrezeptur und stellt fest, dass der jeweilige Anteil des beigemischten Tons die Härte der Mine verändert. Und er mengt Farbstoffe bei. Die Firma Thoreau ist nun auch in der Lage, Bleistifte unterschiedlicher Härtegrade und in den Farben Blau und Rot anzubieten. Mitte des Jahres lässt man eine Broschüre drucken, die eine ziemlich gewachsene Produktpalette anpreist. Zum Angebot gehören auch bereits Graphitstifte für galvanische Batterien, ein Geschäftszweig, der den Thoreaus später zu einem gewissen Wohlstand verhelfen wird. Noch sind die Bleistifte aber ihre Haupteinnahmequelle. Sie werben mit schwärmerischen Kundenkommentaren, und die Qualität ihrer Ware wird man ihnen in ein paar Jahren auch von offizieller Seite bestätigen. Zwei unabhängige »Mechanical Associations« sprechen ihnen Preise zu. Dank Henrys Verbesserungen wird die Firma mittelfristig zum Marktführer unter den Bleistiftherstellern der Vereinigten Staaten. Die Thoreau'schen Fabrikate können sogar mit den jahrzehntelang überlegenen Export-Artikeln aus England und Deutschland ohne weiteres konkurrieren.

Um sich ein wenig zu erholen von der Arbeit in der väterlichen Werkstatt, macht Thoreau am 30. April 1844 eine Bootstour den Sudbury hinauf – und hier passiert das Unglück, das seine ohnehin nicht besonders gute Reputation in Concord endgültig ruiniert. In Begleitung von Edward Sherman Hoar, dem Sohn des ehemaligen US-Abgeordneten Samuel Hoar, rudert er Richtung Fair Haven Bay, auf dem Weg dahin fangen sie ein paar Fische. Gegen Mittag legen sie an und entfachen ein Picknickfeuer, um den Fisch zuzubereiten. Aber es ist zu trocken für diese Jahreszeit, das umliegende verdorrte Gras fängt Feuer, das sich schnell ausbreitet, den Hang hinauf in Richtung Wald. Die beiden versuchen das Feuer auszutreten, als sie damit keinen Erfolg haben, holen sie Hilfe. Hoar rudert zurück nach Concord, Thoreau läuft zum Besitzer des Waldstücks. Der sieht, dass die beiden nicht viel ausrichten können, und mobilisiert noch mehr Helfer. Thoreau indessen, auf die Verstärkung wartend, klettert auf das Kliff von Fair Haven, um sich an der ästhetischen Dimension des Waldbrandes zu delektieren. »Es war ein herrliches Schauspiel«, notiert er sich ein paar Jahre später, Anfang Juni 1850, »und ich war der Einzige, der Freude daran hatte.«

Als Hoar und der Farmer mit Unterstützung zurückkehren, schließt er sich ihnen wieder an, und gemeinsam löschen sie das Feuer. Ein immerhin 300 Morgen großer Wald fällt durch die Achtlosigkeit der beiden den Flammen zum Opfer. Es entsteht ein Schaden von gut 2000 Dollar. Bei einem durchschnittlichen Jahreseinkommen von 250 bis 300 Dollar in dieser Zeit ist das nicht gerade eine Petitesse. Entsprechend empört ist die Öffentlichkeit. Der »Concord Freeman« mahnt am 3. Mai, man möge diese »Gedankenlosigkeit zweier Mitbürger« als warnendes Beispiel im Kopf behalten. Und wenn nicht ein Mitglied der einflussreichen Familie Hoar involviert gewesen wäre, hätte es vermutlich auch ein gerichtliches Nachspiel gegeben. So zahlt der wohlhabende Samuel Hoar den Betroffenen eine Entschädigung. Da Thoreau keine Ersparnisse besitzt und somit nicht einmal einen symbolischen Betrag erstatten kann, trifft der Volkszorn vor allem ihn. Noch viele Jahre später ist er in Concord als der »woods-burner« verschrien.

Vor diesem Hintergrund klingt seine im Tagebuch geäußerte Kaltblütigkeit ziemlich aufgesetzt. Eine Dekade später, in »Walden«, denkt er jedenfalls anders darüber und inszeniert sich als guter Geist des Waldes, der »für die Schonung des Wildes und Forstes ein wärmeres Interesse« hege »als die Jäger oder Holzhauer, fast ein so warmes, als ob ich ›Lord Walden‹ selbst gewesen wäre«. Und das Weitere klingt dann fast schon wie eine verspätete Abbitte: Wenn »ein Stück des Waldes niederbrannte oder durch einen unglücklichen Zufall von mir selbst angezündet wurde, so trauerte ich tiefer und war mein Kummer untröstlicher als der des Eigentümers. Ich trauerte sogar darum, wenn die Eigentümer selbst den Wald fällen ließen.« Vielleicht liefert der Skandal den letzten noch nötigen Impuls, endlich Ernst zu machen mit dem immer wieder geäußerten Vorhaben, sich aus der Gesellschaft zurückzuziehen – und das bereits begonnene Buch fertigzuschreiben, den Reisebericht über die Flussfahrt mit seinem Bruder John.

Aber noch fehlt die passende Gelegenheit. So müssen erst einmal kleinere Fluchten die eine große ersetzen. Ende Juli bricht er auf zu einer Wanderung Richtung Westen über die Berkshire Mountains, um sich am Bahnhof in Pittsfield mit seinem exzentrischen Freund Ellery Channing zu treffen. Channing arbeitet zu der Zeit in New York als Redakteur bei Greeleys »Tribune«. Gemeinsam fahren sie mit einem Ausflugsboot den Hudson River hinunter zu den Catskill Mountains und wandern zu den Kaaterskill Falls und schließlich zum Bald Mountain. Da sind sie nur noch einen Tagesmarsch entfernt von Bethel, dem Ort, wo 125 Jahre später eine von Thoreau ziemlich affizierte Jugendbewegung ihr größtes Stammestreffen feiert – mit »3 Days of Peace and Music«.

Gleich am Tag seiner Rückkehr, am 1. August 1844, ist Thoreaus tätige Hilfe gefragt. Die weiblichen Abolitionisten aus Concord und den umliegenden Städten halten ihre Jahresversammlung ab und haben endlich Emerson, der mit ihnen zwar sympathisiert, sich bisher aber nicht öffentlich zu ihrer Sache bekannt hat, für eine Rede gewonnen. Da die lokalen Kirchen ihre Räumlichkeiten nicht zur Verfügung stellen wollen, findet das Treffen in der Eingangshalle des Gerichtsgebäudes statt. Thoreau, der auch die Veranstaltungen des Lyceums betreut, kümmert sich um die ordnungsgemäße Durchführung und geht von Tür zu Tür, um die Bewohner zum Kommen zu animieren. Als der zuständige Küster sich weigert, die Stadtglocke zu läuten, um Emersons Vortrag anzukündigen, weil er mit den Sklavereigegnern nichts zu tun haben will, eilt Thoreau kurzerhand in die Kirche und greift zum Glockenseil. Die Veranstaltung wird ein voller Erfolg, und Thoreau kümmert sich später auch noch darum, dass Emersons Rede als Pamphlet erscheint.

Auch wenn er sich keiner der abolitionistischen Vereinigungen anschließt, unterstützt er ihre Sache, wo er kann. So lädt er gegen den Widerstand der konservativen Lyceum-Besucher gleich mehrmals den rigiden Sklavereigegner Wendell Phillips ein und sorgt schließlich auch dafür, dass er sich frei äußern kann, als sie ihm einen Maulkorb verpassen wollen. In einem anonymen Brief an den Herausgeber des »Liberator« William Lloyd Garrison, ebendort am 28. März 1845 abgedruckt und postum wiederveröffentlicht unter dem Titel »Wendell Phillips before the Concord Lyceum«, preist er nicht nur den Redner als moralisch vorbildlichen Mann, der mit gutem Recht die Scheinheiligkeit der Kirche und die Eigennützigkeit des Staates in der Sklavenfrage angeprangert habe. Er feiert auch den Umstand, dass Phillips überhaupt zum einschlägigen Thema referieren durfte, weil die Mehrheit dafür gestimmt habe, »ihn hören zu wollen«. Ein Triumph der freien Rede.

Noch eine Überraschung erwartet ihn nach seiner Rückkehr von der Exkursion mit Channing. Ein Brief von Isaac Hecker. Hecker logierte von April bis Juni bei den Thoreaus, als er sich von Emersons Freund George Bradford in den alten Sprachen unterrichten ließ. Zunächst Transzendentalist, befindet er sich immer noch auf der Suche nach dem wahren Glauben und konvertiert im Laufe des Jahres zum Katholizismus. Er schließt sofort Bekanntschaft mit Thoreau und ist trotz der religiösen Differenzen offenbar so inspiriert von ihm, dass er ihn zu einer Pilgerreise durch Europa einlädt. Aber Thoreau ist dessen Katholizismus nicht ganz geheuer. Außerdem hätte ihn diese Reise noch weiter von seinem eigentlichen Plan entfernt. Er sagt ab. Er habe zwar selbst oft von einer solchen Existenz geträumt, schreibt er Hecker am 14. August, »auf der Straße zu leben – Bürger der Welt – ohne Hast und große Pläne«. »Aber die Sache ist die, dass ich die Erforschung des *Ferneren Indien*, das man, wie du weißt, auf anderen Routen und mit anderen Reisemethoden erreichen muss, nicht so entschlossen zurückstellen kann.«

Eine letzte Aufgabe muss er noch erledigen, bevor er tatsächlich Ernst machen kann damit. Mrs. Thoreau plant nach all den Jahren in gemieteten Häusern fast im Alleingang den Bau eines Eigenheims in der neu angelegten Texas Street nahe dem Bahnhof. Offenbar ermöglicht das florierende Bleistiftgeschäft inzwischen eine solche Investition. Und wie so oft gibt Vater John trotz einiger Bedenken nach. Bis in den Winter hinein ist Henry damit beschäftigt, mit seinem Vater zusammen das »Texas-Haus« zu errichten. Es entsteht fast komplett in

Eigenleistung. Thoreau gräbt den Keller, übernimmt Zimmermannsarbeiten, setzt Türen und Fenster ein. Und als das Haus steht, legt er auch noch einen Garten an, pflanzt Fliederbüsche, Wein und über vierzig Bäume. Und Melonen. Auf diesem Feld hat er einen Ruf zu verlieren. Gewöhnlich lädt er Freunde und Nachbarn im Sommer zu einer Party ein, bei der er stolz seine Ernte präsentiert, die nicht nur durch die Größe und Qualität der Melonen, sondern auch durch ihre Sortenvielfalt besticht.

BAU DIR EINE HÜTTE Schon im vorangegangenen Herbst hatte Emerson ein pittoreskes Stück Land am Ufer des Waldensees erworben, um es vor der drohenden Abholzung zu bewahren. Das ist die Gelegenheit, auf die Thoreau gewartet hat. Der letzte Anstoß kommt dann von Channing. »Ich sehe nichts für Dich auf dieser Erde als dieses Feld«, schreibt der ihm am 5. März 1845. »Geh hinaus und bau Dir eine Hütte und beginne damit, Dich bei lebendigem Leib zu verschlingen. Ich sehe keine andere Alternative, keine andere Hoffnung für Dich.«

Das ist der Startschuss. Thoreau fragt Emerson um Erlaubnis, die dieser gern erteilt, und Ende März macht er sich auf zu seinem Sehnsuchtsort, nur gut drei Kilometer südlich von Concord entfernt, um Kiefernbäume zu fällen und mit dem Bau der Hütte zu beginnen, in der er von nun an leben will. Er kauft für ein paar Dollar die Baracke eines Eisenbahnarbeiters, und mit den daraus gewonnenen Brettern verkleidet er die Seitenwände. Gleichzeitig legt er ein immerhin zweieinhalb Morgen großes Feld an mit Bohnen und Kartoffeln, aber auch Mais, Erbsen und Rüben. Ende Mai lädt er Emerson, Alcott, Channing und noch ein paar andere Freunde und Nachbarn ein, um nach alter Vätersitte feierlich den Dachstuhl zu richten. Die Hütte ist noch nicht von innen verputzt, der Wind pfeift durch die Ritzen, auch Kamin und Schornstein fehlen noch. Aber das Einzugsdatum steht nun mal fest. Am 4. Juli 1845, am Unabhängigkeitstag, leiht er sich einen Heuwagen und transportiert seine spärlichen Möbel hinaus zum Waldensee.

Der symbolträchtige Auftakt zeigt auch den in Thoreaus Pläne nicht Eingeweihten, dass es hier um mehr geht als um romantische Naturbegeisterung – es ist ein kalkuliertes lebensphilosophisches Experiment und zugleich ein Kunstprojekt. »Ich zog in den Wald«, schreibt er später in »Walden; or, Life in the Woods«, der literarischen Dokumentation dieses Versuchs, »weil ich den Wunsch hatte, mit Überlegung zu leben, dem eigentlichen, wirklichen Leben näherzutreten, zu sehen, ob ich nicht lernen konnte, was es zu lehren hatte, damit ich nicht, wenn es ans Sterben ginge, einsehen müsste, dass ich nicht gelebt hatte. Ich wollte nicht *das* leben, was nicht Leben war; das Leben ist so kostbar ... Ich wollte tief leben, alles Mark des Lebens aussaugen, so hart und spartanisch leben, dass alles, was nicht Leben war, in die Flucht geschlagen wurde. Ich wollte einen breiten Schwaden dicht am Boden mähen, das Leben in die Enge treiben und auf seine einfachste Formel reduzieren.«

Er bleibt genau zwei Jahre, zwei Monate und zwei Tage in seinem gut 15 qm großen Domizil, das mit einem kleinen Keller und Dachboden, zwei großen Fenstern an den Längsseiten und einer gemauerten Feuerstelle an der Stirnseite gegenüber der Eingangstür ausgestattet ist. Mit ihrem regendichten Schindeldach und dem lehmverputzten, gekalkten Innenraum, einem Bett, Tisch, Scheibpult und drei Stühlen für etwaige Besucher, die sich dann auch gar nicht so selten bei ihm einfinden, wird die Hütte zu einem ziemlich einfachen, aber für Thoreaus Zwecke geeigneten und offenbar durchaus behaglichen Heim.

Thoreau lässt sich mitunter zum Essen einladen, von den Eltern, den Emersons, Alcotts oder der befreundeten Farmerfamilie Hosmer, und am Samstag kommt regelmäßig die Mutter oder eine der Schwestern zu Besuch und bringt einen Fresskorb mit. Das fordert die Lästerzungen heraus, die in ihm einen arbeitsscheuen Schmarotzer sehen wollen, der sich nur deshalb so viel Freiheiten herausnehmen könne, weil er auf Kosten anderer lebe. Aber das stimmt nicht ganz. Auch er bewirtet Gäste, so quartiert sich schon im ersten Herbst Ellery Channing für zwei Wochen bei ihm ein, und in der Hauptsache versorgt er sich tatsächlich selbst. Seine Felder tragen trotz gelegentlicher Überfälle des

Waldmurmeltiers reiche Ernte, und am Ende des Jahres hat er sich von seinem Feld nicht nur ernährt, sondern durch den Verkauf von Bohnen und Kartoffeln auch noch einen kleinen Gewinn erwirtschaftet.

Das bringt ihn auf die Idee, im zweiten Jahr die Größe des Feldes auf ein Drittel Morgen zu reduzieren. Ein weiterer Schritt hin zu einer Vereinfachung des Lebens. Durch die »Erfahrung der beiden Jahre«, schreibt er später in »Walden«, habe er die Überzeugung gewonnen, »dass, wenn jemand einfach leben und nur das verzehren will, was er selber baut, nicht mehr baut, als er isst, und die Ernte nicht für eine unzureichende Menge kostspieligerer und überflüssigerer Dinge eintauscht, er nur ein paar Quadratmeter Grund zu bepflanzen braucht.«

Die geringen Geldmittel, die er überdies benötigt, verdient er sich als Tagelöhner. Als Zimmermann, Anstreicher, Gärtner und auch schon als Landvermesser – ein Job, der in späteren Jahren seine Haupteinnahmequelle wird. Ein knappes Jahr nach seiner Rückkehr aus dem Wald, am 19. Mai 1848, schreibt er seinem New Yorker Freund Horace Greeley und erklärt ihm sein einfaches Glückskonzept. »Es sind jetzt fünf Jahre, dass ich mich gänzlich durch Arbeit mit der Hand erhalte – nicht einen Cent habe ich anderswoher oder durch andere Beschäftigung bekommen. Nun hat diese Arbeit so wenig Tage in Anspruch genommen – vielleicht einen einzigen Monat je im Frühjahr und Herbst –, dass ich für das Studium und die Literatur mehr Muße als jeder meiner Mitbrüder gehabt haben muss. Ich habe allerlei raue Arbeit getan. Vom Juli 1845 bis zum September 1847 habe ich für mich im Walde gelebt, in einer recht guten verputzten und warm gedeckten Hütte, die ich mir selbst baute. Dort erwarb ich alles, was ich brauchte, und hielt mich an meine eigenen Angelegenheiten. Während jener Zeit betrugen meine wöchentlichen Auslagen nur 27 Cents; und ich hatte Überfluss aller Art. Wenn die Menschen im Durchschnitt nicht leichter schwitzen als ich, dann ist kein Anlass, im Schweiße des Angesichts zu leben. Wenn die Menschen ohne Geld nicht weiterkommen (der kleinste Betrag genügt), so ist die beste Art, es zu verdienen, indem man für einen Dollar als Tagelöhner arbeitet. So ist man am wenigsten abhängig; ich spreche aus Erfahrung, da ich verschiedene Arten Arbeit ausgeübt habe.«

Seiner Ansicht nach muss sich die Philosophie eines Menschen gerade im Leben bewähren. »Warum sollte sich der Gelehrte beständig darüber beklagen, dass sein Schicksal besonders hart ist? Zu oft wird uns erzählt vom ›Streben nach Wissenschaft unter Schwierigkeiten‹ – wie Dichter von Gönnern abhängig sind und in Dachstuben hungern oder schließlich verrückt werden und sterben. Lasst uns die andere Seite der Geschichte ansehen. Warum sollte der Gelehrte, wenn er wirklich weiser als die Menge ist, nicht dann und wann grobe Arbeiten verrichten? Warum ist er nicht durch seine größere Weisheit befähigt, ohne gewisse Dinge auszukommen? Wenn man sagt, der Weise ist unglücklich, wie kann man ihn dann von denen unterscheiden, die aus Torheit unglücklich sind?«

Ein einfaches, enthaltsames Leben in relativer Abgeschiedenheit, dafür in und mit der Natur, und dann und wann ein bisschen Lohnarbeit – das sind die Bedingungen für seine neue Existenz, die ihm genügend Freiheit und Muße lässt, seinen Neigungen nachzugehen. Dazu gehört vor allem das Schreiben. Er ergeht sich keineswegs nur in Kontemplation und höherem Müßiggang, sondern arbeitet mit Feuereifer an neuen Manuskripten.

DAS FERMENT DES HUMORS Zunächst beendet er einen längeren literaturkritischen Lyceum-Vortrag über sein frühes Vorbild Carlyle, der später von seinem »Agenten« Greeley an »Graham's Magazine« vermittelt, dort aber erst im März und April 1847 in zwei Teilen gedruckt wird. »Thomas Carlyle and His Works«, der einzige Essay Thoreaus über einen zeitgenössischen Schriftsteller, ist, wie man erwarten konnte, eine Eloge – und aufschlussreich vor allem als poetologische Selbstbespiegelung. Ihn interessieren weniger die Inhalte und Ideen in dessen Büchern, sondern vor allem der Stil. Besonderes Augenmerk legt er auf Carlyles Humor. Der sei die »Hauptattraktion«, ohne die dem Werk etwas Wesentliches fehle. Und das meint er durchaus grundsätzlich. Humor erscheint ihm nämlich als der »unverzichtbare Beweis von Vernunft«. Gerade »schwer verständlichen Denkern« könne man leicht »Mystizismus, Fanatismus oder Verrücktheit« vorwerfen, insofern benötige die »transzendentalistische Philosophie das Ferment des Humors, um sie leicht und bekömmlich zu machen«.

Thoreau liefert hier nicht nur eine einleuchtende Legitimation für seinen eigenen, an Kalauern, Wortspielen, Paradoxa, Übertreibungen, ironischen Wendungen und satirischen Volten gar nicht so armen Stil, sondern zugleich auch eine gelungene Beschreibung seiner Wirkung. Humor hat bei ihm die Funktion eines Korrektivs. Er fordert ein augenzwinkerndes Einverständnis mit dem Leser, dass man, gelegentlicher metaphysischer Entrücktheiten ungeachtet, immer noch die gleiche Sprache spricht. Und auch die Frage, wen das Lachen treffen darf, beantwortet er dann in guter aufgeklärter Tradition: »alle Einrichtungen des Menschen wie auch jegliche Unvollkommenheit« seien »legitime Gegenstände des Humors«. Oft sind es bei ihm obsolete Vorstellungen und Abergläubeleien, über die er sich lustig macht.

»Als ich daranging, mir einen Kamin zu bauen, studierte ich das Maurerhandwerk«, schreibt er in »Walden«. »Da ich meine Backsteine aus zweiter Hand bezogen hatte, mussten sie erst mit der Kelle gereinigt werden, so dass ich mich mehr, als es gewöhnlich der Fall ist, über die Qualität von Kellen und Backsteinen informierte. Der Mörtel darauf war fünfzig Jahre alt und sollte angeblich noch immer härter werden; das ist aber eine von den Redensarten, welche die Menschen gerne wiederholen, ob sie nun wahr sind oder nicht. Solche Reden werden selbst härter und hängen sich mit dem Alter immer fester an, so dass es vieler Streiche mit der Kelle bedürfte, um einen alten Weisheitsprediger davon zu säubern.«

Im Kapitel »Einsamkeit« erläutert er die Gründe für seinen Rückzug aus der Gesellschaft. Die Menschen träfen sich viel zu häufig, grantelt er, um in der Zwischenzeit »neuen Wert füreinander zu erlangen«. »Wir kommen dreimal täglich bei den Mahlzeiten zusammen und lassen den andern immer wieder von dem schimmligen alten Käse kosten, der wir sind.«

An anderer Stelle kommt er auf eine lange zurückliegende »Lethargie« zu sprechen, »von der ich immer noch nicht weiß, ob sie ein Familienerbstück war – denn ich habe einen Onkel, der über dem Rasieren einschläft und sich genötigt sieht, sonntags im Keller Kartoffeln abzukeimen, damit er wach bleibt und den Sabbat heiligt – oder die Folge meines Versuches, Chalmers englische Gedichtesammlung durchzulesen«.

Man muss ihm in der Sache gar nicht unbedingt zustimmen, dennoch stellen solche Witze eine Art Bündnis mit dem Leser her. Allerdings sind seine Pointen nicht immer so offensichtlich wie hier. Die Kumpanei hält sich in Grenzen, oft muss man sie sich durch skrupulöse Lektüre verdienen. Thoreaus Witz erzeugt bisweilen eine semantische Offenheit, die zu Missverständnissen führen kann, die aber auch einen großen Teil seines literarischen Reizes ausmacht. Man darf diesen gewieften Rhetoriker bloß nicht zu wörtlich nehmen. Bisweilen hat man ihn erst richtig verstanden, wenn man auch den Witz verstanden hat. Wenn der Kritiker James Russell Lowell in seiner Generalabrechnung von 1865 unterstellt, Thoreau besitze »keinen Humor«, dann ist das ein Verdikt, das unter Umständen auf ihn selbst zurückfällt.

Im »Bohnenfeld«-Kapitel in »Walden« beschreibt Thoreau, wie ihn beim Hacken des Unkrauts »ein paar verlorene Klänge kriegerischer Musik« aus der Stadt in Unruhe versetzen können. »Wenn mehrere Musikkapellen spielten, so klang es, als ob der ganze Ort ein weiter Blasebalg wäre und alle Gebäude bei jedem Blasen sich aufblähten und wieder zusammenschrumpften; manchmal aber erreichte eine wirklich edle, begeisternde Melodie und Trompetengeschmetter, das vom Ruhme sang, den Wald; dann dünkte mich, ich könne jetzt einen Mexikaner mit Genuss aufspießen – denn warum sollten wir uns immer mit Kleinigkeiten abgeben? –, und ich sah mich nach einem Murmeltier oder Stinktier um, an dem ich meine ritterliche Stimmung auslassen könnte.«

Die Vereinigten Staaten befinden sich von 1846 bis 1848 in einem ganz und gar nicht ritterlichen Expansionskrieg gegen das hoffnungslos unterlegene Mexiko. Dass er hier die Kriegstreiberei einiger seiner Mitbürger verächtlich macht und sich über ihren Gratis-Heldenmut mokiert, kann man leicht überlesen.

WESEN EINER HÖHEREN SEINSORDNUNG Thoreaus Carlyle-Vortrag am 4. Februar 1846 vor dem Lyceum stößt auf Zustimmung, aber ein bisschen enttäuscht ist das Auditorium auch, weil es sich wohl Auskünfte über seinen kuriosen Lebenswandel erhofft hatte. Thoreau ist das Stadtgespräch. Warum ausgerechnet ein Harvard-Intellektueller wie er in einer Hütte im Wald haust, darüber möchte man etwas hören. Offenbar gibt man ihm das sehr deutlich zu verstehen. »Ich würde meine Angelegenheiten der Aufmerksamkeit meiner Leser nicht aufdrängen«, schreibt er auf der ersten Seite von »Walden«, »wenn nicht von meinen Mitbürgern über meine Lebensweise die genauesten Erkundigungen eingezogen worden wären, Erkundigungen so eingehender Art, dass man sie fast als unverschämt bezeichnen könnte, wenn nicht die Verhältnisse sie natürlich und angemessen erscheinen ließen.«

Thoreau ist durchaus bereit, ihre Neugier zu befriedigen. »Die einen fragten mich, was ich gegessen, ob ich mich nicht einsam gefühlt, mich nicht gefürchtet habe, und so weiter. Andre wünschten zu wissen, welchen Teil meines Einkommens ich zu wohltätigen Zwecken verwendet habe, und wieder andere, die große Familien hatten, interessierten sich dafür, wie viele arme Kinder ich unterstützte.« In einer Reihe von Vorträgen versucht er nun diese und andere Fragen zu beantworten. Den ersten, »A History of Myself«, hält er ein Jahr später, am 10. Februar 1847. Der Text bildet die Grundlage für »Ökonomie«, das berühmte erste Kapitel seines Hauptwerks. Er braucht so lange, weil er zunächst noch ein anderes Buch zu Ende schreiben muss: seine Reise auf den Flüssen mit John. Im Sommer 1846 steht der erste Entwurf. Emerson rät ihm, sich um einen Verlag zu kümmern, aber Thoreau lässt sich Zeit damit, er will noch daran feilen. Und jetzt kann er sich ganz »Walden« widmen.

Der Vortrag im folgenden Februar wird ein solcher Erfolg, dass man ihn entgegen den üblichen Gepflogenheiten ersucht, eine Woche später noch einmal zu sprechen. Wieder ist das Lyceum voll. Das Interesse an dieser ersten und auch allen weiteren Lesungen lässt in Thoreau bald den Entschluss reifen, aus seinem »Experiment« ein Buch zu machen. Er arbeitet hart daran; schon im September 1847 hat er eine erste Fassung aufs Papier geworfen, die allerdings noch acht ziemlich umfangreiche Überarbeitungen erfährt, bevor sie 1854 in Druck gehen kann.

Die Nachmittage gehören seiner Tätigkeit als »selbstangestellter Inspektor von Schneestürmen, Regengüssen und Gewittern«. Er macht seine probaten langen Spaziergänge durch die Wälder und Felder der Umgebung, pflückt Heidelbeeren an den Ufern der Flüsse, rodet Erdnüsse, geht fischen. Im Winter muss er Feuerholz sammeln. Nebenbei beobachtet er akribisch die jahreszeitlichen Veränderungen der Natur. Im Frühjahr 1846 misst Thoreau den Waldensee, auch seine Tiefe, um das alte Ammenmärchen von der »Unergründlichkeit« des Sees zu entkräften, das denn auch, wie er in »Walden« spöttisch bemerkt, »selbst des Grundes« entbehrt. Und er übt sich einmal mehr in naturreligiöser Kontemplation. Er wildert sich aus, um die zivilisatorischen Zwänge und Konditionierungen loszuwerden, sich in der Natur wiederzufinden und so seinem Schöpfer näher zu kommen.

Aber eine wirkliche Eremitage ist seine Waldexistenz dennoch nicht. Weil sich die Familie vor allem in Gestalt seiner Schwester Sophia große Sorgen macht, dass er da draußen von wilden Tieren gefressen werden könnte, vergeht kaum ein Tag, an dem er sich nicht zu einem Gang in die Stadt aufmacht, um die Gemüter zu beruhigen. Zudem bekennt er in »Walden« fast schon seufzend, er habe in seiner Hütte mehr Besucher gehabt »als zu irgendeiner anderen Zeit meines Lebens, ich will damit sagen, ich hatte deren einige«. Bronson Alcott beehrt ihn fast jeden Sonntag. Channing, Hawthorne, Emerson finden sich ein, Thoreaus Lieblingsfarmer Hosmer. Auch ihre Kinder und seine ehemaligen

Schüler machen gern einen Sonntagsspaziergang hinaus zu Thoreau. Er ist beliebt, streift mit ihnen durch den Wald, zeigt ihnen verborgene Vogelnester und Murmeltierhöhlen oder macht mit ihnen eine Ruderpartie hinaus auf den See.

Ganze Gruppen treffen sich mitunter bei ihm und picknicken an seiner Türschwelle. Angeblich will er einmal »fünfundzwanzig oder dreißg Seelen nebst deren Körpern« unter seinem Dach begrüßt haben. Der Verein der weiblichen Sklavereigegner hält sogar Anfang August 1846 ebendort seine Jahresversammlung ab. Und natürlich zieht es auch viele Neugierige hinaus zu ihm, die den Waldkauz einmal von Angesicht zu Angesicht sehen oder einen Blick in seine Hütte werfen wollen. Thoreau ist einigermaßen enerviert. Der Waldensee wird vor allem nach seiner literarischen Nobilitierung so populär, dass man Franklin Benjamin Sanborn, einem späteren Biographen Thoreaus, bei seinem ersten Besuch in Concord erklärt, es gebe hier drei religiöse Gemeinschaften, die Unitarier, die orthodoxen Christen – und die Walden-Gesellschaft mit Thoreau als ihrem spirituellen Leitstern.

Aber er findet auch neue Freunde hier draußen. Den franko-kanadischen Holzfäller Alek Therien etwa, einen ungebildeten, aber überaus lebensklugen, »homerischen« Menschen, dem er in »Walden« ein einfühlsames Porträt widmet. Therien beeindruckt ihn, »weil er so still und einsam und dabei so glücklich war; eine Quelle des guten Humors und der Zufriedenheit strömte aus seinen Augen«. Und er macht ihm bewusst, »dass es in den niedrigsten Lebensstellungen geniale Menschen« gibt. Also versucht er diesen herzensguten Waldarbeiter zu bilden und übersetzt ihm Passagen aus Homers »Ilias«. Der ist davon so begeistert, dass er sich bald darauf heimlich die Pope'sche Übertragung aus Thoreaus Bücherregal ausborgt.

Im Sommer 1847 allerdings macht sich einmal mehr Thoreaus Rastlosigkeit bemerkbar. Seine literarischen Pläne sind auf einem guten Weg, die Manuskripte einmal durchgeschrieben, und der *spiritus loci* verliert langsam seine Strahlkraft. »Es ist merkwürdig, wie leicht und unmerklich wir in eine besondere Route geraten und uns daraus eine

Routine machen. Ich hatte noch keine Woche dort gewohnt, als meine Füße schon zum Teichufer einen Pfad ausgetreten hatten«, schreibt er im Schlusskapitel von »Walden«. Vielleicht auch um den Ort nicht durch zu große Gewöhnung zu entweihen, nimmt er Emersons Angebot an, der für den Herbst und Winter auf eine ausgedehnte Lesereise nach England fährt, und zieht einmal mehr zu ihm, um in dessen Abwesenheit die kränkelnde Mrs. Emerson zu unterstützen. Am 6. September 1847 beendet er sein Experiment und kehrt nach Concord zurück. Zwei Jahre später kauft ein ortsansässiger Farmer die Hütte, transportiert sie zu seinem Grundstück und nutzt sie als Kornschober. Nach Thoreaus Tod zerfällt sie mehr und mehr, und ihr Holz findet schließlich bei der Reparatur eines Schweinestalls und einer Scheune Verwendung. »So ist Ruhm«, frotzelt Ellery Channing.

»Ich verließ den Wald aus einem ebenso guten Grund, wie ich ihn aufgesucht hatte. Vielleicht meinte ich, dass ich noch verschiedene Leben zu leben habe und für dieses keine Zeit mehr aufwenden könne.« So lautet die offizielle Begründung in »Walden«. Jahre später räsoniert er auch noch einmal im Tagebuch über die Motive seiner Rückkehr – und weiß so recht keine zu nennen. Er habe sich »oft zurück gewünscht«, denn am Waldensee zu leben, sei das Beste gewesen, was er hätte machen können, schreibt er unter dem 22. Januar 1852. »Vielleicht wollte ich eine Veränderung. Da gab es ein wenig Stillstand, das kann es sein.« Wenn er noch etwas länger dort geblieben wäre, hätte er »vielleicht für immer dort gelebt«.

Dass dieser Aufenthalt zu den wertvollsten Erfahrungen seines Lebens zählt, daran hat er nie einen Zweifel gelassen. Nicht nur in spiritueller Hinsicht. Sie machen ihn weit über die Grenzen von Massachusetts hinaus bekannt, profilieren seine Autorenpersönlichkeit in kaum zu unterschätzender Weise – verschaffen ihm ein Image, das sich bald auch in klingender Münze auszahlen sollte. Thoreau berührt das eher unangenehm, allerdings ist der monetäre Ertrag, den die Walden-Jahre in Form von diversen, mitunter gut honorierten Essays und Lesungen erbringen, am Ende nicht zu vernachlässigen.

Die Hauptsache ist ihm jedoch sein eigener individueller Reifungsprozess. »Das eine wenigstens lernte ich bei meinem Experiment: Wenn jemand vertrauensvoll in der Richtung seiner Träume vorwärtsschreitet und danach strebt, das Leben, das er sich einbildete, zu leben, so wird er Erfolge haben, von denen er sich in gewöhnlichen Stunden nichts träumen ließ«, schreibt er in »Walden«. »Er wird mancherlei hinter sich lassen, wird eine unsichtbare Grenze überschreiten. Neue, allgemeine und freiere Gesetze werden sich um ihn und in ihm bilden, oder die alten werden ausgedehnt und zu seinen Gunsten in freierem Sinne ausgelegt werden. Es wird ihm vergönnt sein, unter Wesen einer höheren Seinsordnung zu leben.« Hier spricht das souveräne Individuum, das sich im Einklang weiß mit den göttlichen Prinzipien und sich deshalb auch an keine weltlichen Autoritäten mehr gebunden fühlen muss.

KOSTE ES, WAS ES WOLLE Der letztlich religiös begründete Individualismus der Transzendentalisten hat zuallererst eine ethische Dimension, die aber unmittelbar politische Folgen zeitigt. Wenn jeder Einzelne in kontemplativer Schau Gott erfahren kann, dann ist er eben auch in der Lage, dessen ewige moralische Grundsätze zu erkennen – und wenn diese mit den jeweiligen Gesetzen seiner Regierung nicht übereinstimmen, dann ist es nicht nur sein Recht, sondern auch seine Pflicht, dagegen aufzubegehren.

Thoreau zog nicht sofort praktische Konsequenzen aus dieser Gleichung. Anstatt sich aktiv an der politischen Willensbildung zu beteiligen, setzte er auf Spiritualität. Die ewige Streitfrage, an der sich Rebellen und Revolutionäre die Köpfe heiß reden, wo anzufangen sei, um eine wirklich fundamentale Veränderung der Verhältnisse zu erreichen, beim Sein oder beim Bewusstsein, beantwortet Thoreau zunächst, wie es einem idealistischen Aussteiger geziemt. »Die bloß politische Seite des Landes ist nie sehr ermunternd. Die Menschen werden herabgewürdigt, wenn man sie als Mitglieder einer politischen Organisation betrachtet«, notiert er Silvester 1841 im Tagebuch. »Von dieser

Seite gesehen, zeigen alle Nationen nur die Symptome von Krankheit.« Aber während er fast die ganzen 40er Jahre hindurch vor der Krankheit Politik in die Natur geflohen ist, um sie von »einer einzigen Böe des Ost- oder Südwinds« hinfortblasen zu lassen, kümmert er sich ab 1848 um eine genauere Diagnose.

Die lautstarke Agitation der Abolitionisten hat die Sklavenfrage immer stärker ins Problembewusstsein des Nordens gerückt. Thoreaus Mutter, seine große Schwester Helen und einige Transzendentalistenfreunde schließen sich ihnen an. Auch Thoreau sympathisiert mit ihnen, wie wir gesehen haben, aber bis er sich direkt in die politische Debatte einmischt, braucht es noch einen Tritt vors Schienbein. Und den bekommt er, als er am 23. Juli 1846 seine Hütte am Waldensee verlässt, um beim Schuhmacher einen geflickten Schuh abzuholen.

Sein Bekannter Sam Staples, der als Polizist von Concord auch die Steuern eintreibt, wartet schon auf ihn. Thoreau hat mehrere Jahre lang die Kopfsteuern nicht gezahlt und wird jetzt zur Kasse gebeten. Der wohlmeinende Konstabler baut ihm goldene Brücken, schlägt ihm vor, sich die paar Dollar vorstrecken zu lassen oder ganz formell eine Stundung zu beantragen. Aber Thoreau verhält sich wenig kooperativ, die beiden geraten aneinander. Thoreau bekommt einen Wutanfall. Vermutlich ist das der Grund, warum Staples ihn dieses Mal nicht einfach davonkommen lässt und die Sache mit einem Pfändungsbescheid aus der Welt schafft, sondern ihn über Nacht ins Gefängnis steckt, wie er es ein paar Jahre zuvor auch schon mit Thoreaus Freund Alcott praktiziert hat. Am nächsten Tag darf er seine Zelle zwar schon wieder räumen, weil ein Unbekannter, vermutlich seine Tante Maria, das Geld für ihn hinterlegt hat, aber die Schmach sitzt tief. Hinzu kommt die Häme der Mitbürger. Und nicht zuletzt der Unmut von Emerson, Channing und den anderen Freunden, die seine Nacht im Middlesex County Jail als völlig sinnlose, noch dazu wenig originelle Reprise der alten Alcott-Eskapade abtun.

Thoreau lässt die Geschichte zunächst auf sich beruhen. Aber bald darauf schwächt der Krieg der Vereinigten Staaten gegen Mexiko die

Position der Sklavereigegner empfindlich. Die eroberten Gebiete Kalifornien, Utah und das New-Mexico-Territorium liegen unterhalb der »Compromise Line« (36° 30' nördlicher Breite). Nach dem »Missouri-Kompromiss« von 1820 ist die Sklaverei bis hierhin erlaubt. Der Kongressabgeordnete von Pennsylvania, David Wilmot, beantragt eine Ausnahmeregelung, aber der »Wilmot Proviso« scheitert mehrfach im Senat an der Blockadehaltung der Südstaaten. Durch den ohnehin illegitimen Expansionskrieg, den Thoreaus Heimatstaat Massachusetts mit zu verantworten hat, weitet sich also auch noch die Sklaverei territorial aus.

Jetzt lässt sich sogar der Stoiker Thoreau aus der Reserve locken. Am 26. Januar 1848 hält er vorm Lyceum eine Brandrede, die er bald darauf zu seinem berühmten Essay »On Resistance to Civil Government« ausarbeitet und im Mai des Folgejahres in den »Aesthetic Papers«, der kurzlebigen Zeitschrift von Nathaniel Hawthornes Schwägerin Elizabeth Palmer Peabody, drucken lässt. Nach seinem Tod erscheint eine Anthologie mit seinen politischen Aufsätzen (»A Yankee in Canada, with Anti-Slavery and Reform Papers«, 1866), und hier bekommt der Essay seinen endgültigen Titel »Civil Disobedience«, dem wohl auch wegen des griffigen Slogans eine bemerkenswerte Rezeptionsgeschichte zuteilwird. Immer wieder haben sich Salon-, Campus- und eben auch echte Rebellen – wie Mahatma Gandhi, die Kämpfer der Résistance, Martin Luther King oder Nelson Mandela – auf diesen Text berufen.

Beim Schreiben erinnert sich Thoreau an die Gefängnisbagatelle von vor zwei Jahren, und die imaginiert er sich jetzt ein bisschen für seine Zwecke zurecht. Er habe keine Steuern gezahlt, weil er einen kriegstreiberischen, mit den Sklavenhaltern gemeinsame Sache machenden Staat nicht auch noch finanziell unterstützen wolle. Dabei hatte er die Zahlung auch schon Jahre vor dem Beginn des Mexikanisch-Amerikanischen Kriegs verweigert.

Es ging ihm damals noch um etwas Grundsätzlicheres. Er will »nicht als Mitglied irgendeiner Vereinigung angesehen werden«, heißt es in dem Essay, »in die ich nicht eingetreten bin«. Thoreau betrachtet sich als souveränes Individuum, das außerhalb der Gesellschaft steht und folglich nicht für deren Belange zur Kasse gebeten werden darf. Das hat schon eine gewisse anarchistische Schlagseite. Zum Schluss führt er diesen Gedanken aus und erträumt sich einen Staat, »der es nicht für unvereinbar mit seiner Stellung hielte, wenn einige ihm fernblieben, sich nicht mit ihm einließen und nicht von ihm einbezogen würden, solange sie nur alle nachbarlichen, mitmenschlichen Pflichten erfüllten. Ein Staat, der solche Früchte trüge und sie fallen ließe, sobald sie reif sind, würde den Weg für einen vollkommeneren und noch ruhmreicheren Staat freigeben – einen Staat, den ich mir auch vorstellen kann, den ich bisher aber noch nirgends gesehen habe.« Der so etwas wie eine Regierung nämlich gar nicht mehr benötigt.

Indem er nun diese prinzipielle Begründung der Steuerverweigerung nachträglich mit einem konkreten politischen Anlass unterfüttert, schlägt er gleich zwei Fliegen mit einer Klappe. Zum einen legitimiert er sein Verhalten vor zwei Jahren gegenüber Bekannten und Freunden, die das mit Recht als spinnert abgetan haben. Zum anderen kann er sich damit zu einem Kerl stilisieren, der mit gutem Beispiel vorangeht und der sich in einer vertrackten Situation, in der die »Mehrheit« in der Regierung eine grundfalsche Sache vertritt, moralisch schadlos hält.

»Ziviler Ungehorsam« ist kein stringent strukturierter, sauber argumentierender Debattenbeitrag, sondern – wie immer bei ihm – ein sich assoziativ entfaltender, zwischen Narration und Räsonnement und folglich auch zwischen verschiedenen Stilregistern hin und her springender Essay. Thoreau will seine Mitbürger nicht in erster Linie mit Gründen überzeugen, er will sie mitreißen. Und eben auch ein klein wenig mit seiner Bildung und seiner rhetorischen Brillanz prunken. Das gelingt ihm auch.

Es beginnt mit einer ethischen Grundsatzerklärung. Regierungen hätten immer wieder ihre Fehlbarkeit unter Beweis gestellt, Entscheidungen seien also nicht allein dadurch richtig, dass sie von der Mehrheit beschlossen würden. Deshalb dürfe man gerade in moralischen Fragen nicht einfach die Verantwortung an sie abgeben. »Könnte es nicht eine

Regierung geben, in der nicht die Mehrheit über Falsch und Richtig befindet, sondern das Gewissen? – in der die Mehrheit nur solche Fragen entscheidet, für die das Gebot der Nützlichkeit gilt? Muss der Bürger auch nur einen Augenblick, auch nur ein wenig, sein Gewissen dem Gesetzgeber überlassen? Wozu hat denn dann jeder Mensch ein Gewissen? Ich finde, wir sollten erst Menschen sein, und danach Untertanen. Man sollte nicht den Respekt vor dem Gesetz pflegen, sondern vor der Gerechtigkeit. Nur eine einzige Verpflichtung bin ich berechtigt einzugehen, und das ist, jederzeit zu tun, was mir recht erscheint.«

Und letztlich müsse man, wenigstens im Norden, gar nicht darüber diskutieren, was das genau sei, Gerechtigkeit. Es gebe »Tausende, die im Prinzip gegen Krieg und Sklaverei sind und die doch praktisch nichts unternehmen, um sie zu beseitigen; die sich auf den Spuren Washingtons oder Franklins glauben und zugleich ruhig sitzen bleiben, die Hände in den Taschen, sagen, sie wüssten nicht, was zu tun sei, und eben auch nichts tun … Sie zögern, sie bedauern, und manchmal unterschreiben sie auch Bittschriften, aber sie tun nichts ernsthaft und wirkungsvoll.«

Genau wie Thoreau, müsste man an dieser Stelle wohl anmerken. Und vielleicht ist sein Furor ja deshalb so groß, weil er hier auch mit seiner eigenen Untätigkeit abrechnet. Seiner Ansicht nach ist jetzt endlich die Zeit gekommen, etwas zu tun. »Wer nach Grundsätzen handelt, das Recht wahrnimmt und es in Taten umsetzt, verändert die Dinge und Verhältnisse; dies ist das Wesen des Revolutionären, es gibt sich nicht mit vergangenen Zuständen zufrieden.«

Er stellt sich unmittelbar in die Tradition von 1775, borgt sich ein bisschen Aura von der amerikanischen Revolution, die sich bekanntlich an der Frage der Besteuerung der Kolonien entzündete, wenn er vorschlägt, einfach keine Steuern zu bezahlen und damit das Unrecht »wenigstens nicht praktisch zu unterstützen«. »Wenn tausend Menschen dieses Jahr ihre Steuern nicht bezahlten, so wäre das keine gewaltsame und blutige Maßnahme – was es aber wäre, wenn sie bezahlten und damit den Staat in die Lage versetzten, Gewalt anzuwenden und unschuldiges Blut zu vergießen.«

Jetzt kann Thoreau mit eigenen Erfahrungen aufwarten und sich als Vorkämpfer einer solchen »friedlichen Revolution« präsentieren. Er hat das alles schon hinter sich! Und er betreibt in der Folge einigen Aufwand, sein gutes Beispiel den Mitbürgern schmackhaft zu machen. Grandios ist seine Beschreibung der Gefängnisnacht. Eine veritable Idylle. Mit sauber gekalkten, nachgerade gemütlichen Zellen, in denen man zur Ruhe kommt, in denen die Zeit stehenzubleiben scheint, mit freundlichen Nachbarn, einem einfachen, aber kräftigen Frühstück am Morgen danach, und einer völlig neuartigen Perspektive auf die Stadt – eben durch ein »Eisengitter, welches das Licht siebte«. Kein Ort zum Fürchten. Und auch keiner, der einen die Reputation kosten sollte.

Im Gegenteil. »Unter einer Regierung, die irgendjemanden unrechtmäßig einsperrt, ist das Gefängnis der angemessene Platz für einen gerechten Menschen. Der rechte Platz, der einzige, den Massachusetts seinen freieren und weniger kleinmütigen Geistern anzubieten hat, ist eben das Gefängnis, wo sie von Staates wegen ausgesetzt und ausgeschlossen werden, nachdem sie sich durch ihre Grundsätze schon selbst ausgeschlossen haben. Der entflohene Sklave, der mexikanische Kriegsgefangene auf Bewährung und der Indianer mit seinen Anklagen gegen das Unrecht, das man seiner Rasse zugefügt: nur hier sollen sie ihn finden, im Gefängnis; auf diesem abgeschiedenen, aber freieren und ehrbareren Boden, wo der Staat jene hinbringt, die nicht mit ihm, sondern gegen ihn sind: es ist das einzige Haus in einem Sklavenstaat, das ein freier Mann in Ehren bewohnen kann.«

Aus diesen Passagen leitet sich dann die schöne Legende her, wonach Emerson ihn am Abend im Gefängnis besucht habe.

»Henry, warum bist du hier?«

»Waldo, warum bist *du* nicht hier?«

So hat das sicher nicht stattgefunden, aber die Anekdote demonstriert doch etwas Wesentliches. Thoreau nimmt für seine Gewissensentscheidung durchaus Nachteile in Kauf. Es ist das Leidenspathos des edlen Rebellen, die Emphase des moralisch überlegenen Dulders, die den Aufsatz so enorm suggestiv und wirkungsmächtig macht. Thoreau leuchtet allen Überzeugungstätern tief in die Seele. »Ganz offensichtlich wussten sie nicht, wie sie mich behandeln sollten, sie benahmen sich wie schlecht erzogene Leute. In jeder ihrer Drohungen und in jeder ihrer Höflichkeiten steckte ein dummes Missverständnis; sie dachten nämlich, mein größter Wunsch sei, auf der anderen Seite dieser Mauern zu stehen.« Dabei gehe es gar nicht um ihn als Person, sondern um die von ihm vertretenen widerständigen Ideen – »sie waren doch in Wirklichkeit die eigentliche Gefahr! Da sie mich nicht fassen konnten, beschlossen sie, meinen Körper zu bestrafen; wie kleine Jungen, die, weil sie eine Wut auf jemanden haben, aber nicht an ihn herankönnen, dessen Hund misshandeln. Ich erkannte, dass der Staat einfältig ist, ängstlich wie eine alte Jungfer mit ihren silbernen Löffeln, dass er seine Freunde nicht von den Feinden unterscheiden kann, und ich verlor die geringe Achtung vor ihm, die noch übrig war, und bedauerte ihn.«

Thoreau hält sich eher zurück, wenn er sein persönliches Märtyrertum schildert. Er weiß selbst, dass sein Einsatz nicht besonders hoch war. Aber so ganz ohne heroische Prätention geht es denn doch nicht. Dahinter steckt wohl auch rhetorisches Kalkül. Man muss den Menschen einen symbolischen Gewinn offerieren, der Aufwand soll sich schließlich lohnen für sie.

»Ziviler Ungehorsam« schöpft sein Wirkungspotential vor allem aus seiner literarischen Suggestionskraft und nicht unbedingt aus einer stichhaltigen und kohärenten Argumentation. So gibt Thoreau das institutionelle Recht dran für ein höhereres Rechtsideal, eben die »Gerechtigkeit«, die intuitiv vom »Gewissen« erkannt wird, verliert aber aus gutem Grund kein Wort über die Frage, woran man denn bitte schön erkennen kann, dass dieses Gewissen nicht komplett falschliegt. Dass Gerechtigkeit keine objektiv nachprüfbare Größe ist, dass also innerhalb einer Gesellschaft von Menschen mit unterschiedlichen Gerechtigkeitsauffassungen eine Einigung auf eine abstrakte Rechtsordnung die Voraussetzung ist, um überhaupt so etwas wie Rechtssicherheit zu gewährleisten, kümmert Thoreau nicht weiter. Und auch nicht, dass mit der »Verpflichtung«, nur das »zu tun, was mir recht erscheint«, schon immer eine Menge Unrecht legitimiert wurde.

Die individuelle ethische Gewissensentscheidung ist für ihn unantastbar. Ihr ist stattzugeben, »koste es, was es wolle«. Solch ein moralischer Fundamentalismus kennt keine pragmatischen Abwägungen. »Wenn ich einem Ertrinkenden das Holzbrett entrissen habe, mit dem er sich über Wasser gehalten hat, dann muss ich es ihm zurückgeben, und wenn ich dabei selbst ertrinke.« Wer dennoch sein Leben zu retten versucht, »der wird es verlieren«, weil seine Seele unwiderruflich Schaden nimmt. Die moralische Unbeflecktheit des Individuums steht bei Thoreau über allem, ihr gegenüber muss sogar das Kollektiv zurückstehen. »Dieses Volk muss aufhören, Sklaven zu halten und in Mexiko Krieg zu führen, und wenn es seine Existenz als Volk kostet.«

Diese Beschränkung auf die ethische Reinheit des Individuums mag rechtsphilosophisch eine Schwachstelle des Essays sein, wirkungsästhetisch ist sie seine unbedingte Stärke. Thoreau redet jedem einzelnen Leser ins Gewissen. Allein auf ihn kommt es an. »Es ist nicht so wichtig, dass die große Menge ebenso gut ist wie ihr, sondern dass es überhaupt irgendwo vollkommene Güte gibt; denn schon ein bisschen Hefe wird den Teig aufgehen lassen.«

Das allerdings blieb ein frommer Wunsch und zeugt nur von der Naivität des im Grunde unpolitischen Waldläufers Thoreau. Der Teig verdirbt völlig. Die Sklavenstaaten können in den Folgejahren strategische Vorteile erringen, die den ideologischen Graben zwischen dem Norden und dem Süden noch vertiefen und letztlich die Voraussetzung liefern für den Sezessionskrieg zwölf Jahre später. Im »Kompromiss von 1850« wird zwar Kalifornien als sklavenfreier Staat in die Union aufgenommen, was den Gegnern der Sklaverei kurzfristig eine Mehrheit von 32:30 Stimmen im Senat einbringt, aber dieser Vorteil ist teuer erkauft. Nicht zuletzt durch den »Fugitive Slave Act«, der die Behörden des Nordens darauf verpflichtete, flüchtige Sklaven dingfest zu machen und in ihre Ursprungsländer zurückzuführen – und Fluchthelfer mit hohen Geldbußen von bis zu 1000 Dollar zu bestrafen.

Für einiges Aufsehen sorgt Anfang April 1851 die »Sims-Tragödie«. Ein Farmer aus Georgia begegnet in Boston seinem entflohenen Sklaven, ebenjenem Thomas Sims, und lässt ihn arretieren. Das anschließende Gerichtsverfahren bestätigt die Rechtmäßigkeit seiner Ansprüche. Schließlich wird Sims von einem großen Aufgebot der US-Marine, man befürchtet eine Befreiungsaktion der Abolitionisten, durch die von unzufriedenen Bürgern gesäumten Straßen Bostons zu einem Kriegsschiff eskortiert und zurück nach Georgia verschleppt. Etwas später allerdings verkauft der Farmer ihn nach Mississippi, von wo ihm eine neuerliche Flucht gelingt und er wieder nach Boston zurückkehrt.

Dieser Skandal, der allen zeigt, wie das neue Gesetz die Souveränität der Bundesstaaten aushebelt, und somit weit über die Landesgrenzen von Massachusetts hinaus für Furore sorgt, treibt viele politisch indifferente Nordstaatler ins Lager der Abolitionisten. Auch Thoreau mutiert nun zum Aktivisten und schließt sich der »Underground Railroad« an, einem konspirativen Netzwerk, das Sklaven die Flucht nach Kanada in die Freiheit ermöglichte. Harriet Beecher-Stowes Emanzipationsschmonzette »Onkel Toms Hütte« von 1852 schildert das segensreiche Wirken dieses losen Geheimbunds.

»Heute Nachmittag brachte ich einen entflohenen Sklaven auf den Zug nach Kanada«, schreibt Thoreau am 1. Oktober 1851 ins Tagebuch. »Er hatte den Namen Henry Williams angenommen und war im vergangenen Oktober von Stafford County; Virginia, nach Boston geflohen. Er hatte bis jetzt dort gearbeitet und durch einen Agenten mit seinem Besitzer, der zugleich sein Erzeuger ist, Verhandlungen aufgenommen, um sich freizukaufen. Sein Besitzer verlangte 600 Dollar, er konnte jedoch nur 500 Dollar aufbringen. Dann hörte er, dass auf zwei Flüchtlinge, die ebenfalls seinen Namen trugen, Verhaftungsbefehle ausgestellt worden waren, und erfuhr von Arbeitskameraden und seinem Brotgeber, dass die Polizei in seiner Abwesenheit nach ihm gefragt hatte. Deshalb floh er in der vergangenen Nacht, kam zu Fuß nach Concord und brachte unserer Familie zwei Empfehlungsschreiben von Bekannten mit. Er wohnte bei uns, bis wir die Mittel gesammelt hatten, um ihm die weitere Flucht zu ermöglichen. Ich wollte ihn zu Mittag nach Burlington befördern, aber als ich auf der Bahnstation seine Fahrkarte lösen wollte, sah ich dort einen Mann, der aussah wie ein Bostoner Polizist und sich auch so benahm, dass ich es nicht wagte. Williams ist ein intelligenter Mensch mit sehr guten Manieren, ein Mulatte.«

Die stoische Gelassenheit, die er sich als literarische Figur in »Ziviler Ungehorsam« zugelegt hat, lässt sich in der Wirklichkeit eben doch nicht immer aufrechterhalten. Thoreaus Bedarf an Gefängnisaufenthalten ist augenscheinlich erst mal gedeckt.

DIESER BODEN IST NICHT FÜR DICH Noch ein weiteres Intermezzo unterbricht seine Zeit am See. George Thatcher, der Mann seiner Cousine Rebecca Jane Billings aus der Stadt Bangor, Maine, ist im Holzgeschäft tätig und will sich am westlichen Arm des Penobscot River nach ertragreichen Rodungsflächen umsehen. Er lädt Thoreau ein, ihn zu begleiten. Der stimmt sofort zu und beschließt, notfalls auch allein, einen Abstecher zum nahegelegenen Mount Katahdin zu machen, dem zweithöchsten Berg Neuenglands, den nur wenige Menschen bisher bestiegen haben. Ktaadn nennen die Indianer diesen Felsen. Sie meiden ihn, vielleicht weil sie die Empfindung fürchten, von der Thoreau dort oben übermannt wird – das Gefühl des totalen Ausgeliefertseins an eine übermächtige Natur.

Am 31. August 1846 bricht Thoreau auf, um nach eintägiger Reise im Zug und im Dampfboot seinen Verwandten zu treffen. Im Einspänner machen die beiden sich von Bangor aus auf den Weg zum knapp 100 Kilometer entfernten Mattawamkeag und machen eine Weile im Indianerdorf Oldtown Station, um beim Kanubau zuzusehen. Bei einem weiteren Stop in Lincoln, nach etwa zwei Dritteln der Strecke, heuern sie einen Indianerführer an, der Thoreau den Weg zum Gipfel zeigen soll. Sie machen einen Treffpunkt aus am West-Branch-Damm des Penobscot und reisen weiter nach Mattawamkeag, wo sie zwei weitere Freunde Thatchers treffen. Gemeinsam rudern sie flussaufwärts und verbringen eine Nacht im »Uncle George«. Da ihr Indianerführer sie im Suff versetzt, überreden sie den Wirt, sie zu führen. Später, an der Mündung des Millinocket River, engagieren sie noch einen weiteren Autochthonen als Führer und Träger – und jetzt stoßen sie sich mit langen Fichtenstangen die Stromschnellen hinauf, streifen immer wieder Felsen, aber ihre beiden »Piloten« kennen den Fluss sehr gut und bringen alle sicher in ruhigere Gewässer. Thoreau, ein durchaus erfahrener Ruderer, schreibt später, er habe nie zuvor eine Bootsfahrt erlebt, die auch nur »halb so berauschend« gewesen sei wie diese. Sie kampieren eine Nacht am North Twin Lake und gelangen am folgenden Tag rudernd, stakend und das Boot tragend zum »Sowadnehunk dead-water«, einem See, knapp 20 Kilometer vom Mount Katahdin entfernt. Sie beginnen mit dem Aufstieg, aber da sie sich durch dichte Wälder schlagen müssen, kommen sie nur langsam voran. Gegen vier Uhr haben Thoreaus Begleiter genug und bereiten ihr Nachtlager vor, er selbst versucht es weiter, muss aber schließlich auch umkehren, um vor der Dunkelheit im Lager zu sein. Am folgenden Tag, dem 8. September, brechen sie schon früh auf, aber der Weg ist beschwerlich, und schließlich lässt Thoreau seine nicht ganz so euphorisierten Reisegefährten hinter sich und klettert allein hinauf.

Was er dort sieht, erschreckt ihn zutiefst. »Die Natur war hier etwas Wildes und Furchterregendes, wenn auch wunderschön.« Sie erzeugt bei ihm kein Gefühl metaphysischer Geborgenheit mehr. Im Gegenteil. Thoreau fühlt »die Präsenz einer Kraft, die sich nicht verpflichtet fühlt, dem Menschen gegenüber freundlich zu sein«. »Warum kommst du hierher vor deiner Zeit, schien sie streng zu sagen. Dieser Boden ist nicht für dich. Ist es nicht genug, dass ich in den Tälern lächele. Ich habe diese Erde nicht für deine Füße, diese Luft nicht für deinen Atem, diese Felsen nicht zu deinen Nachbarn gemacht … Warum suchst du mich dort, wohin ich dich nicht gerufen habe, und dann beklagst du dich, dass du an meiner Stelle eine Stiefmutter findest. Solltest du frieren oder hungern oder dein Leben hinwegzittern, hier ist kein Schrein, kein Altar, hier findest du kein Gehör.«

Dieses Grenzerlebnis stellt die euphemistische Naturvorstellung Emersons und der Transzendentalisten nicht gleich völlig in Frage, ergänzt sie aber um eine dunkle, gefährliche Seite. »Wir haben noch keine reine Natur gesehen, wenn wir sie nicht so unendlich und trostlos und unmenschlich gesehen haben, als ob wir inmitten von Großstädten wären.« Er kehrt schleunigst zu seinen Gefährten zurück, und gemeinsam machen sie sich auf den Heimweg. Ein paar Tage später hat er seine liebliche Idylle am Waldensee wieder und beginnt seine Erlebnisse und seinen Wahrnehmungsschock literarisch auszubeuten. Er hat seine Reise detailliert in den Tagebüchern mitstenographiert und macht nun einen Vortrag fürs Lyceum daraus. Nach dem Erfolg der Lesung am 5. Januar 1848 erweitert er den Stoff zu einer langen Reisereportage, die er gleich nach der Fertigstellung an Greeley schickt. Für den »Tribune« ist der Essay viel zu lang und »zu erlesen«, also vermittelt ihn Greeley an die neugegründete Literaturzeitschrift »Sartain's Union Magazine«, wo er unter dem Titel »Ktaadn, and the Maine Woods« in fünf Lieferungen von Juli bis September erscheint – und Thoreau immerhin 50 Dollar einbringt. Greeleys Literaturagententätigkeit beginnt sich langsam für ihn auszuzahlen. Er ist auch deshalb so erfolgreich, weil er nicht vergisst, auf den Seiten des »Tribune« mit werbenden Worten und sprechenden Zitaten auf die Publikationen seines Protegés hinzuweisen. Durch solche verkaufsfördernden Gratisanzeigen lassen sich Zeitschriftenverleger sehr viel leichter von der literarischen Qualität der Thoreau'schen Prosa überzeugen.

»Ktaadn«, unter diesem Titel erscheint der Text postum in der Sammlung »The Maine Woods«, gehört zu den schönsten Reiseerzählungen Thoreaus, und es ist einigermaßen erstaunlich, dass sie bisher noch keinen deutschen Übersetzer gefunden hat. Thoreau zeigt hier vor allem eine neue narrative Reife. »Ktaadn« ist ein spannendes, zupackendes, fast schon atemlos erzähltes Stück, durchaus aufmerksam für die unterschiedlichen Sinneseindrücke, aber konzentrierter als in seinen früheren Texten, ohne sich in Details zu flüchten und den narrativen Fluss aus den Augen zu verlieren. Das hat seine Entsprechung in dem konzisen, sachgemäßen, etwas zurückgenommenen Beschreibungsstil. Die sprachliche »Extra-vaganz«, die er in »Walden« noch einmal grundsätzlich legitimieren wird – als ernsthaften Versuch, »über die engen Grenzen meiner täglichen Erfahrung« hinauszuwandern, um einer höheren, ideellen »Wahrheit zu entsprechen« –, beschränkt er hier auf ein eingängigeres Maß. Die abenteuerlichen Erlebnisse und vielfältigen Reiseeindrücke sind offenbar für ihn selbst suggestiv genug, dass er sich weitgehend dem Stoff überlassen kann und mit weniger Amplifikation und vor allem ohne lange transzendentalistische Predigten auskommt.

Emerson ist ziemlich eingenommen von »Ktaadn« und erklärt im Tagebuch, es sei das erste Stück amerikanischer Literatur, das er in den letzten zehn Jahren gesehen habe, das den Einband wert sei. Auch Greeley ist angetan und rät ihm, weitere, jedoch wenn möglich etwas kürzere Zeitschriftenbeiträge zu liefern, so könne er am ehesten etwas Geld verdienen und sich als Schriftsteller einen Namen machen. Aber Thoreau widmet sich jetzt ganz seinen Buchprojekten. An Ruhm ist er ohnehin nicht interessiert. An Geld gleich gar nicht. Schließlich schlägt ihm Greeley vor, Auszüge aus seinen Büchern vorab zu veröffentlichen, aber auch darauf kommt er erst ein paar Jahre später zurück.

SPRECHEN SIE ZU MIR IN DIESER STUNDE Am 5. Oktober 1847 reist Emerson von Boston aus nach London ab, und Thoreau wohnt nun einmal mehr bei dessen Frau und Kindern, um für ihn die häuslichen Dinge zu regeln. Lidian selbst hatte ihren Mann um die bewährte Unterstützung gebeten. Und Thoreau enttäuscht seine Freunde auch dieses Mal nicht. Er macht den Garten winterfertig und bepflanzt ihn im anbrechenden Frühjahr neu, erledigt anfallende Reparaturen, kümmert sich sorgfältig um Emersons Geschäfte, aber am liebsten verbringt er seine Zeit mit den Kindern, der achtjährigen Ellen, der sechsjährigen Edith – und Edward, der mit seinen drei Jahren am meisten Aufmerksamkeit einfordert. Sie finden in Thoreau einen einfallsreichen Spielgefährten und Lehrer. Vor allem der kleine Eddy scheint einen Narren an ihm gefressen zu haben. In einem Brief vom 14. November 1847 beruhigt Thoreau den weit entfernten Paterfamilias und macht ihm gleich auch ein schlechtes Gewissen.

»Lidian und ich geben sehr gute Haushalter ab«, schreibt er. »Sie ist mir eine sehr liebe Schwester. Ellen und Edith, Eddy und Tantchen Brown erhalten wie gewöhnlich die Tragödie und Komödie und Tragikomödie des Lebens aufrecht. Die beiden Mädchen haben ihren alten Bekannten nicht vergessen; sogar Edith, finde ich, hat schon ein Gedächtnis im Kopf. Eddy kann uns alle lehren, wie man sich äußert. Wenn Du irgendwo einen mächtigen Haufen von hölzernen oder zinnernen Pferden entdecken solltest, so wird er sie zweifellos zu schätzen wissen. Gelegentlich blickt er von meinen Schultern so weise über die Menschheit hin, wie es Johnson nur jemals getan hat. Ich respektiere ihn nicht ein bisschen, obgleich ich es bin, der ihn so ohne Förmlichkeit in die Höhe heben muss. Und zuweilen muss ich ihn ganz schnell wieder absetzen, ›nur weil es sein Wille und Vergnügen ist‹. Neulich fragte er mich ganz ernsthaft: ›Mister Thoreau, willst du mein Vater sein?‹ Zuweilen raufe ich mich mit ihm ohne alle Regel, damit ich ihn nicht vermisse und damit er Dich nicht zu sehr vermisst. Du musst also bald zurückkommen, oder Du wirst unnötig.«

Sollte Emerson eifersüchtig gewesen sein, lässt er sich jedenfalls nichts anmerken. Vermutlich überwiegt die Freude darüber, dass zu Hause alle gut miteinander auskommen. Und so schreibt er seiner Frau gleich darauf, dass es ihm ein »großer Trost« sei, Thoreau bei ihnen zu wissen. Ihr »spartanischer Buddhist« sei eben auch ein »Vater« und »guter Kerl«.

Kurz vor seinem Umzug zu den Emersons bekommt Thoreau eine Einladung zu einem Klassentreffen, Anlass ist das zehnjährige Jubiläum ihrer Graduierung in Harvard. Am 30. September schreibt er Henry Williams, dem Sekretär der Klasse, einen brüsken Absagebrief. »Ich bekenne, dass ich sehr wenig Klassengeist besitze und beinahe vergessen habe, vier Jahre in Cambridge verbracht zu haben. Das muss ein früheres Stadium meiner Existenz gewesen sein.« Außerdem habe er viel um die Ohren. »Ich bin ein Schulmeister, ein Hauslehrer, ein Landvermesser, ein Gärtner, ein Landwirt, ein Maler, ich meine ein Anstreicher, ein Zimmermann, ein Maurer, ein Tagelöhner, ein Bleistiftproduzent, ein Schleifpapierhersteller, ein Schreibender und manchmal ein Dichterling.«

Er wird auch später regelmäßig eingeladen, besucht die Veranstaltungen allerdings nie. Vielleicht steckt mehr dahinter als mangelnder »Klassengeist«. Vielleicht hegt er auch die Befürchtung, dass ihn im Kreise seiner ehemaligen Kommilitonen doch so etwas wie ein leichtes Minderwertigkeitsgefühl beschleichen könnte, aller zur Schau gestellten Ablehnung ihres konventionellen Lebensstils zum Trotz. Er muss sich nur mal für einen Moment mit ihren Augen sehen. Er ist nicht verheiratet, literarisch ein *no name*, hat kein festes Einkommen und wohnt wieder bei den Eltern bzw. bei seinem Gönner Emerson. Möglicherweise will er sich einfach nicht der konzertierten Verachtung seiner alten Freunde aussetzen. Die Zurückweisung jedenfalls ist ein bisschen zu schroff und prahlerisch, um wirklich souverän zu wirken.

In ein paar Jahren wird er solche Selbstversicherungen nicht mehr nötig haben. Im zweiten Drittel der 50er Jahre wächst sein Bekanntheitsgrad zusehends. Bis dahin allerdings ist er dankbar für jegliche Fürsprache – und die lässt glücklicherweise nicht lange auf sich warten. Im März 1848 erreicht ihn der Brief eines enthusiasmierten Lesers, der sich ihm als Eleve andient. Harrison G.O. Blake hatte zwei Jahre nach Thoreau seinen Abschluss in Harvard gemacht, danach eine Zeitlang ein Pfarramt in Milford inne und ging dann wieder zurück in seine Heimatstadt Worcester, 50 Kilometer südwestlich von Concord, um dort an einer Privatschule für Mädchen zu unterrichten. Blake ist schon länger mit Emerson bekannt, er und Thoreau haben sich sogar schon einmal getroffen. Diese Begegnung und die verspätete Lektüre des »Aulus Persius Flaccus«-Artikels aus der ersten Nummer des »Dial«

hinterlassen bei ihm einen solchen Eindruck, dass er sich nun von seinem erleuchteten Verfasser philosophische Unterweisung erhofft. Er möchte durch Thoreaus »Worte zu einem wahrhaftigeren und reineren Leben emporgehoben« werden. »Sprechen Sie zu mir in dieser Stunde gemäß Ihren Eingebungen …«

Thoreau ist hocherfreut und gibt sich in den folgenden fast anderthalb Dekaden, in denen die beiden in brieflichem Kontakt stehen und sich auch immer mal wieder persönlich treffen, redliche Mühe, Blakes Wunsch zu entsprechen. Er baut seine Schreiben zu kleinen Moralpredigten und Besinnungsaufsätzen aus. In Worcester konstituiert sich nach und nach um Blake und dessen Freund Theo Brown eine Art Fanzirkel. Wann immer ein neuer Brief Thoreaus eintrifft, lädt Blake zum Frühstück und liest Passagen daraus vor. Thoreau weiß das sehr wohl, und so finden die großen Themen, mit denen Thoreau in seinen Tagebüchern und Publikationen ringt, auch Niederschlag in diesen Briefessays. Er skizziert die Grundlinien seiner Kultur- und Zivilisationskritik und verteilt polemische Seitenhiebe gegen den aufkommenden Massentourismus, die Unterhaltungssucht der Gesellschaft und die kapitalistische Wirtschaftsweise. Er diskutiert die Sklavenfrage, die Bedeutung der Arbeit, die sich langsam verändert im Zeichen der Industrialisierung, und allenthalben gibt es Passagen enthusiastischer Naturfrömmigkeit. Blake stellt ihm allerdings auch gezielt Fragen nach der richtigen Lebensführung. Zunächst aus persönlichem Interesse. Jedoch schätzt er den intellektuellen und literarischen Wert dieser Episteln bald so hoch ein, dass er den Entschluss fasst, sie irgendwann zu publizieren.

Im Gegensatz zu den Freundschaften mit Channing, Alcott oder Emerson unterhalten die beiden eine vornehmlich intellektuelle Beziehung. Thoreau ist für Blake vor allem als Philosoph von Bedeutung. Entsprechend bemüht zeigt er sich, für die Verbreitung der Worte des Meisters zu sorgen. Als Thoreau seine Vortragstätigkeit zu forcieren beginnt, findet er in Blake einen hilfreichen Geist, der ihm immer wieder Lesungen in Worcester organisiert und meistens auch für die angemessene Durchführung der Veranstaltung sorgt.

NIEMAND WIRD KLÜGER DADURCH Im Juli 1848 kehrt Emerson von seiner Reise aus Europa zurück, und so zieht Thoreau am 30. des Monats wieder in sein Elternhaus. Er hilft einmal mehr bei der Bleistiftproduktion und verdient sich mit diversen Handlangerdiensten etwas dazu, kalkt Wände, tapeziert, hackt Holz. Sein Vater ist in finanziellen Schwierigkeiten, nachdem er bei einem Mühlenbrand Holzrohlinge für Bleistifte im Wert von vier- bis fünfhundert Dollar verloren hat. Alle in der Familie müssen jetzt mithelfen, die Schulden abzutragen, aber Thoreau macht im Spätsommer erst einmal eine kurze Wandertour mit Ellery Channing durchs südliche New Hampshire. Zum allgemeinen Unmut.

Aber wenn er wirklich Geld verdienen muss, legt er auch dabei eine gewisse Yankee-Findigkeit an den Tag. Er beschließt, seine Arbeit als Landvermesser zu professionalisieren, beschafft sich die entsprechenden Instrumente, liest sich die noch fehlenden Kenntnisse an und lässt schließlich Flugzettel drucken, in denen er seine Dienste anpreist. Und die werden offenbar durchaus beansprucht. Das Geschäft erweist sich nicht nur als einträglich, die Arbeit kommt auch seinen habituellen Bedürfnissen entgegen. Er ist zu Fuß unterwegs, allein in der Natur. Und außerdem hat dieser Beruf eine gewisse Symbolkraft für seine Poetik. Ein Landvermesser ist er auch auf literarischem Feld.

Offenbar angefeuert von den gelungenen »Walden«-Abenden im Lyceum, beginnt er im späten Herbst 1848 auch seine Vortragstätigkeit über die Stadtgrenzen hinaus auszudehnen. Emerson bestreitet seit Jahren ziemlich erfolgreich seinen Lebensunterhalt damit. Und selbst so ein eher unbekannter Autor wie Thoreau bekommt mitunter 20 bis 25 Dollar pro Veranstaltung – das entspricht etwa seinem Monatsverdienst als Tagelöhner. Emerson will ihm eine Lesung in Boston vermitteln, ohne Erfolg. Hawthorne jedoch, den es mittlerweile nach Salem verschlagen hat, überzeugt die Kuratoren des dortigen Lyceums und lädt ihn ein für den 22. November. Im nahen Gloucester liest man die enthusiastische Kritik über den Abend. Und so ist er dort nur einen Monat später zu Gast, am 20. Dezember. Aber hier fällt die Reaktion

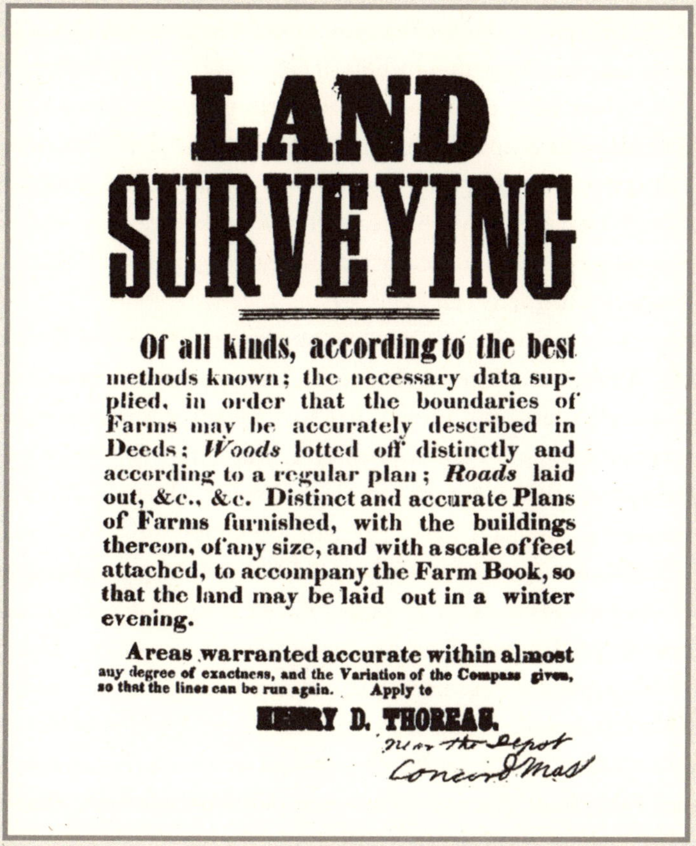

LAND SURVEYING

Of all kinds, according to the best methods known; the necessary data supplied, in order that the boundaries of Farms may be accurately described in Deeds; *Woods* lotted off distinctly and according to a regular plan; ***Roads*** laid out, &c., &c. Distinct and accurate Plans of Farms furnished, with the buildings thereon, of any size, and with a scale of feet attached, to accompany the Farm Book, so that the land may be laid out in a winter evening.

Areas warranted accurate within almost any degree of exactness, and the Variation of the Compass given, so that the lines can be run again. Apply to

HENRY D. THOREAU.

near the Depot
Concord Mass

Handzettel 1848

eher durchwachsen aus. Der Rezensent vom »Gloucester Telegraph« lobt seinen Witz, vermisst aber die nötige Tiefe. Es gehe hier um nichts! Das wird Thoreau getroffen haben, aber er lässt sich davon nicht beirren. Nach einer, wie gewöhnlich, kostenlosen Lesung im Concord Lyceum am 3. Januar 1849 holt ihn Hawthorne am 19. Februar noch einmal nach Salem. Aber das Publikum ist nicht ganz so angetan wie beim ersten Mal. In Portland, Maine, hingegen, am 21. März, kann er wieder voll überzeugen. »Die Lesung war einzigartig, originell, komisch und salbungsvoll. Sie bekam die volle Aufmerksamkeit des Publikums für beinahe zwei Stunden und war auf äußerst angenehme Weise spannend«, schreibt der »Eastern Argus« zwei Tage später.

Thoreau trägt aus unterschiedlichen Manuskripten vor. Eine frühe Fassung des ersten »Walden«-Kapitels »Ökonomie« überzeugt in der Regel, aber die anderen beiden, Auszüge aus den Kapiteln »Wo und wofür ich lebte« und »Das Bohnenfeld«, werden auch mitunter leicht belächelt. Man tut ihn ein wenig als philosphierenden Waldschrat ab. Und stets muss Emerson als Referenzgröße herhalten.

Auch Greeley bekommt Wind von Thoreaus Auftritten und macht im Editorial des »Tribune« für ihn Werbung, am 2. April 1849. »Es gibt keinen einzigen jungen Mann in diesem Land – und nur sehr wenige Alte –, die von einem aufmerksamen Besuch dieser Lesung nicht profitieren.« Die Lokalzeitung in Concord, die »Yeoman's Gazette«, berichtet danach stolz über »Our Townsman – Mr. Thoreau«, der so viel Aufmerksamkeit in einer der führenden Tageszeitungen des Landes bekomme. Aber nicht alle sind so zufrieden mit Greeleys Eloge. Ein Leserbriefschreiber, kurioserweise mit dem Namen Thorough, echauffiert sich darüber, dass er ausgerechnet einen Einsiedler als besonders gutes Exempel für die Jugend anpreise. Greeley lässt sich die Chance nicht entgehen, noch einmal den Namen seines Freundes in die Zeitung zu bekommen und watscht den Beinahe-Namensvetter mit einer postwendenden Replik ab. Er habe Thoreau nicht als Musterbeispiel für jedermann hingestellt, sondern nur für »junge Menschen, die geistige Bildung durch Studium, Lektüre, Reflexion etc. anstreben«.

Er zeige ihnen, wie sie »sich durch Zügelung ihres physischen Appetits eine größere Unabhängigkeit verschaffen« könnten. Auch solche kleineren Scharmützel sorgen dafür, Thoreau in die literarische Öffentlichkeit einzuführen.

Blake macht ebenfalls seinen Einfluss geltend und lädt ihn bald darauf ins zwei Eisenbahnstunden entfernte Worcester ein, wo er das ganze »Walden«-Programm an drei aufeinanderfolgenden Freitagabenden liest. Die Reihe beginnt am 20. April in der City Hall. Auch hier gibt es Kritik. Im »Worcester Palladium« vom 25. April attestiert man seinem Vortrag zwar, »witzig, sarkastisch und unterhaltsam« gewesen zu sein, nur werde niemand klüger dadurch. Immerhin, der »Worcester Spy« kündigt die zweite Lesung am 27. April in der Brinley Hall mehrfach mit warmen Worten an, und entsprechend gut gefüllt ist der Saal dann auch. Bei der letzten Veranstaltung am 3. Mai am gleichen Ort ist Thoreau bereits so gut eingeführt, dass ihn um die hundert Menschen hören wollen.

Trotz der kontroversen Reaktionen in der Presse, die ihm sicherlich zugesetzt haben, darf er die kleine Vorlesungs-Tour vom Herbst 1848 bis zum Frühjahr 1849 nicht nur finanziell als Erfolg verbuchen. Es gibt jetzt ein Publikum für sein Walden-Experiment, und es hätte nahegelegen – und ihm sicher einige Enttäuschungen erspart –, wenn dieses Manuskript zuerst in Druck gegangen wäre. Zumal der Bostoner Verlag Ticknor & Co. (später Ticknor & Fields) das Buch haben will und ihm ein faires Angebot macht – die üblichen 10 % vom Verkaufspreis. Aber Thoreau sind solche markstrategischen Überlegungen ganz fremd. Die Bücher sollen in der richtigen Reihenfolge erscheinen. Außerdem jährt sich die anlassgebende Bootsreise für »A Week on the Concord and Merrimack Rivers« bereits zum zehnten Mal. Er hat schon viel zu lange an diesem Text gefeilt.

GEWICHTIGER ALS DER RUHM Thoreaus Debüt »A Week on the Concord and Merrimack Rivers« ist kein großer Erfolg beschieden. Es gehört bis heute zu seinen wenig gelesenen Werken. Das hat seine Gründe. Schon die Verlagssuche gestaltet sich schwierig. Er bietet das Manuskript diversen Häusern an, aber die Reaktionen sind nicht ermutigend. Am 11. November 1847 berichtet er Emerson, der gerade auf Lesereise in England weilt, vom Stand der Verhandlungen. »Vermutlich möchtest Du etwas über mein Buch hören, obschon nichts davon des Schreibens wert ist. In der Tat habe ich es in den letzten ein oder zwei Monaten ganz vergessen, werde aber gewiss wieder daran denken. Wiley & Putnam, Munroe, die Harpers und Crosby & Nichols haben alle abgelehnt, es mit dem geringsten Risiko ihrerseits zu drucken; aber auf mein Risiko wollen es Wiley & Putnam in ihrer Reihe herausbringen. Wenn mir das Buch so gut gefiele, würde ich nicht zögern; aber augenblicklich ist es mir gleichgültig. Ich glaube, dies ist schließlich auch das Verfahren, zu dem Du mir geraten hast – es liegenzulassen.«

Thoreau nutzt die Verzögerung, um sein Manuskript noch einmal grundsätzlich zu überarbeiten und zu erweitern. Auch das hat ihm vermutlich nicht nur gutgetan. Schließlich rät ihm Emerson, eins der Angebote anzunehmen. Er glaubt an den Erfolg des Buches. Es werde die Kosten schon wieder einspielen. James Munroe and Company aus Boston, Emersons damaliger Hausverlag, bekommt schließlich den Zuschlag. Im Dezember 1848 erhält Thoreau Druckfahnen, aber seine vielen Korrekturwünsche verzögern die Herstellung. Das Buch erscheint erst im Mai 1849.

Die Kritik nimmt durchaus Notiz davon, die lesende Öffentlichkeit eher nicht. Es erscheinen kaum wirklich negative Rezensionen, aber auch wenig einhellig positive. Sein Freund Horace Greeley kündigt das Buch im »Tribune« auf der Titelseite an, bewundert die Frische und den Gedankenreichtum, stört sich aber auch am »gefährlichen« Pantheismus. Die vermeintlich blasphemischen Gedanken darin fallen noch anderen negativ auf und sind letztlich wohl vor allem verantwortlich für die geringen Verkaufszahlen. Thoreau lässt seinem polemischen Furor hier freien Lauf.

»Einst wurde ich von einem Pfarrer, der seinen Gaul zu einem Bethaus in einem Pferdeschuppen in den Hügeln von New Hampshire trieb, dafür getadelt, dass ich am Sabbat meine Schritte auf einen Berggipfel statt in die Kirche lenkte«, berichtet er von einem Erlebnis mit Channing während ihrer Wandertour im letzten Jahr. »Er erklärte, dass ich ›das Vierte Gebot Gottes‹ bräche, und fuhr fort, indem er mit Grabesstimme aufzählte, welche Katastrophen ihn heimgesucht hätten, wenn er am Sabbat irgendeine gewöhnliche Arbeit verrichtete. Er glaubte wahrhaftig, dass Gott aufpasste, um Leuten ein Bein zu stellen, die an diesem Tag einer säkularen Tätigkeit nachgingen, und begriff nicht, dass das schlechte Gewissen der Betreffenden die Schuld daran trug. Das Land ist voll von diesem Aberglauben, und wenn man in ein Dorf kommt, ist die Kirche nicht nur ganz reell das hässlichste Gebäude, sondern auch deshalb, weil wir daran denken müssen, dass die menschliche Natur sich hier am tiefsten erniedrigt und am meisten geschändet wird. Gewiss, Tempel dieser Art werden über kurz oder lang aufhören, die Landschaft zu verunstalten. Es gibt wenig Dinge, die erschütternder und widerwärtiger sind, als wenn man an einem Sabbat in einem fremden Dorf durch die Straßen geht und hört, wie der Prediger wie ein Matrose im Sturm brüllt und die stille Atmosphäre des Tages gröblich entweiht. Man stellt sich dabei vor, dass er seinen Rock abgelegt hat wie einer, der sich zu einer schweißtreibenden, schmutzigen Arbeit anschickt.« Es gebe heutzutage keinen größeren Unglauben als den – zu beten, den Sabbat einzuhalten und Kirchen zu errichten. Sogar der »Robbenfänger im Pazifik predigt eine Lehre, die wahrhaftiger ist«. Man wird verstehen, dass die christliche Orthodoxie diesen neuen Autor nicht mit offenen Armen aufgenommen hat.

Der bekannte Literaturkritiker und Emerson-Intimus James Russell Lowell rezensiert das Buch im »Massachusetts Quarterly Review«. Der Tenor ist durchaus gönnerhaft freundlich, aber ihn stören die vielen Abschweifungen. »Wir treffen auf sie wie auf Treibholz, das uns, während wir gemächlich stromaufwärts rudern oder abwärts treiben, kopfüber aus unseren Sitzen stößt.«

Lowell hat nicht unrecht. Das Buch soll zwar den Anschein eines herkömmlichen Reiseberichts erwecken und Thoreau tut so, als wollte er, nach einer kurzen naturhistorischen Einleitung über den Concord River, einen täglichen Rapport der Bootstour von »Samstag« bis »Freitag« liefern. Stattdessen aber bekommt der Leser einen gewaltigen Flickenteppich. Thoreau montiert fast 50 eigene Gedichte, mehr als 100 Zitate und nicht zuletzt Essays und Miniaturen zu unterschiedlichsten Themen in die eigentliche Erzählung. Es geht um Goethe, eine Viehausstellung, den landläufigen Aberglauben, die transzendentalistische Lehre usw. Diese Einschübe sind selten einmal überzeugend integriert oder auch nur motiviert, sondern mit dem Erzählten eher lose verbunden. Thoreau arrangiert eigenes Material, Tagebucheinträge, ältere Publikationen aus dem »Dial«, Fragmente aus seinen Lesungsmanuskripten, und mixt sie mit fremden Textbausteinen, landeskundlichen Darstellungen, Reiseberichten, den kanonischen Klassikern. So entsteht eine in dem ständigen Wechsel von Lyrik und Prosa auch schon optisch inhomogene Bricolagestruktur, die seiner Zeit weit voraus ist und ästhetische Verfahrensweisen der Moderne antizipiert. Noch ein Grund mehr, warum die Verlage sich nicht gerade um dieses Buch reißen.

Thoreau hat die offene Form von »A Week« jedoch wohlkalkuliert und auch später durchaus geschätzt – trotz des Misserfolgs. Gut zwei Jahre nach seinem Erscheinen, am 29. Juni 1851, schaut er noch mal hinein und zeigt sich beeindruckt von dem »hypaethralen Charakter« des Buches, »um mal ein Wort zu benutzen, das jene ägyptischen Tempel beschreibt, die zum Himmel hin offen sind«. Das Buch liege ebenfalls »offen unter dem Äther«, »offen für jede Witterung, nicht leicht auf dem Regal zu behalten«.

Abgesehen davon leidet es unter den typischen Fehlern eines Debüts. Thoreau will zu viel. Die ständigen Digressionen stehen dramaturgisch in keinem Verhältnis zur schmalen Erzählung und ermüden daher eher, als dass sie Spannung schüren könnten. Zumal sich Thoreau allzu oft in abstrakter philosophischer Rabulistik verliert, um seine Gelehrsamkeit unter Beweis zu stellen oder weil er seinen narrativen Fähigkeiten noch nicht genug vertraut. Offenbar wollte er sich auch in der amerikanischen Gelehrtenrepublik als transzendentalistischer Denker auf der Höhe eines Emerson positionieren. So bestätigt sein Buch nolens volens ein Vorurteil, das Thoreaus Rezeption generell behindert hat. Man glaubt ihn anfangs als Klein-Emerson abtun zu können. James Russell Lowell hat in seiner hübsch gemeinen, die dichtenden Zeitgenossen aufs Korn nehmenden und dummerweise auch noch sehr populären Verssatire »A Fable for Critics« vom Vorjahr die Perspektive festgelegt.

> *There comes [Thoreau], for instance; to see him's rare sport,*
> *Tread in Emerson's tracks with legs painfully short;*
> *How he jumps, how he strains, and gets red in the face,*
> *To keep step with the mystagogue's natural pace!*
> *He follows as close as a stick to a rocket,*
> *His fingers exploring the prophet's each pocket.*
> *Fie, for shame, brother bard; with good fruit of your own,*
> *Can't you let Neighbor Emerson's orchards alone?*

Über kurz oder lang belastet dieser Vorwurf die Beziehung der beiden. Der Schüler will sich schließlich emanzipieren von seinem Lehrer, das geht selten ohne Kränkungen und Gereiztheiten ab. In einem religionsphilosophischen Exkurs, passenderweise steht er im »Sonntag«-Kapitel, bedient sich Thoreau aber tatsächlich ein wenig bei Emersons Früchten. Er präsentiert sich hier als unvoreingenommener und vor allem souveräner Synkretist, der sich aus allen Religionen dieser Welt das nimmt, was er gebrauchen kann, um sich daraus seinen ganz eigenen Privatglauben zusammenzustellen. Ohne Rücksicht auf irgendwelche Dogmen. Er lese »die heiligen Schriften der verschiedenen Nationen«, gibt er ganz unverblümt zu, »wenn ich auch zufällig mit denen der Inder, der Chinesen und der Perser besser bekannt bin als mit denen der

Hebräer, an die ich erst zuletzt gekommen bin«. Die Bibel an letzter Stelle!

Tatsächlich hat Thoreau die Schriften der Hindus, Chinesen und Perser, etwa die »Bhagavad Gita«, das »Gesetzbuch des Manu« oder die »Sankhya Karika«, nicht nur eifriger studiert, er schätzt ihre Lehren wegen ihres partnerschaftlichen, unausbeuterischen Verhältnisses zur Natur und ihrer kontemplativen Diesseitigkeit weitaus mehr als den christlichen Mythos, der »alle seine Gedanken auf eine andere Welt« richtet.

Aber auch am Hinduismus findet er einiges auszusetzen. »Der Brahmane nimmt sich niemals vor, das Übel mutig anzugreifen, sondern hungert es geduldig aus.« Seine Aktivität sei gelähmt »durch die Idee der Kaste, der unüberschreitbaren Grenzen, des Schicksals«. Während die Christen in all ihrem Tun nur das Jenseits im Blick haben, beschwören die Hindus zu sehr die Unveränderlichkeit des Diesseits. Als guter Yankee-Pragmatiker rät er deshalb, östliche und westliche Weisheitslehren einfach zu kombinieren. »Es wäre unseres Zeitalters würdig, die gesammelten Schriften oder heiligen Bücher der verschiedenen Nationen, der Chinesen, Inder, Perser, Hebräer und anderer, als die Heilige Schrift des Menschengeschlechtes zusammen zu drucken. Solch eine Gegenüberstellung und Vergleichung könnte helfen, den Glauben der Menschen freisinnig und großherzig zu machen«, schlägt er vor. »Diese Bibel, dieses Buch der Bücher könnten die Missionare zu den äußersten Teilen der Erde tragen.« Die totale Ökumene. Eine tolerante, menschenfreundliche Vision – und bis heute uneingelöst.

Damals Kassengift. »Seit ein oder zwei Jahren schreibt mir mein fälschlicherweise so genannter Verleger und fragt nach, wie mit den übrigen Exemplaren von ›A Week on the Concord and Merrimack Rivers‹ zu verfahren sei. Schließlich bedeutete er mir, dass er den Platz in seinem Keller anderweitig brauche. So ließ ich sie mir alle schicken und sie kamen heute per Eilpost an und füllten einen ganzen Wagen – 706 Exemplare von einer Auflage von 1000 Stück, die ich vor vier Jahren bei Munroe in Auftrag gab, seither abbezahle und damit noch nicht fertig bin. Nun wurden mir die Waren zugesandt, und ich hatte Gelegenheit, meinen Kauf zu begutachten. Sie sind gewichtiger als der Ruhm, wie mein Rücken weiß, der sie zwei Treppen hochgetragen hat«, vermerkt er am 28. Oktober 1853 und sieht durchaus das Komische in der Geschichte. »Von den übrigen zweihundertundneunzig oder so wurden fünfundsiebzig verschenkt, der Rest verkauft. So bin ich jetzt im Besitz einer Bibliothek von nahezu neunhundert Bänden, von denen ich über siebenhundert selbst geschrieben habe. Ist es nicht recht und billig, dass der Autor die Früchte seiner Mühen in Augenschein nimmt? Meine Werke sind auf einer Seite meiner Kammer bis in Kopfhöhe gestapelt, meine opera omnia. Das ist Autorschaft; sie sind das Werk meines Gehirns.«

Er bleibt letztlich auf 290 Dollar Druckkosten sitzen. Und Concord hat eine Geschichte mehr, die man sich hinter vorgehaltener Hand erzählen kann. Thoreau lässt sich aber den Mut nicht rauben und nimmt wieder »die Feder zur Hand, um mit so viel Befriedigung wie je den Gedanken oder die Erfahrung niederzuschreiben, die mir zukam. Ja, ich glaube sogar, dass dieses Ergebnis mich mehr inspiriert und besser für mich ist, als wenn meine Waren tausend Käufer gefunden hätten. Es lässt meine Privatsphäre unberührt und gibt mir größere Freiheit.« Es bedeutet aber auch, dass »Walden«, dessen baldiges Erscheinen auf den letzten Seiten des Buches bereits angekündigt wird, erst einmal nicht in den Druck geht. Weder Verlag noch Autor sind an einer weiteren Zusammenarbeit interessiert. Thoreau kann sie sich schlicht nicht mehr leisten.

HARTE GLEICHGÜLTIGKEIT Thoreaus ältere Schwester Helen verliert bald nach seiner Rückkehr aus Harvard ihre Anstellung als Lehrerin und unterrichtet seitdem privat Handarbeit, Malerei und Klavier. Im Laufe des Jahres erkrankt sie an Tuberkulose. Im Winter verschlimmert sich ihr Zustand, so dass die Familie mit ihrem nahen Tod rechnet, aber ihr Siechtum dauert bis in den Sommer. Am 14. Juni 1849 stirbt sie mit nur 36 Jahren. Thoreaus Trauer hält sich offenbar in Grenzen. Er scheibt »Farewell«, eins seiner spärlichen späteren Gedichte, und das gerät ihm zu einem Exerzitium in Stoizismus. Wie schon beim Freundschafts-Essay in »A Week« transformiert er hier den physischen Verlust in einen ideellen Gewinn. Er deutet die körperliche »Nachbarschaft« als Grenze, die nun aufgehoben ist und folglich eine größere geistige Verbundenheit ermöglicht.

Not thou by distance lost
No – for regret doth bind
Me faster to thee now
Than neighborhood confined.

In seinem zweiten Brief an Blake vom 2. Mai 1848 spricht er offen über seine vermeintliche Indolenz. »Von heftigem Kummer kenne ich vermutlich relativ wenig. Selbst mein schmerzlichster und aufrichtigster Kummer pflegt nur ein vorübergehendes Bedauern zu sein. Der Ort des Leidens ist vielleicht von einer harten und verhältnismäßig trockenen Gleichgültigkeit ausgefüllt. Ich bin mit dem Rasen verwandt; seine träge Geduld, wenn er im Winter die Frühlingssonne erwartet, gleicht der meinen doch sehr.« Zumindest beim Tod seines Bruders John hat sich gezeigt, dass er sich vom Schmerz durchaus überwältigen lassen konnte. Bei Helen fällt es ihm offenbar leichter, seinem stoischen Ideal zu entsprechen.

Ebenfalls in das Jahr 1849 fällt der enorme Aufschwung des väterlichen Unternehmens. Neue Entwicklungen in der Drucktechnik, die Elektro- bzw. Galvanotypie, ein kostengünstiges Verfahren zur Vervielfältigung, führt zu einer erhöhten Nachfrage nach hochwertigem Graphitpulver. Thoreaus frühere Optimierungen beim Herstellungsprozess erlauben es seinem Vater, die gewünschte Qualität zu liefern. Die Margen für das Graphit sind so hoch, dass er das Bleistiftgeschäft bald nur noch als Alibi betreibt, um keine Konkurrenten auf den Plan zu rufen, und es 1853 schließlich ganz aufgibt. Der plötzliche Wohlstand der Thoreaus zeigt sich nicht zuletzt daran, dass die Mutter einmal mehr nach einem größeren Haus in einer repräsentableren Gegend Ausschau hält und auch bald fündig wird. Ende September kauft ihr Mann für 1450 Dollar ein gelbgestrichenes Holzhaus nahe dem Stadtkern – 73 Main Street. In der Nähe haben sie schon einmal zur Miete gewohnt. Mrs. Thoreau ordnet zunächst umfangreiche Umbau- und Renovierungsarbeiten an, so dass die Familie erst im Sommer 1850 einziehen kann. Ihr altes Domizil, das »Texas Haus«, bleibt in ihrem Besitz und wird vermietet. Thoreau geht ungern weg von dort, fügt sich aber notgedrungen und bezieht schließlich den ausgebauten, hellen, ziemlich geräumigen Speicher im dritten Stock, der ihm genug Platz bietet für seine Bücher und naturkundlichen Artefakte. Und vor allem Ruhe zum Schreiben. Thoreau braucht viel Zeit für sich und seine Arbeit, aber er ist kein ungeselliger Mensch. Er genießt die Abende mit der Familie, vor allem das Klavierspiel seiner Schwester Sophia. Er singt mit ihnen, spielt Flöte. Und er trifft sich weiterhin regelmäßig mit seinen Freunden.

TOTEN-LICHTER Im Oktober 1849 macht Thoreau seine erste Reise nach Cape Cod, um sich, wie er später schreibt, »einen besseren Eindruck als bisher vom Ozean« zu verschaffen. Einmal mehr ist Freund Channing mit von der Partie. Am 9. Oktober wollen sie von Boston aus nach Provincetown übersetzen, aber ihr Dampfschiff hat Verspätung wegen eines heftigen Sturms zwei Tage zuvor. Im Bostoner Hafen lesen sie ein Flugblatt. Das Segelschiff St. John, das vor allem irische Immigranten an Bord hatte, sei an der felsigen Küste vor Cohasset, etwas unterhalb Bostons, auf der gegenüberliegenden Seite der Massachusetts Bay, zerschellt und gesunken. 140 Menschen sollen dabei zu Tode gekommen sein.

Sie ändern ihre Pläne und fahren zum Strand, um sich das Wrack anzusehen. Seine einstige große Liebe Ellen Sewall und ihr Mann Joseph Osgood, die ganz in der Nähe wohnen, schließen sich ihnen an. Thoreau hat von Anfang an vorgehabt, über diese Exkursion zu schreiben, und schlüpft nun in die Rolle des Reporters. Er spricht mit Einheimischen, mit Überlebenden, schnappt Gerüchte auf, inspiziert das Massengrab auf dem Friedhof, und vor allem liefert er ein detailliertes, ungemein plastisches, sich jede Emotion verbietendes Panorama des Grauens.

»Die Leichen, die man geborgen hatte, sieben- oder achtundzwanzig insgesamt, waren dort zusammengetragen worden. Manche Leute nagelten rasch die Deckel zu, andere karrten die Kisten weg, und wieder andere hoben die Deckel an, die noch lose waren, und lugten unter die Tücher, denn jede Leiche war, mitsamt den Fetzen, die ihr noch anhingen, lose mit einem weißen Betttuch bedeckt worden. Ich sah keinerlei Anzeichen von Betrübnis, vielmehr war die Erledigung des Geschäfts so nüchtern, dass es berührend wirken konnte. Ein Mann suchte eine bestimmte Leiche zu identifizieren, und ein Leichenbestatter oder Zimmermann rief einem anderen etwas zu, um zu erfahren, in welche Kiste ein bestimmtes Kind hineingelegt worden war. Ich sah viele marmorkalte Füße und verfilzte Köpfe, als die Tücher hochgehoben wurden, und den fahlen, aufgedunsenen und verstümmelten Körper eines ertrunkenen Mädchens – das vermutlich die Absicht gehabt hatte, in den Dienst irgendeiner amerikanischen Familie zu treten –, an dem noch ein paar Fetzen Kleidung und eine vom Fleisch halb verdeckte Kette um den geschwollenen Hals hingen; das verkrümmte Wrack eines menschlichen Rumpfs, mit tiefen Wunden von den Felsen oder den Fischen, so dass Knochen und Muskeln entblößt waren, doch recht blutleer – nur rot und weiß – mit weit geöffneten Augen, jedoch glanzlos, Toten-Lichter; oder wie die Bullaugen eines gestrandeten Schiffs, mit Sand gefüllt.«

Offenbar hat er sich hier an der nüchternen und ihn gerade deshalb berührenden Arbeit der Bestatter und Zimmermänner ein Beispiel genommen. Seine eigene um Genauigkeit bemühte, sachgemäße Beschreibung des Szenarios lässt sich denn auch kaum als gefühllos und gleichgültig missverstehen. Sie ist pietätvoll. Gerade weil er dem Leser nicht vorschreibt, was er empfinden soll, ihn nicht emotional gängelt, sondern sich damit bescheidet, die eigenen Wahrnehmungen mitzuteilen. Es sind die Details, die Thoreaus Empathie verraten, etwa wenn er sich vorstellt, das tote Mädchen habe »in den Dienst irgendeiner amerikanischen Familie« treten wollen, und sie damit noch einmal für einen Moment zum Leben erweckt.

Der ruhige Ernst seiner Berichtsprosa nimmt in gewisser Weise die zeremonielle Würde der Trauerrede vorweg. Und er selbst liefert sie später nach, wenn er das schreckliche Unglück in sein transzendentalistisches Glaubenssystem einordnet. Ein bisschen beflissen liest sich das schon, wenn er hier noch einmal die alte Gebetsmühle von der göttlichen Vorsehung anschmeißt. Die Brigg St. John habe hienieden »nicht anlegen« können, weil ihr von oben »telegrafiert« worden sei. Und nun »im sichersten Hafen im Himmel« angelandet, könne man Gott gar nicht genug dafür danken, dass sie »der Schiffbruch nicht wieder zurück ins Leben trieb«.

Origineller ist er in den Passagen zuvor. Er hört tief in sich hinein und beschreibt seine eigene mentale Überforderung angesichts dieses Massensterbens. »Insgesamt war die Szene nicht so beeindruckend, wie ich es erwartet hätte. Wenn ich eine einzelne, an den Strand geschwemmte Leiche an einem einsamen Ort gefunden hätte, würde mich das stärker bewegt haben«, muss er einräumen. »Ich sah, dass Kadaver vervielfacht werden können wie auf einem Schlachtfeld, bis sie uns in keiner Weise mehr als Ausnahmen des allgemeinen Schicksals der Menschheit berühren.« Es sei »das Einzelne und das Persönliche, das nach unserem Mitgefühl verlangt. Ein Mensch vermag lediglich einer Bestattung beizuwohnen im Laufe seines Lebens, er kann lediglich einen Kadaver betrachten.« Mitgefühl lässt sich nicht potenzieren. Und Trauer nicht in gleicher Qualität wiederholen. Das ist eine der Lehren, die er aus den Todesfällen in seiner Familie gezogen haben könnte. Sein Bruder John ist der eine »Kadaver«, der ihm intensive Emotionen abnötigt. Helens Tod ist nur mehr eine Wiederholung.

Er kann aber auch von seiner eigenen Perspektive absehen und bemerkt nachgerade verwundert, »dass die Bewohner der Küste nicht wenig betroffen waren von diesem Ereignis. Sie würden hier viele Tage und Nächte darauf warten, dass das Meer seine Toten hergeben würde, und ihre Vorstellungen und ihr Mitgefühl würden an die Stelle der weit entfernten Trauernden treten, die bisher noch nichts von dem Wrack wussten.« Und dennoch gehen sie weiter ihren Geschäften nach. »Mitten in der Menge, die um das Wrack stand, gab es Männer mit Karren, die geschäftig jenen Seetang sammelten, den der Sturm aufgeworfen hatte, und ihn fortschafften, jenseits der Flutlinie, wenngleich sie oftmals Kleidungsfetzen herauslösen mussten und jeden Moment eine Leiche darunter hätten finden können. Ertrinke wer da wolle, sie vergaßen nicht, dass dieser Tang ein wertvoller Dünger war. Dieser Schiffbruch hatte keine sichtbare Erschütterung im Gefüge der Gesellschaft hervorgerufen.«

»Das Schiffswrack« ist das grandiose Eröffnungskapitel seines Reisebuches »Cape Cod«, das, herausgegeben von seiner Schwester Sophia und Ellery Channing, erst drei Jahre nach seinem Tod erscheint. Das Grundgerüst liefert diese erste Reise mit seinem Freund, einmal die Halbinsel, »den entblößten und gebeugten Arm Massachusetts« entlang. Sie fahren zunächst mit dem Zug und schließlich der Postkutsche durch Barnstable, Yarmouth, Dennis und Brewster ins südöstlich gelegene Orleans, um von dort aus zu Fuß den Unterarm hinauf zu wandern. Durch die Wüste von Nauset, nach Wellfleet, wo sie bei dem sehr betagten Austernhändler John Newcomb übernachten, von dort aus weiter nach Highland Light, tags darauf zur höchsten Sanddüne, dem Mount Ararat, und schließlich zu ihrem Zielort Provincetown, wo sie nach zwei Tagen Aufenthalt die Fähre zurück nach Boston nehmen.

Hat er sich schon auf der Reise mit einschlägiger Literatur verproviantiert, rezipiert Thoreau nach seiner Rückkehr alles Greifbare, geographische Handbücher, historische Reisebeschreibungen, Naturgeschichten, Chroniken, um seine Aufzeichnungen zu unterfüttern und zu einem zweiteiligen Vortrag zu arrondieren. Am 23. und 30. Januar 1850 liest er vorm Concord Lyceum und es wird ein voller Erfolg. Einige im Publikum »lachten Tränen«, schwärmt Emerson in seinem Brief an Thoreau vom 6. Februar. Emerson vermittelt ihm eine weitere Lesung am 18. Februar in Danvers, und im Januar des Folgejahres liest er auch noch in Clinton und in Portland, Maine. Auch diese eingedampften Versionen stoßen auf Zustimmung. Die »Cape Cod«-Vorträge gehören zu seinen beliebtesten, mit Sicherheit sind es die komischsten.

Am 25. Juni 1850 unternimmt er eine weitere Reise nach Cape Cod. Diesmal allein und in umgekehrter Richtung. Von Provincetown geht es nach Wellfleet, wo er einmal mehr seinen Austernhändler besucht. Und der erzählt ihm, dass kurz nach ihrem letzten Zusammentreffen eine Bank in Provincetown ausgeraubt worden und der Verdacht der Polizei sofort auf die beiden herumstreunenden Fremden gefallen sei. Das ist eine weitere hübsche Notiz für den langen Essay, an dem er arbeitet und für den er bis hinunter zum »Ellenbogen« nach Chatham und wieder retour wandert, um schließlich in Provincetown eine Fähre zurück nach Boston zu besteigen.

Thoreau arbeitet den Aufsatz aus und bietet ihn im November 1852 »Putnam's Monthly Magazine« an. George William Curtis, ein ehemaliger Freund aus Concord, mittlerweile Redakteur dort, will ihn drucken, lässt den Text allerdings jahrelang liegen. Erst im Frühjahr 1855 meldet sich Curtis plötzlich zurück. Wenn Thoreau der Kürzung einiger »häretischer« Passagen zustimme, könne er in Satz gehen. Die Änderungswünsche sind so marginal, dass Thoreau zustimmt, und so erscheinen im Juni, Juli und August drei Teile des Manuskripts – »to be continued« steht am Ende des August-Stücks. Tatsächlich hat Thoreau noch ein weiteres, frisch überarbeitetes Kapitel eingereicht – Anfang Juli ist er mit Ellery Channing ein drittes Mal nach Cape Cod gereist –, aber das lehnt Curtis ab. Es gibt Meinungsverschiedenheiten. Thoreau glaubt für den Text in der August-Nummer zu wenig Geld bekommen zu haben. Curtis hingegen befürchtet, dass die kleinen Bosheiten und satirischen Seitenhiebe die Einwohner von Cape Cod aufbringen könnten. Jedenfalls schützt er das vor. Der wahre Grund ist wohl der Umstand, dass Thoreau aus den Texten ein Buch zusammenstellen will, die Redaktion sich aber vorbehält, selber Bände mit ausgewählten Texten des Magazins herauszugeben. Die Zusammenarbeit mit »Putnam's« endet hier. Thoreau jedoch ist der Stoff so wichtig, dass er auch in den folgenden Jahren an dem Buch arbeitet, 1857 sogar noch einmal die Halbinsel besucht. Zu Lebzeiten kann er allerdings keine weitere Zeile mehr daraus veröffentlichen. Erst postum bringt Sophia Thoreau zwei weitere Kapitel im »Atlantic Monthly« unter, in der Oktober- bzw. Dezember-Nummer 1864, bevor im Jahr darauf das vollständige, wenn auch von Thoreau noch nicht final für den Druck überarbeitete Manuskript beim Verlag Ticknor & Fields erscheint.

Die fehlende Endredaktion merkt man dem Text bisweilen an. Thoreau hat viel gelesen, und er überfrachtet den Text mit Zitaten, die zudem nicht immer gut integriert sind. Er weiß selbst um diese Schwäche und schlägt Curtis schon im Brief vom 16. November 1852, in dem er den Essay offeriert, Kürzungen oder eine kleinere Schrifttype bei den »Extrakten« vor. Er meint vor allem das dritte Kapitel »Die Ebenen von Nauset«, das zu großen Teilen aus einer kommentierten, mitunter allerdings auch recht komischen Zitat-Montage besteht, die der kuriosen Kirchengeschichte der Stadt Eastham und ihren nicht minder denkwürdigen Predigern gewidmet ist. Am Ende glaubt er sich dafür beim Leser entschuldigen zu müssen. »Es gab keinen besseren Weg, um dem Leser verständlich zu machen, wie weit und seltsam diese Ebene war und wie lange es dauerte, sie zu durchqueren, als den, diese Auszüge in meine Erzählungen einzufügen.« Wer die Schwäche benennt, hat sie noch längst nicht behoben.

Dass er es mit den lateinischen und griechischen Zitaten etwas übertrieben hat, scheint er ebenfalls zu merken. »Ich füge dann und wann ein bisschen Griechisch ein«, entschuldigt er sich, »zum Teil, weil es so viel mehr nach dem Ozean klingt.« Und zum Teil sicherlich auch, weil er ein wenig prunken will.

Abgesehen davon gibt er hier ein sehr lebendiges Bild von seinen Eindrücken während der »drei Wochen«, die er alles in allem »auf dem Kap verbracht« hat. Er beschreibt die Salinen, die Windmühlen, die geringe Fruchtbarkeit der Region mit ihren mickrigen, von Flechten übersäten Apfelbäumen und spärlichen Maisfeldern. Er lässt sich die Austernzucht erklären, referiert über das Fischvorkommen, über Quallen und Muscheln, an einer Riesentrogmuschel verdirbt er sich gleich mal den Magen, kolportiert das Seemannsgarn über Haie und versucht immer wieder das spektakuläre, so bezaubernde wie bedrohliche Naturerlebnis Ozean in eine adäquate, effektvolle und zugleich präzise Sprache zu gießen.

Neben den reichen Naturschilderungen sind es jedoch vor allem seine liebevollen, ihre komischen Eigenheiten nicht verschweigenden Porträts der rauen, salzgegerbten Kap-Menschen, die in Erinnerung bleiben. Er versucht zu verstehen und zu illustrieren, wie sie sich in dieser extremen Umgebung eingerichtet haben und von ihr geprägt wurden. »Die wenigen Häuser hielten großen Abstand voneinander, zudem waren sie klein und rostig, auch wenn sie aussahen, als würden sie in gutem Zustand gehalten und als wären ihre Vorgärten, aus denen das nicht eingezäunte Kap bestand, ordentlich aufgeräumt; eigentlich sahen sie aus, als ob der Boden um sie herum vom Wind sauber geweht worden wäre. Vermutlich hatten der fehlende Wald und die deshalb fehlenden Holzstöße und anderen Hindernisse aus Holz etwas mit diesem Eindruck zu tun. Sie schienen sich, wie Seeleute an Land, einfach hingesetzt zu haben, um sich an der Festigkeit des Landes zu erfreuen, ohne über ihre Körperhaltungen oder Kleidungsstücke nachzudenken.« Umgedrehte, »an die Häuser gelehnte Boote dienten als Karren für die Feldarbeit, und zuweilen war das Gerippe eines Wals in den Zaun am Straßenrand verwoben«.

Thoreau nähert sich den Menschen mit ethnologischem Blick und Respekt, den er aber auch jederzeit dranzugeben bereit ist, wenn er komisches Potential wittert. So berichtet er im »Nauset«-Kapitel von »einer außerordentlich maskulinen Frau«. Thoreau ist beeindruckt von ihrer »Härte und Rauheit, wie kein Mann sie jemals besitzt oder zu erkennen gibt. Es reichte aus, die Rückenwirbel und Sehnen ihres Nackens zu sehen und ihren eisenharten Kiefer, der einen Brettnagel mit einer normalen Kaubewegung entzweigebissen hätte – gewappnet, gegen die Welt, redete sie wie ein Mann im Unterrock auf einem Kriegsschiff, oder als ob sie einen über die Brandung hinweg anschreien würde; sie sah aus, als ob zu leben ihr Kopfschmerzen bereitete; hart genug für jede Ungeheuerlichkeit. Ich betrachtete sie als eine, die einen Kindsmord begangen hatte; die nie einen Bruder gehabt hatte, es sei denn, es wäre so ein schmächtiges Ding gewesen, das in früher Kindheit starb – denn wozu braucht man so einen? –, und deren Vater gestorben sein musste, bevor sie geboren wurde.«

Man merkt ihm hier seine Formulierungslust regelrecht an. Das ist vielleicht das Auffälligste an »Cape Cod«: Thoreaus offensichtliche Bereitwilligkeit, seine Leser zu unterhalten – und der Spaß, den er selbst dabei hat. Der Prediger macht Urlaub. Es geht ihm hier weniger darum, die zivilisatorischen Verirrungen zu geißeln, zu moralisieren und seine Zeitgenossen zu missionieren, vielmehr will er sie auf intelligente, gelehrte, poetische, aber darum nicht minder heitere Weise mit diesem Landstrich und seinen Bewohnern bekannt machen. So entsteht ein farbenfrohes, pastoses Bild vom Cape Cod lange vor seiner touristischen Erschließung.

Mehrmals kommt er in satirischer Absicht auf die Frauen der Insel zu sprechen. Man kann diese Invektiven als Belege für Thoreaus seinerzeit durchaus nicht untypische misogyne Herablassung heranziehen – Freund Bronson Alcott war ein überzeugterer Verfechter der Frauenemanzipation als er –, man kann es aber auch seinlassen. Es sind im Grunde harmlose Scherze, deren Spitze noch dazu durch Selbstironie gebrochen wird. Schon bei der Anreise mit der Postkutsche bemerkt er, »dass die wenigen Frauen, die wir an jenem Tag sahen, äußerst verhärmt dreinschauten. Nase und Kinn ragten hervor, da sie alle ihre Zähne verloren hatten. Ihr Profil bildete ein spitz zulaufendes W. Sie waren nicht so gut erhalten wie ihre Ehemänner; oder womöglich waren sie gut erhalten als getrocknete Exemplare. (Ihre Ehemänner indes vermoderten.) Aber wir achten sie darum nicht minder; unser eigener Gebissapparat ist weit entfernt davon, vollkommen zu sein.«

Die ausgestellte Fröhlichkeit in »Cape Cod« bleibt jedoch grundiert von dem Unheil, das dieser Landstrich auch stets bereithält – und das Thoreau schon im Eingangskapitel beschrieben hat. Auch später spielen Schiffswracks eine Rolle. Das angespülte Treibholz versorgt die Menschen hier mit einem knappen und deshalb begehrten Rohstoff. Die Schiffskatastrophen sind also ein unverzichtbarer Bestandteil der Ökonomie der Halbinsel. Man kann das zynisch finden. Thoreau registriert es mit der ihm eigenen Unverfrorenheit. Es ist der allgemeine, natürliche Verwertungskreislauf, der sich hier manifestiert und mit dem er grundsätzlich einverstanden ist. Channing wirft ihm das schließlich vor. Er besitze »nicht einen Funken Gefühl«. Aber Thoreau kontert sofort, er habe »nicht die Absicht, diese Exkursion als eine sentimentale Reise zu unternehmen«.

Das stimmt. Wie seine Exkursionen in »The Maine Woods« ist »Cape Cod« nicht zuletzt eine kalkulierte Begegnung mit der unwirtlichen, unbeherrschbaren und lebensfeindlichen Natur. Thoreau sucht die Anti-Idylle, eine Art Negativabzug der Walden-Erfahrung. Und er findet sie auf dem schaurigen Gipfel des Mount Katahdin ebenso wie in den »entsetzlichen« Tiefen des Atlantik. »Als wir hinausblickten und sahen, wie das Wasser immer dunkler und dunkler und tiefer und tiefer wurde, je weiter hinaus wir schauten, bis es entsetzlich zu betrachten war, und ohne jeden Bezug zum freundlichen Land, weder als Küste noch als Grund – was für einen Nutzen hat ein Grund, wenn er außer Sicht ist, wenn er sich zwei oder drei Meilen unter der Oberfläche befindet und man so lange ertrinken müsste, bevor man ihn erreichte, auch wenn er aus demselben Stoff besteht wie der heimische Boden? – über jenen Ozean, wo, wie die Veden sagen, ›nichts ist, was Halt gibt, nichts, um darauf zu ruhen, nichts, um sich daran festzuhalten‹, da fühlte ich, dass ich ein Landtier war.« Er steigert sich hinein in eine konfuse Angstlust, die sogar die Syntax in Mitleidenschaft zieht.

EIN TAGEBUCH DER WINDE Bald nach seiner ersten Reise zum Kap engagiert man ihn immer häufiger für Vermessungsarbeiten. Sein Werbeprospekt in eigener Sache trägt Früchte. Weil er einen professionellen Job macht, kommt im Juni 1850 auch erstmals die Stadtverwaltung von Concord auf ihn zu, für die er unter anderem das Grundstück des neuen Gerichtsgebäudes vermisst. Ein symbolisches Qualitätszertifikat – auch die öffentlichen Stellen vertrauen ihm. In der Folge bekommt er immer wieder Aufträge von der Stadt. Seine Name spricht sich herum, und so stehen am Ende des Jahres mehr als 20 Vermessungsarbeiten in Concord und Umgebung zu Buche, dazu gehören auch Bauzeichnungen für eine Scheune und der Aufriss einer Straße im benachbarten Acton. Im Jahr darauf nimmt die Auftragslage eher noch zu, schließlich wird er von einem Beamten zu Hilfe gerufen, um die Grenzen des Stadtgebiets zu bestimmen, eine Tätigkeit, die er zunächst sehr zu schätzen weiß, weil sie ihm einmal mehr offenbart, wie die Zivilisation gleichsam umarmt wird von der wilden Natur. Allerdings erweist sich sein Begleiter sehr bald als hoffnungsloser Dummschwätzer, so dass er sich danach erst einmal ein paar Tage Einsamkeit in der Natur verordnet, um seine geistige Gesundheit wiederzuerlangen. Thoreau hat jetzt mehr zu tun, als ihm lieb ist. Sein Brotberuf sichert ihm zwar ein regelmäßiges und offenbar ausreichendes Einkommen, hält ihn aber auch immer wieder von seiner eigentlichen Arbeit ab – Gehen und Schreiben.

Dann erreicht Concord eine Hiobsbotschaft, die in merkwürdiger Analogie steht zu Thoreaus Erlebnissen am Cape Cod. Margaret Fuller, von Horace Greeley 1846 als Auslandskorrespondentin für den »Tribune« nach Europa gesandt, um über den italienischen Unabhängigkeitskrieg zu berichten, mittlerweile verheiratet mit dem Marquis von Ossoli und Mutter eines Sohnes, kommt bei ihrer Rückreise nach Amerika ums Leben. Am 19. Juli sinkt ihr Schiff kurz vor Fire Island, mit an Bord sind ihr Mann Giovanni, das Baby Angelo und Horace Sumner, ein Freund der Familie. Sie alle ertrinken. Auf Bitten Emersons macht sich Thoreau, ausgestattet mit allen Vollmachten, vier Tage später auf den Weg nach Long Island, um die Leichen zu bergen und ihren persönlichen Besitz, nicht zuletzt ein fertiges Buchmanuskript über die italienische Revolution, sicherzustellen. Aber er kommt zu spät. Strandräuber haben sich bereits alles unter den Nagel gerissen, was ihnen wertvoll erschien. Gerüchten zufolge sollen die Diebe aus dem Ort Patchogue stammen, also lässt er sich von Fischern dorthin übersetzen, aber auch das führt zu nichts. Außer einem Koffer und einem Schreibpult mit unwichtigen Papieren und ein paar Kleidungsstücken ist alles verloren. Das Baby ist bereits beerdigt worden, Thoreau besucht sein Grab. Und noch vor seiner Abreise werden die Überreste eines Mannes an Land gespült, der Sumner sein könnte, aber genau identifizieren lässt sich der von Haien übel zugerichtete Körper nicht mehr. Von Fuller und ihrem Mann jedoch fehlt jede Spur. Und so kehrt Thoreau am 29. Juli unverrichteter Dinge nach Concord zurück und erstattet Emerson Bericht. Es wird ein kurzer, trauriger Rapport.

Anderthalb Wochen später, am 9. August, schreibt er Blake. Und ihm gegenüber schlüpft er stets in die Rolle des stoischen Philosophen, der von einem beinharten Puritaner bisweilen kaum noch zu unterscheiden ist. Der Körper muss überwunden werden, ist der Generalbass dieser Briefe. Und aus dieser Perspektive schrumpft das Unglück zur bloßen Belanglosigkeit. »Ich finde, dass aktuelle Ereignisse, ungeachtet der einzigartigen Bedeutung, die wir alle ihnen einräumen, bei weitem weniger wirklich sind als die Schöpfungen meiner Einbildungskraft.« So habe er einen Knopf vom Mantel des Marquis von Ossoli abgerissen. »Wenn man ihn hochhält, fängt er das Licht auf – ein tatsächlicher Knopf – und doch ist alles Leben, das an ihn geknüpft ist, mir weniger wesentlich und interessiert mich weniger als mein undeutlichster Traum. Unsere Gedanken sind die Epochen in unseren Leben, alles andere ist nichts als ein Tagebuch der Winde, die bliesen, während wir hier waren.«

Es ist die Rolle des philosophischen Lehrers, die ihn so urteilen lässt. Man darf nicht den Fehler begehen, ihn auf die Rolle zu reduzieren. Selbst ein guter Freund wie Emerson ist offenbar in diese Falle getappt.

Nach Thoreaus Tod stellt er eine Auswahl seiner Briefe zusammen, »Letters to Various Persons«, die 1865 erscheint, und in der es ihm vor allem darum geht, den »perfekten Stoizismus« seines Freundes zu betonen. Sophia Thoreau erhebt Einwände gegen die Auswahl und gegen die vielen Auslassungen, die vor allem die emotionalen, warmherzigen und sentimentalen Persönlichkeitsanteile ihres Bruders betreffen. Die Schwester kannte noch einen anderen Thoreau.

EINE ERKÄLTUNG Eine Eisenbahngesellschaft annonciert im Herbst des Jahres eine achttägige Reise nach Montreal und Québec. Sieben Dollar kostet der Spaß. Thoreau und Channing gehören zu den 1500 Touristen, die sich auf das Angebot melden. Am 25. September geht es los nach Norden. Sie reisen mit der Bahn von Boston bis Burlington, überqueren nachts den Lake Champlain mit einem Dampfschiff, steigen in Plattsburg wieder in den Zug, passieren am frühen Morgen die Grenze nach Kanada, um am Nachmittag Montreal zu erreichen. Ihre erste Station ist Notre-Dame de Montréal, eine römisch-katholische Basilika, die Thoreau trotz seiner enormen Vorbehalte gegenüber der katholische Kirche beeindruckt. Weniger amüsiert ihn die ständige Präsenz des britischen Militärs. Eine überflüssige Machtdemonstration und gewaltige Verschwendung von Ressourcen, glaubt er, und einem Patrioten wie ihm naturgemäß ein Dorn im Auge.

Am Abend beziehen sie ihre Kabine auf einem Dampfschiff, das sie den Sankt-Lorenz-Strom hinunter nach Québec spediert. Am nächsten Morgen laufen sie ein, schauen sich zunächst zusammen mit den anderen Touristen die Zitadelle an, absentieren sich dann aber von der Gruppe, um auf eigene Faust zum Montmorency-Fall zu wandern. Thoreau hat die Kälte hier im Norden unterschätzt und falsche Kleidung dabei, schließlich fängt es auch noch an zu regnen. Er friert und holt sich schließlich eine Erkältung. Der Wasserfall ist überdies eine Enttäuschung für die beiden, weil das englische Königshaus ein großes

Anwesen davorgesetzt und damit die Aussicht verbaut hat. Thoreau ist empört über eine solche Anmaßung, der Allgemeinheit die Schönheiten der Natur vorzuenthalten.

Sie wandern weiter, den westlichen Arm des Sankt-Lorenz-Stroms hinunter zur Basilika von Sainte-Anne-de-Beaupré, und nehmen den Schrein der heiligen Anna in Augenschein, die Wunderheilungen vollbracht haben soll. Eine gute Gelegenheit für Thoreau, sich über den Aberglauben der Katholiken zu mokieren. Für die Wasserfälle, die in dieser Gegend zahlreich vorkommen, bringt er weitaus mehr Interesse auf. In den folgenden Tagen überqueren sie den Fluss in einer heruntergekommenen Fähre, um zum Wasserfall von Chaudière zu gelangen, besichtigen die mit bewaffneten Soldaten besetzten Befestigungsanlagen von Québec, die Thoreau einmal mehr aufbringen gegen das machtbewusste Königreich, und besteigen schließlich den Cap Diamant. Dessen Blumenpracht söhnt ihn zumindest ein bisschen aus mit der Stadt. Danach geht es wieder mit dem Dampfschiff zurück nach Montreal, wo sie an ihrem letzten Tag den Mont Royal hinaufwandern. Am folgenden Abend, den 3. Oktober, landen sie wieder wohlbehalten in Concord. Endlich!

Die Reise stand von Anfang an unter keinem guten Stern. Thoreau hat zu wenig Zeit, um sich vorzubereiten. Er weiß nicht genug über Kanada, erst nach seiner Rückkehr holt er die Recherche nach, um sich für den obligatorischen Lyceum-Vortrag zu präparieren. Darüber hinaus gibt es Kommunikationsprobleme. Thoreau und Ellery Channing sprechen kaum Französisch und die Kanadier nicht gut genug Englisch, was Thoreau ihnen denn auch zum Vorwurf macht. Die Verständnisschwierigkeiten verhindern eine engere Kontaktaufnahme mit der Bevölkerung. Thoreau taucht nicht wirklich ein in diese andere Kultur, er bleibt ein bloßer Tourist. Hinzu kommt, dass er mit einem Sack voller Vorurteile hierher reist, die eine unbefangene Annäherung von vornherein unmöglich machen. Für ihn ist Kanada politisch und religiös finsterstes Mittelalter. Zwei obsolete, repressive Institutionen, die englische Kolonialmacht und der Katholizismus, beherrschen die

Menschen hier – als aufrechter amerikanischer Patriot und religiöser Freigeist kann er darauf nur mit Verachtung reagieren.

Gleich nach der Reise leiht sich Thoreau eine ziemliche Anzahl einschlägiger Bücher aus der Harvard-Bibliothek. Er füllt eine siebzigseitige Kladde mit Exzerpten und Lektürenotizen, aber das ist mehr ein Pflichtprogramm. Er benutzt nur wenig davon. Es gelingt ihm nicht, diese für ihn im Grunde uninteressante Reise nachträglich noch aufzuwerten. Die zumindest in der Thoreau-Philologie berühmten ersten Sätzes seines Reiseberichts sagen eigentlich schon alles. »Ich fürchte, ich habe nicht viel zu sagen über Kanada, ich habe nicht viel gesehen. Alles was ich mitbrachte von der Reise nach Kanada, war eine Erkältung.«

Aus seinen Tagebuch-Notaten kompiliert er zunächst zwei Vorträge, die er am 7. Januar und am 17. März 1852 im Concord Lyceum hält. Eine Druckfassung bietet er anschließend Greeley an, aber der kann den Essay zunächst nicht vermitteln. Die Magazine reagieren ablehnend. Schließlich erbarmt sich George William Curtis seiner, einmal mehr hilft die Concord Connection, und kauft den Text für »Putnam's Magazine«. Dort erscheint »An Excursion to Canada« in drei Teilen, von Januar bis März 1853. Zwei weitere Teile sind geplant, aber auch dieser Essay wird vorzeitig eingestellt, weil Curtis vermeintliche »Häresien« zu streichen wünscht und Thoreau dies mit aller Entschiedenheit ablehnt. Gemeint sind seine Schmähungen der katholischen Kirche, die noch zu den schönsten Stellen gehören. Ein weiterer Text Thoreaus, der erst postum vollständig publiziert wird – in dem Sammelband »A Yankee in Canada, with Anti-Slavery and Reform Papers« (1866).

Der zugespitzte Titel passt besser zu diesem tendenziösen Stück. Tatsächlich gibt er den selbstherrlichen Yankee, der im Vollgefühl der eigenen Überlegenheit bittere Klage führt über die intellektuellen und physischen Defizite der Kanadier, ihre Räudigkeit und Arglist. Obwohl er ein paar hübsche Seitenhiebe gegen den Militarismus der Krone und gegen die Macht des Klerus austeilt – es ist der Chauvinismus, der »A Yankee in Canada« so ärgerlich macht, die ziemlich bornierte, Land und Leute über einen Kamm scherende Pauschalverachtung. Dabei hätte ihm seine Selbstgerechtigkeit durchaus auffallen können. Er weiß sehr wohl, dass Kanada längst das Refugium entlaufener Sklaven ist. Nur hier – nicht in Massachusetts und auch in keinem anderen der Nordstaaten – sind sie sicher vor ihren Häschern, da das englische Parlament mit dem »Slavery Abolition Act« bereits 1834 die Sklaverei im gesamten britischen Weltreich aufgehoben hat.

Immerhin scheint er sich gegen Ende einzugestehen, dass er nur einen kleinen Teil Kanadas gesehen hat. Und er äußert die Hoffnung, irgendwann einmal »eine längere Exkursion zu Fuß durch die wilderen Teile« des Landes machen zu können. Aber dazu kommt es dann nie.

Selbst Blake, sein größter Anhänger, äußert sich wenig begeistert über das, was er im »Putnam's« gelesen hat. Thoreau antwortet ziemlich kleinlaut. »Es wundert mich nicht, dass Sie meine Kanada-Geschichte nicht mögen«, schreibt er am 27. Febuar 1853. »Sie betrifft mich nur wenig, und wahrscheinlich ist sie die Zeit nicht wert, die ich brauchte, um sie zu erzählen. Und doch hatte ich überhaupt keinen Plan in meinem Kopf, welcher Art auch immer, und wollte einfach nur berichten, was ich gesehen habe. Ich habe alles von mir selbst eingebracht, was die Exkursion mit sich brachte oder sie ausmachte.« Viel war das nicht.

GÄNSE STOPFEN Thoreau hat jetzt einige Vortragsmanuskripte parat, die sich vor Publikum bewährt haben. Folgerichtig wird er häufiger zu Lesungen eingeladen. Am 6. Dezember 1850 ist er in Newburyport, im nördlichen Massachusetts, am Neujahrstag, dreieinhalb Wochen später, in Clinton, westlich von Concord, und Mitte Januar 1851 in Portland, Maine, um aus »Cape Cod« vorzutragen. Am 22. Januar 1851 hält er im gut 20 Kilometer entfernten Medford eine »Walden«-Lesung. Er macht einen Umweg, um seinen Freund Alcott zu besuchen, den es wegen akuter Finanznöte mittlerweile nach Boston verschlagen hat, und gibt ihm eine Privatvorstellung. Alcott ist sehr angetan, ein so »erfrischendes Stück« könne man zurzeit von keinem anderen Lesenden in New England hören, notiert er sich ins Tagebuch.

Am 23. April probiert er im Concord Lyceum einen neuen Text aus – »Walking, or the Wild«, es wird einer seiner am häufigsten gehaltenen Vorträge, neben den »Walden«-Variationen. Blake gibt ihm am 31. Mai die Gelegenheit, die Lesung im Salon seiner Schule in Worcester zu wiederholen. Am 30. Dezember 1851 bestreitet er einen Abend mit seiner Kanada-Exkursion in der Nachbarstadt Lincoln. Eine Woche später, am 7. Januar 1852, auch vorm Concord Lyceum. Am 22. Februar lädt ihn sein ehemaliger Harvard-Kommilitone Benjamin Marston Watson – er ist verheiratet mit Mary Russell, Thoreaus »Maiden in the East« – nach Plymouth ein, wo er gleich zweimal, morgens und abends, »Walden« vorstellt. Übrigens in einer Lesereihe, die Thoreaus besondere Zustimmung findet – sie ist erklärtermaßen gedacht für Leute, die »sonntags nicht zur Kirche gehen«.

Danach, am 17. März, ist er wieder zu Gast im Concord Lyceum mit einem weiteren Kanada-Vortrag. Fünf Tage später liest er in Boston aus »Walden«. Alcott hat eine Lesung in seiner Wohnung arrangiert und eigens dafür eine Anzeige in der Zeitung geschaltet, die ihm ein volles Haus beschert. Von so viel Publikumsinteresse bestärkt, organisiert Channings Schwager Thomas Wentworth Higginson, ein junger Transzendentalist und großer Bewunderer Thoreaus, am 6. April eine weitere Lesung in der Bostoner Cochituate Hall. Aber trotz diverser Ankündigungen in den Zeitungen bleiben zahlende Gäste aus. Wegen eines Schneesturms wagt sich kaum ein Bostoner Bürger vor die Tür. Auch solche Erfahrungen bleiben Thoreau nicht erspart. Der 23. Mai ist dagegen schon fast ein Heimspiel. Abermals zu Gast bei den Watsons in Plymouth, hält er einen zweigeteilten Vortrag, morgens »Walking«, abends »The Wild«.

Insgesamt 43 Lesungen macht Thoreau von seinem ersten Auftritt vorm Concord Lyceum bis zum Erscheinen von »Walden«, also von 1838 bis 1854. In den letzten sechs Jahren seiner Karriere als Vortragender, bis zum Ende des Jahres 1860, stellt er sich noch 32-mal hinters Rednerpult. Die 14 Lesungen, die er sich allein vom Herbst 1850 bis Sommer 1852 auferlegt, zeigen eine deutliche Intensivierung seiner

Vortragstätigkeit. Sein Name wird augenscheinlich langsam bekannter. Und er bemüht sich jetzt mehr darum, auch weil er seinem Verleger Munroe weiterhin die Druckkosten für »A Week« schuldet.

Allerdings hadert Thoreau mit seinem Publikum, das ihn oft nicht so freundlich aufnimmt, wie er es sich gewünscht hätte. »Nachdem ich in diesem Winter zweimal Vorträge gehalten habe, spüre ich die Gefahr, mich unter mein Niveau zu begeben, indem ich versuche, ein erfolgreicher Vortragsreisender zu sein, das heißt, das Interesse meines Auditoriums zu gewinnen«, beklagt er sich am 6. Dezember 1854 im Tagebuch. »Ich bin enttäuscht, wenn ich feststelle, dass das meiste von dem, was ich bin und was ich an mir schätze, mein Publikum kalt lässt, um das mindeste zu sagen. Es gelingt mir nicht einmal, ihre Aufmerksamkeit zu fesseln. Die Leute wären mehr einverstanden mit mir, wenn ich selbst mit mir weniger einverstanden wäre. Die Öffentlichkeit verlangt einen Durchschnittsmenschen – durchschnittlich in Bezug auf Denken und Umgangsformen –, nicht Originalität, ja, nicht einmal absolute Vorzüglichkeit. Du kannst sie nicht interessieren, wenn du nicht bist wie sie und mit ihnen am gleichen Strick ziehst. Es wäre mir lieber, meine Hörer würden zu mir kommen, statt dass ich zu ihnen gehe; damit wäre schon eine Auswahl getroffen. Aber ich möchte lieber Bücher schreiben als Vorträge halten. Jenes ist vornehm, dieses vulgär. Einem wahllosen, dir ausgelieferten Publikum die hohen Gedanken vorzutragen, die dir vor langer Zeit ein Trost waren, hat etwas so Gewalttätiges, wie wenn man Gänse stopft, um sie zu mästen, nur dass jene dabei nicht einmal fetter werden.«

Die Klagen über ein Publikum, das seine wahre Qualität nicht zu würdigen weiß, finden sich immer wieder in seinen Tagebüchern. Schließlich kokettiert er sogar mit dem Misserfolg. »Nie triumphiere ich so sehr, als wenn ich den geringsten Erfolg in den Augen meiner Nachbarn habe«, will er Blake zwei Jahre später, in einem Brief von Silvester 1856, weismachen. Aber es ist nicht nur das unempfindliche, unverständige Publikum, das ihn immer wieder zweifeln lässt, es ist eben auch die Schmach, sein Heiligstes auf den Markt zu tragen. »Der

Vortragende bekommt fünfzig Dollar pro Abend«, fährt er fort, »aber was wird aus seinem Winter [die Lesungs-Saison geht vom Spätherbst bis Anfang Frühjahr]? Was für ein Trost wird es hernach sein, wenn man fünfzigtausend Dollar hat zum Leben auf der Welt? Ich möchte nichts aus meinem Leben eintauschen gegen Geld.« Dass man nur einem dienen könne, Gott oder Mammon, gehört zu seinen häufig variierten Grundüberzeugungen. Und vielleicht haben ja nicht zuletzt diese Skrupel gegen den Ausverkauf des eigenen Geistes einen größeren Erfolg als Vortragskünstler verhindert.

Dennoch hat er sich immer wieder, und wohl nicht immer nur widerwillig, ans Rednerpult begeben. Mit unterschiedlichem, aber alles in allem eben doch mit Erfolg. Thoreau inkommodiert gelegentlich seine Zuhörer, er macht ihnen Vorwürfe – in seinen wenigen politischen Einlassungen fordert er sie geradezu heraus –, und er verlangt ihrer Aufmerksamkeit einiges ab. Seine Lesungen sind anspielungsreich, gelegentlich esoterisch, aber vor allem assoziativ, aphoristisch, abschweifungsreich und auch sprachlich nicht selten preziös. Dass sich der eine oder andere nicht ganz so belesene, nicht ganz so wache oder bewegliche Geist von ihm schlicht überfordert fühlt, ist da kaum überraschend.

Ein anonymer Rezensent, der im »Portland Transcript: An Independent Family Journal of Literature, News &c.« vom 25. Januar 1851 »Mr. Thoreau's Lecture« zu Cape Cod ausführlich, enthusiastisch und nicht zuletzt sprachlich-analytisch auf hohem Niveau bespricht, hat die sehr unterschiedlichen Reaktionen im Auditorium bemerkt und versucht sie zu erklären. »Für Menschen mit genügend Vorstellungsvermögen, die eine gelegentliche Abschweifung, um der Abschweifung willen, durch die Gegenden des Witzes, der Gedanken und der Fantasie genießen können, ist er ein vergnüglicher Geselle«, stellt er fest, »aber für einen lahmen Esel, der an den ausgetretenen Wegen festhält und allein dort sein Heil sucht, ist er unverständlich – ein ignis fatuus [Irrlicht], das ehrenhafte Männer auf verbotene Pfade lockt.«

Und noch ein Monitum hat der Rezensent aufgeschnappt – eine

gelegentlich vorgebrachte Klage auch derjenigen, die ohne weiteres bereit sind, ihm Witz, Eloquenz und Gelehrsamkeit zu attestieren: Man vermisse bei ihm den praktischen Nutzen.

Das ist zu einem Teil wenigstens der Institution geschuldet, an der er die meisten seiner Vorträge gehalten hat. Die sich vor allem in Neuengland verbreitenden, Mitte des 19. Jahrhunderts ihre Blüte erlebenden Lyceen sind bürgerliche Bildungseinrichtungen für Erwachsene, die, getragen vom aufgeklärten Ideal lebenslangen Lernens, die soziale, intellektuelle, moralische Entwicklung der Gesellschaft befördern sollen. Daraus resultiert wohl eine gewisse Anspruchshaltung ihrer Mitglieder und Besucher, der sich Thoreau nicht immer gefügt hat.

Wenn Thoreau seine Walden- oder Cape-Cod-Erlebnisse zum Besten gibt, dann fehlen manchen offenbar die zwei, drei guten Ratschläge, die sie mit nach Hause nehmen und in ihr eigenes Leben integrieren können. Den verständigen Anonymous aus Portland ärgert das. Er wendet sich entschieden gegen einen »festgelegten Standard, wie ein Lyceum-Vortrag sein sollte«. Bei einer originellen und kunstvollen Darbietung wie der Thoreaus erscheint ihm das besonders misslich. »Es war ziemlich gut, nur etwas völlig anderes als ein Vortrag. Wenn sie gekommen wären, um einer Geschichte zu lauschen, wären sie entzückt gewesen, aber da es ihnen als ein Vortrag dargeboten wurde, konnten sie es nicht genießen.« Er stimmt entschieden für ein Eigenrecht des Literarischen. Für solche Zuhörer hat sich Thoreau dann doch immer wieder auf Reisen begeben.

DAS EVANGELIUM DES AUGENBLICKS Thoreaus neuer Vortrag »Walking, or the Wild« ist eine Programmschrift, die seine Philosophie in groben Zügen zusammenfasst. Obwohl er sie zu Lebzeiten nicht veröffentlicht – wahrscheinlich mit Kalkül, um weiterhin vor Publikum damit auftreten zu können –, hat er sie mehrfach überarbeitet, erweitert und schließlich auch Passagen daraus extrahiert, um sie für andere Vorträge zu verwenden. Noch auf dem Sterbebett feilt er an einer endgültigen Fassung, die dann 1862 in der Juni-Ausgabe des »Atlantic Monthly« unter dem Titel »Walking« erscheint. Nach »Walden« und neben »Civil Disobedience« ist »Walking« sein einflussreichster, am häufigsten wiederaufgelegter Essay.

Im ersten Teil erläutert er sein Ideal des Gehens, das »sauntering«, eine Art kontemplatives Umherschweifen in der Tradition der mittelalterlichen »Pilger auf dem Weg ins Heilige Land«. Es geht ihm also nicht allein um die Erhaltung »körperlicher und geistiger Gesundheit«, auch wenn er allen Stubenhockern Anerkennung dafür zollt, »dass sie nicht längst Selbstmord begangen haben«. Das Gehen, das er meint, ist »selbst die wichtigste Aufgabe und das wahre Abenteuer des Tages«. Es ist eine »Suche nach den Quellen des Lebens« – und die findet man seiner Ansicht nach einzig und allein in der Wildnis.

Thoreau wendet sich entschieden gegen die kontinuierliche Kultivierung der Landschaft, weil der Mensch sie dadurch immer »zahmer und wertloser« macht. Und schließlich auch weniger lebendig. »Das Leben steht im Einklang mit der Wildnis. Das Wildeste ist das Lebendigste. Da der Mensch es noch nicht bezwungen hat, erfrischt ihn seine Gegenwart.« Mit Recht hat man »Walking« als eines der grundlegenden Dokumente der Naturschutz- und Nationalpark-Initiative in den Vereinigten Staaten bezeichnet.

Der Versuch, die Natur zu domestizieren, ist für ihn ein Frevel. Ganz grundsätzlich. Er erzählt von einem »profanen Geizkragen, der zusammen mit einem Landvermesser seine Grundstücksgrenze kontrollierte, während ringsherum der Himmel offen stand. Er aber sah die Engel nicht, die auf- und niederstiegen, sondern hielt Ausschau nach einem alten Pfostenloch – mitten im Paradies. Ich schaute noch einmal hin und sah ihn, umgeben von Teufeln, inmitten eines morastigen, stygischen Sumpfes stehen. Er hatte seine Grenze zweifelsfrei gefunden, drei kleine Steine, wo zuvor ein Pfosten eingeschlagen war; und als ich genauer hinschaute, sah ich, dass sein Landvermesser der Fürst der Finsternis war.« Zumindest das Concord-Lyceum wird sich an dieser Stelle gut amüsiert haben, denn der diabolische Landvermesser, der mithilft bei der Urbarmachung der Wildnis, ist ja kein anderer als seine Wenigkeit Thoreau selbst.

Noch kann er selbstironische Späße machen, denn noch gibt es ja genügend unberührte Natur – im »Südwesten«. Das ist die Richtung, die Thoreau stets einschlägt, wenn er seinem Instinkt folgt. Offenbar nicht ohne Grund. Von Osten nach Westen sei bekanntlich die Besiedelung der Welt verlaufen, insofern steht selbst »sein kürzester Spaziergang im Einklang mit der Fortbewegung aller Menschen«. So hätte er es gern. »Wir gehen ostwärts, um unsere Geschichte zu begreifen und die Werke der Kunst und Literatur zu studieren und um die Entwicklungsstufen unseres Volkes zurückzuverfolgen; westwärts dagegen gehen wir, voller Unternehmungsgeist und Abenteuerlust, gleichsam den Weg in die Zukunft.«

Pfeilgerade läuft dieser behauptete Antagonismus – wie schon in seiner Kanada-Exkursion – auf eine chauvinistische Apotheose Amerikas hinaus. Er zieht naturwissenschaftliche Koryphäen wie Michaux, Guyot, Linné heran, um die Vielfalt, Schönheit, Fruchtbarkeit und Freiheit, eben die Überlegenheit seines Landes gegenüber der Alten Welt zu beweisen. Allzu große vaterländische Begeisterung kippt immer irgendwann ins Lächerliche – Thoreau macht da keine Ausnahme. »Als wahrer Patriot sollte ich mich schämen zu denken, dass Adam im Paradies insgesamt unter besseren Bedingungen lebte als ein Waldsiedler hier bei uns.«

Er führt seine Wild-West-Analogie aber noch einen Schritt weiter und leitet daraus eine genuin amerikanische Poetik ab. Wenn die USA schon der Hort der Wildnis und Vitalität sind und dadurch der Menschheit den Weg in die Zukunft weisen, dann muss es hier gefälligst auch eine entsprechende Literatur geben, die einem solchen Anspruch gemäß ist. Die englische Literatur kann kein Maßstab mehr sein, sie ist »eine dem Wesen nach zahme und zivilisierte Literatur«. Thoreau will gerade das Gegenteil, »die unzivilisierten, freien und wilden Gedanken«, also eine Literatur, »die der Natur Ausdruck verleiht«. Und dazu bräuchte es einen »Dichter, der Winde und Flüsse in seinen Dienst nähme, damit sie für ihn sprächen; der die Worte auf ihre ursprünglichen Bedeutungen festnagelte, wie ein Farmer Pflöcke in die zugefrorene Quelle einschlägt, der seine Worte von ihrem Ursprung herleitete, sooft er sie benutzt – sie seinem Papier mitsamt der Erde einpflanzte, die an ihren Wurzeln haftet, dessen Wörter so wahr und unverbraucht und natürlich wären, dass sie wie die Knospen aufsprängen, wenn der Frühling kommt, wenngleich sie halb erstickt zwischen zwei muffigen Buchseiten in einer Bibliothek lagen – ja, um dort Jahr für Jahr für den treuen Leser zu blühen und ihre Früchte zu tragen im Einklang mit der Natur ringsum«.

Thoreau formuliert hier nicht nur die Stellenausschreibung für den amerikanischen Nationaldichter, er bewirbt sich auch gleich darauf, indem er selbstbewusst vorführt, wie man die Natur sprachlich ins Recht setzt. »Walking« ist eine wortgewaltige Probe aufs Exempel, wie man seiner Ansicht nach als wahrer Amerikaner zu schreiben hat.

Er muss das schon selber machen, denn andere Beispiele gibt es bisher nicht. »Ich weiß nicht, welche Dichtung ich hier zitieren soll, die die Sehnsucht nach dem Wilden angemessen ausdrückt. In diesem Licht erscheint sogar die beste Poesie zahm. Ich weiß nicht, wo in der alten oder neuen Literatur eine zufriedenstellende Schilderung der Natur, wie ich sie kenne, zu finden ist. Offensichtlich verlange ich etwas, das weder das augusteische noch das elisabethanische Zeitalter, kurz gesagt, das keine *Kultur* geben kann. Die Mythologie kommt diesem Ziel noch am nächsten.«

Mag immer sein, dass sein Ideal einer wilden Literatur erst noch geschrieben werden muss – und gewissermaßen in statu nascendi in diesem Essay zu besichtigen ist –, aber zumindest die Forderung nach einer solchen Literatur, die volkstümlich ist, die anstatt aus der Tradition ganz unmittelbar aus der Natur schöpft und dadurch selber Natur wird, gibt es schon. Das alles ähnelt so sehr der romantischen Ästhetik, etwa eines Friedrich Schlegel oder Novalis, dass, auch wenn er es gern so hätte, von dem originär Amerikanischen dieses poetologischen Programms wenig übrig bleibt.

In die Wildnis zu gehen, so hat Thoreau eingangs behauptet, ist eine Pilgerschaft ins Heilige Land, ein Vorschein auf das Paradies mithin. Dieser wilde und zugleich hochzivilisierte, sich seiner rhetorischen Mittel sehr bewusste Essay soll auch dafür den Beweis erbringen. Thoreau demonstriert mit all der ihm zu Gebote stehenden Suggestionsmacht, was es heißt, sich dem »Evangelium des Augenblicks« hinzugeben, aufzugehen in der totalen Gegenwart der Natur. Und auch wenn man nicht in allen Punkten mit ihm übereinstimmen mag, literarisch überzeugend ist er dabei allemal.

EINZELHEITEN, NICHT DAS GANZE Obwohl er in »Walking« der messenden, analysierenden Wissenschaft noch einmal eine dezidierte Absage erteilt, nähert er sich ihr jetzt sukzessive an. Schon seit Ende der 1840er Jahre werden seine Naturstudien systematischer. Er beschafft sich die verfügbaren Bestimmungsbücher, die zu seiner Enttäuschung meistens aus England stammen, sammelt, trocknet und klassifiziert Pflanzen, legt sich in seinem Dachdomizil ein kleines Privatmuseum mit naturhistorischen Artefakten an. Am Ende des folgenden Jahrzehnts hat er gut 800 Spezies und damit etwa zwei Drittel der Flora und Fauna des Middlesex County inventarisiert.

Der in Harvard lehrende Schweizer Naturwissenschaftler Louis Agassiz, der schon vorher von Thoreaus Feldforschungen gehört hat, bittet ihn um Unterstützung, und in der Folge versorgt ihn Thoreau immer wieder mit seltenen Tierpräparaten. Durch die Bekanntschaft mit ihm haben ihn bald auch einige wissenschaftliche Vereinigungen auf dem Zettel. Die Boston Society of Natural History wählt ihn 1850 zum korrespondierenden Mitglied, nachdem er ihnen einen amerikanischen Habicht für ihr Museum zur Verfügung gestellt hat. Die amerikanische Association for the Advancement of Science möchte ihn ebenfalls gern in ihren Reihen aufnehmen, aber ganz geheuer ist ihm nicht in diesen Kreisen und so lehnt er ab.

Emerson warnt ihn, dass die Poesie verschwinde, wenn man etwas zu genau wisse. Und auch Thoreau ist hin- und hergerissen. Er geht einerseits auf in seiner Bestandsaufnahme, füllt seine Tagebücher mit immer mehr Listen und skrupulösen Detailbeobachtungen, »befürchtet« andererseits aber auch, am 19. August 1851, dass sein »Wissen von Jahr zu Jahr immer distinkter und wissenschaftlicher« werde, und zwar »im Tausch gegen die Blicke auf das Himmelreich«. »Ich sehe Einzelheiten, nicht das Ganze, nicht einmal den Schatten des Ganzen. Ich zähle ein paar Teile, und sage: ›Ich weiß.‹«

Er möchte beides. Im Absagebrief an die Association for the Advancement of Science vom 19. Dezember 1853 erwähnt er zwei Bücher, Gilbert Whites »The Natural History and Antiquities of Selborne« und Alexander von Humboldts »Ansichten der Natur«, um den »Charakter seiner Beobachtungen, soweit sie wissenschaftlich sind«, zu beschreiben. Das ist eine indirekte Begründung für seine Ablehnung, denn in diesen beiden Büchern geht es tatsächlich noch ums »Ganze«, sie sind mindestens ebenso sehr Literatur wie Forschung und haben mit dem Wissenschaftsverständnis der Association nicht viel zu tun.

John Gerards »The Herball or Generall Historie of Plantes« hätte er ebenfalls nennen können. Am 16. Dezember 1859 liest er in der Harvard-Bibliothek darin und schwärmt anschließend im Tagebuch. »Diese bewunderungswürdigen, wenngleich etwas kuriosen Schilderungen sind in meinen Augen den moderneren wissenschaftlichen Beschreibungen weit überlegen. Der Autor hält sich nicht an irgendeine Regel, sondern folgt seinem natürlichen, innigen Vergnügen an den Pflanzen. Er stellt sie anschaulich dar als einer, der sie gesehen und sich an ihnen erfreut hat. Das ist fast so, als würde man die Pflanzen selbst sehen. Seine Blätter sind Blätter, seine Blumen wirklich Blumen, und seine Früchte wirkliche Früchte. Sie sind grün und bunt, und sie haben einen Duft. Er besitzt das Wissen eines erwachsenen Mannes, gepaart mit dem Entzücken eines Kindes. Die modernen botanischen Beschreibungen nähern sich immer mehr der Trockenheit algebraischer Formeln, als könnte die Summe von x plus y einen Liebesbrief ergeben. Aus seiner Schilderung dagegen spricht die unbändige Freude und Urteilskraft eines Kindes, das zum ersten Mal eine Blume gesehen hat und damit zu seinen Freunden gelaufen kommt.« Etwas wie zum ersten Mal sehen – das ist eine mögliche Definition von Poesie.

Thoreaus wachsende akademische Reputation bleibt in Concord nicht verborgen. Man respektiert ihn schließlich als Kapazität auf dem Feld der Naturkunde und holt regelmäßig seine Expertise ein, wenn man einen außergewöhnlichen Fund gemacht hat. Thoreau fühlt sich nicht unwohl in dieser Rolle, er gibt gern Auskunft und scheut auch keine Recherche. Er nimmt seine Aufgabe so ernst, dass Emerson in seinem Tagebuch witzeln kann, man möge ihm eine Stelle einrichten als Heimatkundler der Stadt. Nur die jetzt ebenfalls öfter an ihn herangetragenen Bitten, ihn bei seinen Gängen begleiten zu dürfen, lehnt er entschieden ab. Nur ein paar ausgewählte Freunde wie Ellery Channing oder Edward Hoar duldet er an seiner Seite, und auch sie nur, wenn sie sich voll und ganz seinem Willen unterwerfen.

FREMDE GEGENDEN Ende Juli 1851 macht er eine knapp einwöchige Fußwanderung entlang der Südküste von Massachusetts, von Hull bis Plymouth, und die dabei entstehenden Notate fließen zu Teilen in »Cape Cod« ein. In Cohasset trifft er auch Ellen Sewall Osgood und ihren Mann. Gemeinsam suchen sie nach dem Wrack der St. John, aber davon ist längst nichts mehr übrig.

Erst im September des folgenden Jahres entfernt er sich wieder aus seinem Sprengel. In Begleitung von Ellery Channing besteigt er in zwei Tagen den Mount Monadnock, den höchsten Berg Neuenglands. Mit weiter entfernten Exkursionen hält er sich jetzt eher zurück. Die nähere Umgebung bietet ihm genug Sensationen. »Ein Marsch von zwei oder drei Stunden«, schreibt er in »Walking«, »bringt mich in eine Gegend, wie ich sie mir fremder nicht vorstellen kann.«

Als er im Juni 1851 bemerkt, was der Mondschein aus der bekannten Welt macht, geht er auch diesem Phänomen nach, die Beobachtungen, die bei diversen Nachtwanderungen anfallen, fließen später in seinen

Vortrag »Night and Moonlight« ein. Er will sich keine Vorwürfe machen müssen, »eine solch göttliche Kreatur« wie den Mond »mit seiner Welt aus Poesie, seinen sonderbaren Lehren und seinen orakelhaften Eingebungen« nicht genutzt zu haben.

Thoreau hätte sich mit den Vertretern der deutschen Romantik vielleicht gar nicht so übel verstanden. Dafür spricht auch noch eine andere, sehr sonderbare Reiseerfahrung in diesem Jahr. Er bekommt ein Gebiss, und dafür werden ihm im Mai 1851 die Zähne gezogen – als Narkotikum verwendet sein Zahnarzt Äther. Thoreaus erstes Drogenerlebnis, das ihn sofort fasziniert. »Man erzählt sich, dass es dich bewusstlos macht, aber niemand kann sich vorstellen, was es heißt, bewusstlos zu sein – wie weit entfernt vom Zustand der Bewusstheit und von all dem, was wir ›diese Welt‹ nennen –, bis man es erlebt hat«, notiert er sich am 12. Mai 1851. »Wenn du eine Neigung zum Reisen hast, dann nehme Äther; es trägt dich fort zu den entferntesten Sternen.« Leider haben ihn solche Sternenreisen nicht in gleichem Maße affiziert wie seine Exkursionen in die Natur. Thoreau on dope – auch das hätte einen fulminanten Essay ergeben können.

WIE EINE WUNDE Anfang der 1850er Jahre beginnt sich die Freundschaft zwischen Emerson und Thoreau merklich abzukühlen. »Ach, ich sehne mich nach dir, mein Freund, aber ich habe kein Vertrauen zu dir«, notiert er sich am 10. Oktober 1851. »Wir glauben nicht an denselben Gott. Ich bin nicht du; du bist nicht ich. Wir trauen einander heute, aber wir misstrauen uns morgen. Sogar wenn ich dich unerwartet treffe, gehe ich enttäuscht von dir fort. Obgleich ich mehr Freude an dir habe als an anderen Menschen, ist meine Enttäuschung größer als bei anderen … Da stand ich vierzehn Jahre lang zu jemandem in freundschaftlicher Beziehung und gab mich manchmal mit Lust der Vorstellung hin, ihn zu lieben, und jetzt ist unser Hass stärker als unsere Liebe.«

Es gibt mehrere Gründe dafür. James Russell Lowells im Herbst 1848 erschienene Verssatire »Fable for Critics« hatte Thoreau verletzt.

Entsprechende Sottisen, er rede und schreibe nicht nur wie Emerson, er kopiere sogar dessen Haltung und Gesten, waren ihm schon vorher zu Ohren gekommen, aber jetzt lacht eine große Öffentlichkeit über ihn – Lowells »Fable« ist ein Bestseller. Wenn er als Autor von eigener Art und Kunst reüssieren will, muss er sich aus Emersons Einflusssphäre lösen. Das hat sicher bei ihm dazu geführt, weniger die Gemeinsamkeiten und dafür schärfer ihre Differenzen zu betonen. Das Verhältnis zu seinem Lehrer und Freund wird kritischer.

»Warum haben wir eine so unglückliche Beziehung? Jeder ist für den anderen fast wie eine Wunde«, fragt er in dem bereits zitierten Tagebucheintrag. »Ich fürchte, weil deine Beziehungen nicht die meinen sind.« Wenn er darüber nachdenkt, »was für Beziehungen und Bekanntschaften« Emerson pflegt und »was sein Geschmack und seine Gewohnheiten sind«, weiß er, was sie trennt.

Zum Beispiel gehört Lowell weiterhin zu dessen Freunden. Aber Thoreau meint das wohl grundsätzlicher. Emerson predigt Einsamkeit, praktiziert aber das genaue Gegenteil. Er ist eine gesellschaftliche Größe, in diversen literarischen Vereinigungen tätig, ein Salonlöwe, ein liebenswerter, charismatischer Causeur. Thoreau, der auf seine Eigenständigkeit bedachte Einzelgänger und Verächter des geselligen Geschwätzes, macht ihm das zumindest indirekt zum Vorwurf. »Emerson sagt, dass sein Leben großenteils so unergiebig und schäbig verläuft, dass er zu jedweder Art von Hilfsquellen getrieben wird und, unter anderem, zu Menschen«, schreibt er Blake am 8. August 1854. »Ich sage ihm, dass wir uns lediglich in unseren Hilfsquellen unterscheiden. Meine besteht darin, von den Menschen wegzukommen.«

Die beiden sehen sich kaum noch. Während Emerson mit den großen Geistern der Zeit verkehrt, sich in der Ostküsten-Intellektuellenszene tummelt und implizit von Thoreau verlangt, hier seinen angestammten Platz einzunehmen und seine Zeit nicht länger als »Anführer einer Gruppe von Heidelbeerpflückern« zu vertun, wirft ihm Thoreau genau diese Geschäftigkeit vor. Dieser Widerspruch lässt sich nicht auflösen.

Hinzu kommt, dass Thoreaus wachsendes Selbstbewusstsein als Schriftsteller die Balance ihrer Beziehung verändert. Während er Emerson auf Augenhöhe begegnen will, fällt es diesem offenbar schwer, die einmal eingenommene Position als väterlicher Freund und Förderer aufzugeben. Er »bot mir eine Freundschaft an zu Bedingungen, die ich nicht annehmen konnte, ohne Herabsetzung dabei zu spüren«, beschwert sich Thoreau am 4. März 1856 im Tagebuch. Emerson trete ihm nicht als Gleichberechtigter, sondern als »Gönner« gegenüber.

Das muss Thoreau umso mehr auffallen, als Emerson Anfang der 1850er Jahre seine besten Jahre bereits hinter sich hat. In den beiden Dekaden zuvor hat er seinen literarischen Claim abgesteckt, jetzt fährt er in erster Linie die Ernte ein. Und nimmt mit zunehmendem Alter, auch das stößt dem Jüngeren bitter auf, forciertere Positionen, vor allem seine Kirchenkritik, teilweise wieder zurück. Thoreau hingegen läuft gerade als Denker und Schriftsteller zu seiner besten Form auf und arbeitet an seinen Meisterwerken. Als Stichwortgeber und Inspirationsquelle gewinnt er mehr und mehr an Bedeutung für Emerson, während dieser für Thoreau längst alles gesagt hat. »Sprach oder versuchte mit R. W. E. zu sprechen«, notiert er sich unter dem 24. Mai 1853. »Verlor nur Zeit – nein, beinahe meine Persönlichkeit. Er sprach nur mit sich selbst, nahm vermeintliche Gegensätze an, wo es gar keinen Unterschied der Meinungen gab – erzählte mir, was ich längst wusste – und ich verschwendete meine Zeit damit, mich als jemand anderen vorzustellen, um ihm zu widersprechen.«

Beide leiden unter dieser zunehmenden Entfremdung, versuchen ihr auf den Grund zu gehen – und sparen auch nicht an Selbstkritik. So gibt Emerson in seinem Tagebuch vom Juli 1852 durchaus zu, dass Thoreau den eigenen moralischen Grundsätzen sehr viel stärker »in der täglichen Praxis gehorcht« als er, ja, sie geradezu »in Fleisch und Blut« repräsentiert. Aber es geht auch nicht ohne Vorwürfe ab. Emerson hält ihn für undankbar, beschwert sich bei anderen über seine Affektiertheit, fehlende Konzilianz, sein Unvermögen, seinen Freunden gegenüber gefällig zu sein. Das kommt Thoreau zu Ohren.

»Mein Freund hat sich über mich beklagt, mich sogar verflucht«, schreibt er am 24. August 1852, »aber das betraf mich nicht. Die Person, von der er sprach, kannte ich nicht. Ich bin von Anfang bis zum Ende von meinen Freunden enttäuscht worden, aber ich habe mich nie über sie beschwert, noch vor ihnen Klage geführt. Ich möchte, dass sie mich kennen, dass sie mich erraten. Es sind keine kleinlichen und trivialen Beziehungen, die ich mit ihnen unterhalten möchte. Eine Welt, in der Wahrheit, nicht Eiscreme gefordert wird!« Aber er sieht auch, dass er womöglich zu viel von ihnen verlangt. »Wie kommt es, dass ich solche ungeheuren Ansprüche an die Menschen stelle und unentwegt enttäuscht werde? Sind meine Freunde sich bewusst, wie enttäuscht ich bin? Liegt es nur an mir? Habe ich kein Herz? Bin ich unfähig zu Weitherzigkeit und Großmut? Ich kann mir nichts weniger vorwerfen als dies.« Emerson ihm offenbar schon.

Und eine subtile Art des Affronts ist es dann schon, wenn er seinen Freunden Hosmer, Alcott und Channing in »Walden« lange, liebevolle, beseelte Porträts widmet, während er für Emerson nur ein paar dürre Worte übrig hat. »Es gab noch einen andern, mit dem ich ›guten Zeitvertreib‹, dessen lange gedacht werden wird, in seinem Haus im Dorf hatte und der mich von Zeit zu Zeit besuchte.« Das ist bis in die verräterisch steife Syntax hinein eine bloße, beinahe beleidigende Pflichtübung.

Und dennoch kommt es nie wirklich zum Bruch, wie es vermutlich auch nie eine offene Aussprache der beiden gegeben hat. Sie treffen sich seltener und pflegen eher ein Verhältnis oberflächlicher Freundlichkeit, können sich andererseits aber auch jederzeit aufeinander verlassen, wenn sie gegenseitig ihre Hilfe benötigen. So kümmert sich Thoreau weiterhin auch um ganz persönliche Belange der Emersons, übernimmt Arbeiten im Haus und im Garten, für die der Dichter sich zu fein fühlt oder schlicht unbegabt ist, liest dessen Druckfahnen Korrektur, wenn er sich auf Lesereise befindet, und geht sogar mit einer Petition von Haus zu Haus, um Unterschriften zu sammeln, die Emerson davon überzeugen sollen, einmal mehr für ein paar Lesungen in die Bütt zu steigen. Für Außenstehende bleibt ihre Freundschaft wohl makellos.

Anfang Februar 1857 kommt es dann beinahe doch zum endgültigen Zerwürfnis. »So geht wieder eine Freundschaft zu Ende«, klagt Thoreau unter dem 8. Februar. »Ich weiß nicht, was meinen Freund veranlasst hat, an mir zu zweifeln, aber ich weiß, dass es in der Liebe keinen Irrtum gibt und dass jede Entfremdung ihren guten Grund hat.« Thoreau fällt in eine tiefe Depression. Noch zwei Wochen später leidet er »unter einem physischen Schmerz, einem Weh in der Brust, das mich unfähig macht, meine Aufgaben zu erfüllen«. »Dieses Weh in der Brust ist der größte Schmerz, den ich als Mensch empfinden kann und den kein Betäubungsmittel zu lindern vermag.«

Aber dieses Verlustgefühl lässt die beiden Freunde dann offenbar wieder zusammenrücken. Sie merken jetzt, was sie aneinander haben, und finden schließlich zu einem neuen, nicht mehr ganz so innigen, aber dafür toleranteren Verhältnis.

EINE ELCHJAGD Schon 1853 wird Thoreau von Melancholie geplagt, die möglicherweise mit der Zerrüttung ihrer Freundschaft zusammenhängt. Sie könnte aber auch andere Ursachen haben. Die zeitraubende Vermessungsarbeit, die ihn tage-, mitunter auch schon mal wochenlang von seinen Manuskripten fernhält, schürt seine Unzufriedenheit. Er glaubt sich unter Wert zu verkaufen. Und was noch schlimmer ist, nach der Lesungs-Offensive in den beiden Jahren zuvor scheint das Interesse an seinen Vorträgen gänzlich zu verebben. Die gesamte Wintersaison 1852/53 steht er ohne ein einziges Engagement da. Als dann auch noch sein Verleger auf der endgültigen Rücknahme der Restexemplare von »A Week« besteht, stellt sich ihm die Frage, ob er jemals »Walden« würde publizieren können, das Buch, an dessen Überarbeitung er immer noch sitzt. Ob ihm dafür überhaupt noch genügend Zeit bleibt. Denn Ende Januar wird er einmal mehr »Zeuge der menschlichen Vergänglichkeit«. Am 20. Januar explodiert eine nahe

Pulvermühle, und er inspiziert den Unglücksort. Thoreau sieht und riecht nur »Tod und Verfall«. »In der Nacht träumte ich davon, selbst zwischen den Gräbern der Toten zu graben, und beschmutzte meine Hände mit ihrem stinkenden Moder.« Es sei leicht, die Moral dieses Traumes zu lesen, stellt er fest. »Der Tod ist bei mir, und das Leben ist weit entfernt.«

Die Wildnis soll seine Hoffnung wiederbeleben. Außerdem braucht er neuen Stoff für einen Vortrag. Am 13. September 1853 schifft sich Thoreau in Boston ein und reist auf einem Dampfboot abermals nach Bangor, um mit Cousin George Thatcher zum Chesuncook Lake hinaufzufahren. Dieses Mal klappt es auch mit dem indianischen Führer. Thatcher hat früh genug den Häuptlingssohn Joe Aitteon engagiert, der bald – entgegen Thoreaus anfänglichen Befürchtungen – unter Beweis stellt, dass er immer noch ein waschechter Indianer ist mit allen Fähigkeiten des »Wilden«, die Thoreau so bewundert.

Sie fahren in strömendem Regen mit der Kutsche nach Moosehead Lake, 100 Kilometer nordwestlich von Bangor. Ein kleines Dampfboot bringt sie an den nördlichen Teil des Sees, zu Fuß, mit einem Ochsenkarren für ihr Gepäck und das Boot, geht es die paar Meilen hinauf zum Westarm des Penobscot River, wo sie ihr Kanu zu Wasser lassen. Bei Sonnenuntergang erreichen sie Moosehorn Deadwater. Sie schlagen ihr Nachtlager auf und gehen sogleich beim Mondschein auf Elchjagd.

Thoreau ist nicht zum Jagen hergekommen, er will Elche aus der Nähe beobachten und die Jäger allenfalls »als Reporter oder Feldgeistlicher« begleiten. Noch sind sie erfolglos, aber am frühen Nachmittag des folgenden Tages schießt Thatcher bereits seinen ersten Elch. Thoreau zerreißt es das Herz beim Anblick des noch zuckenden Tieres, dem die warme Milch aus dem aufgeschnittenen Euter läuft. Diese »Tragödie« am Nachmittag »verdarb mir den Spaß an meinem Abenteuer«, schreibt er später in seinem Rapport »Chesuncook«.

Das Erlebnis ist Anlass für eine differenziertere Auseinandersetzung mit der Jagd. Er könne ein Jahr in den Wäldern verbringen und sich

»mit Befriedigung« durch Fischen und Jagen selbst erhalten, glaubt er, das sei dem Leben eines Philosophen würdig, der »von den Früchten der Erde lebt, die er selbst gezogen hat«. Aber »diese Elchjagd aus reiner Lust am Töten – nicht einmal der Haut wegen – ohne außergewöhnliche Anstrengung und ohne jedes Risiko« sei am Ende nichts anderes, »als in einem Schlachthaus zu assistieren«. Und so hält er sich jetzt lieber fern davon, botanisiert und macht sich Gedanken – über einen fürsorglicheren, weniger ausbeuterischen Umgang mit der Natur.

Am Tag darauf erreichen sie den Chesuncook und besuchen den »Pionier« Ansell Smith. Thoreau bewundert die Findigkeit, mit der sich Smith in dieser Einöde durchschlägt. Sie übernachten bei ihm und machen sich wieder auf den Rückweg, den Penobscot hinauf. Die folgende Nacht verbringen sie bei einer kleinen Gruppe Indianer, die unweit des Ufers ihr Camp aufgeschlagen haben. Trotz des Drecks legt sich Thoreau zu ihnen auf das Fell-Lager, versucht sich mit ihrer Sprache vertraut zu machen und mehr über ihre Kultur und Geschichte herauszufinden. Sie unterhalten sich bis Mitternacht. »Zwei Weiße und vier Indianer. Seite an Seite.« Thoreau brüstet sich in seinem späteren Reisebericht, »so nah neben den Ureinwohnern von Amerika« gelegen zu haben »wie nur je ein Entdecker«.

Am nächsten Tag fängt es erneut an zu regnen, wie schon zu Beginn ihrer Reise, und sie brechen ihre Expedition entnervt ab. Mit dem Dampfschiff geht es zurück zum Südufer des Moosehead Lake, und von dort mit der Kutsche nach Bangor. Thatcher und er besuchen noch das alte Indianerdorf Oldtown und lassen sich von dem Stammesältesten John Neptune Indianermythen erzählen. Nach vierzehn Tagen trifft Thoreau wieder in Concord ein und beginnt schon bald darauf, seine umfangreichen Notizen zu einem Vortrag auszuarbeiten.

Am 14. Dezember 1853 liest er seine »Excursion to Moosehead Lake« vor dem Lyceum, auch Emersons Kinder, die mittlerweile zwölfjährige Edith und der neunjährige Edward, sind dabei. Und sogar ihnen scheint es gefallen zu haben. Kein Wunder. Der Vortrag, den er vier Jahre später, im Frühjahr 1858, für den Druck nur leicht überarbeitet, vor allem erweitert, ist eine spannende Reisegeschichte, voller Wortspiele, komischer Übertreibungen und kleiner humoristischer Einfälle. Und zugleich eine instruktive Annäherung an die indianische Sprache und Kultur. Thoreau schließt die amerikanischen Ureinwohner in seine große Ehrerbietung für das Wilde und die Schönheiten der Natur mit ein, er schildert sie hier mit einer Herzenswärme und liebevoll philanthropischen Unvoreingenommenheit, dass man seine Faszination nachempfinden kann. Dass dies schon die Zeitgenossen können, dafür sorgt sein alter Widersacher James Russell Lowell, mittlerweile Herausgeber des neu gegründeten Intellektuellenmagazins »Atlantic Monthly«. Lowell versucht, offenbar aus Mangel an geeigneten Autoren, Thoreau als Beiträger zu gewinnen. Der schluckt seine Schmach, dass man ihn mit einem geringeren Honorar als Emerson abspeist. Und so erscheint »Chesuncook« in drei Lieferungen, vom Juni bis August, im »Atlantic Monthly« – und postum noch einmal in dem von Sophia Thoreau und Ellery Channing besorgten Sammelband »The Maine Woods«.

Aber einmal mehr macht sich Lowell unbeliebt bei Thoreau. Als er das Belegexemplar von der Juli-Ausgabe der Zeitschrift in den Händen hält, fällt ihm auf, dass man ihm einen Satz entgegen seiner ausdrücklichen Anweisung herausgekürzt hat, offenbar befürchtet man, die konservativere Leserschaft zu verschrecken – einen wahrhaft häretischen Lobgesang auf eine Kiefer. »Sie ist so unsterblich wie ich, und vielleicht wird sie in einen ebenso hohen Himmel kommen und mich dort auch weiterhin überragen.«

Thoreau ist empört und schreibt Lowell am 22. Juni 1858 einen geharnischten Beschwerdebrief, in dem er solcherart Eingriffe entschieden zurückweist und eine Richtigstellung verlangt. Er sei nämlich keineswegs »gewillt mit Gesellschaften in Verbindung gebracht zu werden, die sich so bigott und ängstlich zeigen«. »Ich kann einen Mann entschuldigen, der Angst hat vor einer gereckten Faust, aber wenn einer ständig Angst zeigt angesichts der Äußerung eines ernsten Gedankens, dann muss ich glauben, dass sein Leben eine Art Alptraum ist, der bei vollem Tageslicht andauert. Es ist schwer, sich einen so komplett

Fehlgeleiteten vorzustellen. Ist das der erklärte Charakter des Atlantic Monthly?«

Lowell fühlt sich schwer in seiner Ehre gekränkt. Es erfolgt keine Richtigstellung, vermutlich hält er es nicht einmal für nötig, auf Thoreaus Sottisen zu antworten. Zwar erscheint noch der dritte Teil des Artikels, aber das versprochene Honorar von immerhin 198 Dollar bleibt er ihm erst einmal schuldig. Thoreau muss Lowell noch zweimal mahnen, bis es angewiesen wird – und hat spätestens jetzt endgültig abgeschlossen mit ihm. Erst als Lowell nicht mehr zum Redaktionsstab gehört, kommt der »Atlantic Monthly« als Publikationsort für ihn wieder in Frage.

Aber Lowell ist nicht minder nachtragend. Er verreißt Thoreaus postume Bücher, denunziert ihn, wie gehabt, als Plagiator Emersons und seine Arbeit insgesamt als »Symptom einer generellen Leberschwäche«. Das abschätzige Urteil dieses Großkritikers hat Thoreaus Nachruhm ganz erheblich im Weg gestanden.

EINE MILLION SKLAVEN IN MASSACHUSETTS Thoreau und seine Familie haben in den vergangenen Jahren beachtliche Risiken auf sich genommen, um entflohenen Sklaven die Flucht nach Kanada zu ermöglichen, und so ganz praktisch gegen den »Fugitive Slave Act« von 1851 opponiert. Öffentlich geäußert hat er sich dazu nicht, wenn man von einer Anspielung in seinem Vortrag »Walking, or the Wild« absieht, wo er ein Naturideal entwirft, in dem »keine Gesetze zur Rückführung entlaufener Sklaven erlassen« werden. Auch über die »Sims-Tragödie« echauffiert er sich nur in seinen Tagebüchern. Im Jahr 1854 allerdings gerät ein Freund von ihm in die politische Schusslinie – und das lässt ihn seine öffentliche Zurückhaltung ein weiteres Mal aufgeben.

Das Jahr beginnt mit einem Skandal. Um die Besiedlung der beiden neugegründeten Staaten Kansas und Nebraska voranzubringen und dadurch den Bau der Eisenbahnlinie nach Westen zu forcieren, legt Stephen A. Douglas, der ehrgeizige Senator von Illinois, im Januar 1854 den »Kansas-Nebraska Act« vor, der es den Siedlern erlauben soll, selbst zu entscheiden, ob sie Sklaverei auf ihrem Territorium dulden oder nicht. Dieses Gesetz hebt den Missouri-Kompromiss von 1820 praktisch auf, der die Sklavenhaltung oberhalb von 36° 30' nördlicher Breite untersagt. Entsprechend aufgeregt sind die Debatten im Repräsentantenhaus. Als es nach mehreren Modifikationen mit knapper Mehrheit beschlossen und am 30. Mai 1854 von Präsident Franklin Pierce unterzeichnet wird, zündet eine weitere Eskalationsstufe im Nord-Süd-Konflikt. Bald liefern sich Milizen der Sklavereibefürworter und -gegner offene Gefechte, die unter dem Schlagwort »Bleeding Kansas« landesweit die Titelseiten füllen und einen ziemlich realistischen Ausblick bieten auf das, was noch kommen soll.

Erst einmal jedoch wächst die Unzufriedenheit in den Nordstaaten über das abermalige Einknicken ihrer Delegierten. Unmittelbar vor der Verabschiedung des »Kansas-Nebraska Acts« erhitzt noch ein anderer Skandal die philanthropischen Gemüter und bringt den Abolitionisten immer mehr Zulauf. Wie im Fall des Thomas Sims wird in Boston erneut ein flüchtiger Schwarzer, Anthony Burns, von seinem Besitzer Charles F. Suttle ausfindig gemacht und von US-Marshalls verhaftet, um ihn dem »Fugitive Slave Act« gemäß nach Virginia zurückzubringen. Einmal mehr formiert sich Widerstand, aber jetzt wird er handgemein. Unter der Führung von Thomas Wentworth Higginson, einem Freund und Bewunderer Thoreaus, versammelt sich eine Gruppe von dreißig Aktivisten aus den Reihen des Boston Vigilance Committee und bewaffnet sich mit Äxten, Dolchen und Revolvern, um Burns aus dem Gefängnis zu befreien. Mit einem Rammbock sprengen sie die Gefängnistür, es kommt zum Kampf, bei dem ein Deputy durch einen Messerstich stirbt, bevor es den anderen Polizisten gelingt, die Vigilanten zurückzudrängen. Burns bleibt in Gewahrsam. Drei Tage später verfügt ein Gericht unter dem Vorsitz des ehrenwerten Edward G. Loring seine Abschiebung, und die Bostoner Behörden tun gut daran, eine große Anzahl von US-Truppen zusammenzuziehen, um Burns'

Überstellung in den Bostoner Hafen und seine Verschiffung nach Virginia zu bewachen, sonst wäre es wohl zu weiteren Befreiungsaktionen gekommen. In der Zwischenzeit haben sich nämlich rund 50 000 Abolitionisten durchaus nicht nur aus der näheren Umgebung zusammengerottet und protestieren gegen diesen unter dem Deckmantel von Recht und Gesetz vollzogenen Akt der Barbarei.

Thoreau ist zwar nicht dabei, aber die Empörung über den Vorfall hat Spuren in seinem Tagebuch hinterlassen. Gut fünf Wochen später, am 4. Juli 1854, am Unabhängigkeitstag, meldet er sich bei einer Diskussionsveranstaltung im nahen Framingham mit einer Philippika zu Wort, die deutlich weiter in die tagespolitischen Niederungen hineinprescht, als das zuletzt noch bei seinem Essay »Civil Disobedience« der Fall war. Die Veranstaltung sorgt für einiges Aufsehen, weil William Lloyd Garrison, seines Zeichens Herausgeber des Abolitionisten-Organs »The Liberator« und einer der bekanntesten Sklavereigegner dieser Tage, dabei die Verfassung der Vereinigten Staaten als »ein Abkommen mit dem Tode und ein Einverständnis mit der Hölle« beschimpft und anschließend dem Feuer überantwortet.

Offenbar hat sich schon herumgesprochen, dass Thoreau eine Rede halten möchte, und so deklamiert die Menge seinen Namen. »Slavery in Massachusetts«, so ihr Titel, findet viel Anklang und bald danach eine beachtliche Verbreitung. Eine gekürzte Fassung erscheint im »Anti-Slavery Standard«, der volle Text wird zweieinhalb Wochen später im »Liberator« (am 21. Juli 1854) und noch einmal am 2. August in Horace Greeleys »New York Tribune« gedruckt. Der Erfolg resultiert vor allem aus der polemischen Verve des Textes – und seiner Direktheit. Thoreau tut den »Kansas-Nebraska Act« als – noch dazu weit entfernten – Nebenschauplatz ab und kehrt stattdessen vor der eigenen Haustür.

»Ich besuchte vor kurzem eine Versammlung der Bürger von Concord in der Erwartung, als einer unter vielen zum Thema der Sklaverei in Massachusetts zu sprechen; doch ich stellte überrascht und enttäuscht fest, dass es das Schicksal von Nebraska und nicht das von Massachusetts war, was meine Mitbürger hatte zusammenkommen lassen, und dass das, was ich zu sagen hatte, gänzlich fehl am Platze sein würde. Ich hatte gedacht, dass das Haus in Flammen stünde und nicht die Prärie; aber obgleich mehrere Bürger von Massachusetts jetzt im Gefängnis sind [eben auch sein Freund Higginson], weil sie versucht hatten, einen Sklaven aus den Klauen ihres Staates zu befreien, drückte nicht einer der Redner auf jener Versammlung darüber sein Bedauern aus, nicht einer erwähnte es auch nur. Es war einzig die Kontrolle über einige wilde Landstriche, tausend Meilen weit weg, die sie zu beunruhigen schien.« Dabei gebe es bisher »nicht einen Sklaven in Nebraska«, dafür aber »vielleicht eine Million Sklaven in Massachusetts«.

Ein ziemlicher Affront. Es gibt keine Sklaven in Massachusetts. Im Gegenteil, die Bevölkerung kann ruhig schlafen in der Gewissheit, eine der Speerspitzen des Kampfes gegen die Sklaverei zu sein. Thoreau versucht ihnen schlechte Träume zu bereiten. Sie seien nichts weiter als Sklaven, will er hier insinuieren, weil sie sich weiterhin einem System fügten, das einzig und allein die Sklavereibefürworter unterstütze. »Die gesamte Militärmacht des Staates« stehe »einem Mr. Suttle, einem Sklavenhalter aus Virginia, zu Diensten, damit er einen Menschen fangen kann, den er sein Eigentum nennt; aber nicht ein Soldat wird aufgeboten«, um das zu tun, was wirklich angesagt gewesen wäre, nämlich Anthony Burns als »einen Bürger von Massachusetts davor zu bewahren, entführt zu werden! Ist das der Sinn all dieser Soldaten, all dieses Drills gewesen in den vergangenen neunundsiebzig Jahren? Sind sie gedrillt worden, nur damit sie Mexiko berauben und flüchtige Sklaven zu deren Herren zurückbringen?«

Alle staatlichen Stellen haben seiner Meinung nach komplett versagt. Zuallererst Richter Loring, der tatsächlich glaubt, entscheiden zu können, ob der Mensch Burns »nicht in Wirklichkeit ein Sklave ist«. Und schließlich auch der Gouverneur von Massachusetts, über den Thoreau Hohn und Spott auskübelt. »Ich lausche, um die Stimme eines Gouverneurs zu hören, des Oberkommandierenden der Streitkräfte von Massachusetts. Ich höre nur das Zirpen der Grillen und das Summen der Insekten, das jetzt die Sommerluft erfüllt. Des Gouverneurs ganze Leistung besteht im Inspizieren von Truppen an Musterungstagen. Ich habe ihn gesehen, zu Pferde, den Hut in der Hand, dem Gebet eines Geistlichen lauschend. Es verhält sich so, dass das alles ist, was ich je gesehen habe von einem Gouverneur. Ich denke, ich könnte sehr gut auskommen ohne einen. Wenn er nicht von geringstem Nutzen ist zu verhindern, dass ich entführt werde, von welchem wichtigen Nutzen, bitte, kann er dann überhaupt für mich sein? Während die Freiheit in höchster Gefahr ist, haust er in tiefster Verborgenheit. Ein angesehener Geistlicher sagte mir, dass er den Beruf eines Geistlichen gewählt habe, weil er die meiste Freizeit für literarische Studien gewähre. Ich würde ihm empfehlen, Gouverneur zu werden.«

Aber nicht nur die genannten Staatsbeamten seien schuld am geschehenen Unrecht, sondern alle, die sich dem nicht widersetzt hätten. »Das Verbrechen, das auffallendste und verhängnisvollste aller Verbrechen, bestand darin, Mr. Loring in dieser Sache als Schiedsrichter fungieren zu lassen. In Wirklichkeit stand der Staat Massachusetts vor Gericht. Jeden Augenblick, den er zögerte, diesen Menschen freizulassen, jeden Augenblick, den er jetzt zögert, sein Verbrechen zu sühnen, wird er überführt.«

Und um den Landsleuten ihre Schuld noch einmal drastisch vor Augen zu halten, bemüht Thoreau sogar ein wenig Swift'schen Sarkasmus. »Viel ist schon über die amerikanische Sklaverei gesagt worden, aber ich glaube, uns ist noch nicht einmal klar, was Sklaverei ist. Wenn ich dem Kongress ernsthaft vorschlagen wollte, die Menschheit zu Würsten zu machen, so habe ich keinen Zweifel, dass die meisten über meinen Vorschlag lächeln würden, und wenn einige von ihnen glaubten, ich meinte das ernst, so dächten sie, ich hätte etwas vorgeschlagen, das schlimmer ist als alles, was der Kongress je beschloss. Aber wenn mir auch nur einer von ihnen sagt, einen Menschen zu Wurst zu machen, sei viel schlimmer – sei überhaupt schlimmer, als ihn zum Sklaven zu machen, als den ›Fugitive Slave Act‹ zu erlassen –, dann beschuldige ich ihn der Narrheit, der intellektuellen Unfähigkeit, der Spitzfindigkeit. Der eine Vorschlag ist gerade so vernünftig wie der andere.«

»Sklaverei in Massachusetts« ist ein streckenweise ziemlich kaustisches Agitprop-Stück. Thoreau nennt Ross und Reiter und geht seine Zeitgenossen ziemlich direkt an. Mit diesem Pamphlet beginnt seine eigentliche tagespolitische Publizistik, und man kann ihm gleichsam dabei über die Schulter schauen, wie er sich schweren Herzens und traurig über die verlorene philosophische Ruhe aufmacht, ein politischer Autor zu werden.

»Ich wusste zunächst nicht, was mich schmerzte. Schließlich wurde mir klar – was ich verloren hatte, war ein Land. Ich habe die Regierung, in deren Nähe ich lebte, nie geachtet, doch ich hatte törichterweise geglaubt, ich könnte imstande sein, hier zu leben, mich um meine persönlichen Angelegenheiten kümmern und damit genug. Was mich angeht, so kann ich gar nicht sagen, wie viel meine ältesten und liebsten Beschäftigungen von ihrer Anziehungskraft verloren haben, und ich spüre, dass meine Investition in ein Leben hier um viele Prozente weniger wert ist, seit Massachusetts jüngst einen unschuldigen Mann, Anthony Burns, in die Sklaverei zurückgeschickt hat. Vorher habe ich vielleicht in der Illusion gelebt, dass mein Leben nur irgendwo zwischen Himmel und Hölle verlief, aber jetzt kann ich mir nicht mehr einreden, dass ich nicht gänzlich in der Hölle lebe ... Angenommen, ihr habt eine kleine Bibliothek – Bilder schmücken ihre Wände, ringsherum ist ein Garten angelegt – und ihr treibt wissenschaftliche und literarische Studien, und auf einmal entdeckt ihr, dass sich eure Villa mit allem, was darin ist, in der Hölle befindet und dass der Friedensrichter einen Pferdefuß und einen gespaltenen Schwanz hat – verlieren dann diese Dinge in euren Augen nicht plötzlich ihren Wert?« Es gibt kein richtiges Leben im falschen.

Für Thoreau hilft deshalb nur noch die Tat. »Es ist keine Epoche der Muße. Wir haben all unsere ererbte Freiheit aufgebraucht. Wenn wir unser Leben retten wollen, müssen wir dafür kämpfen ... Meine Gedanken sind Mord am Staat, und unwillkürlich verschwören sie sich gegen ihn.«

Hier zeigt sich Thoreaus Radikalisierung. Die Argumentationsstruktur ähnelt zwar immer noch seinem Essay »Civil Disobedience«, wenn er gegen Staat und Recht das Gewissen ins Feld führt, das allein darüber entscheiden kann, »ob mehr als drei Millionen Menschen, in diesem Fall ein Sechstel der Nation, ein Recht darauf haben, freie Menschen zu sein oder nicht«. Aber jetzt rechtfertigt dieser höhere »Auftrag« eben nicht nur passiven Widerstand, sondern auch Gewalt. Thoreau preist das »schlichte Heldentum« des Angriffs auf das Bostoner Gerichtsgebäude, obwohl es ein Menschenleben gekostet hat, und empört sich über die »Schande«, dass der Staat nun versuche, »den Männern, die versucht haben, ihre Pflicht für ihn zu tun, den Prozess zu machen«. Dazu kommt es tatsächlich, aber das Verfahren gegen Higginson und zwei seiner Kombattanten wird nicht zuletzt aufgrund des großen öffentlichen Drucks nach kurzer Zeit eingestellt.

Noch etwas hat sich hier verändert. Thoreau argumentiert nicht mehr nur grundsätzlich, aus der Perspektive des Individuums, das seine ethische Integrität schützen muss, sondern ist sich mittlerweile auch für strategische Überlegungen nicht zu schade. So empfiehlt er einen Zeitungsboykott – all jener Blätter, die »durch die Art, wie sie über den ›Fugitive Slave Act‹ und die Rückführung des Sklaven Sims berichteten, den gesunden Menschenverstand des Landes« beleidigten –, um die öffentliche Meinung zu beeinflussen und so langfristig die Gesellschaft zu reformieren. Schließlich kehrt Thoreau in die geliebte Natur zurück und tauscht die Rolle des Politrebellen wieder ein gegen die des transzendentalistischen Schöngeistes. Am Ende von »Slavery in Massachusetts« erzählt er, wie er eine weiße Seerose pflückt und durch sie wieder neue Hoffnung schöpft. »Sie lässt ahnen, welche Gesetze am längsten und am umfassendsten gewirkt haben und noch wirken und dass vielleicht die Zeit kommt, da die Taten der Menschen genauso süß duften werden. Einen solchen Wohlgeruch strömt die Pflanze aus. Wenn die Natur diesen Duft noch immer Jahr für Jahr zu mischen vermag, dann glaube ich, dass sie noch jung und voller Lebenskraft ist, dass ihre Reinheit und ihre Schöpferkraft ungeschmälert sind, und dass es Tugend auch im Menschen gibt, der gemacht ist, sie wahrzunehmen und zu lieben. Sie erinnert mich daran, dass die Natur noch bei keinem Missouri-Kompromiss mitgespielt hat. Ich spüre keinen Kompromiss im Duft der Seerose.«

Dieser idyllische Appendix liest sich ein bisschen unvermittelt und ostentativ, so als müsse Thoreau sich und seinen Transzendentalistenfreunden beweisen, dass er immer noch der gute alte Henry ist und eben kein politischer Kopf. Er hadert mit dieser Rolle. Eigentlich ist sie unter dem Niveau eines Literaten, der sich den »höheren Gesetzen« verpflichtet fühlt. Und auch die damit verbundene, wenn auch nur zeitweilige Aufgabe seiner splendiden Isolation weckt Unmut in ihm. »Ich habe zugelassen, dass die Gesellschaft bei mir eingedrungen ist und mich überrannt hat«, notiert er sich am 13. August des Jahres. Er habe sich »erniedrigt und gemein gemacht«. Hinter solchen Erklärungen steckt wohl ein bisschen von beidem – Selbstvergewisserung und Imagepflege. Er hat schließlich einen Ruf zu verlieren. Aber wenn die Schlussvolte in »Slavery in Massachusetts« zum Ausdruck bringen sollte, dass er seine Schuldigkeit getan hat, dass mit ihm nicht mehr zu rechnen ist als politischer Redner, dann hatte er sich und die anderen getäuscht. Bald wird er mit John Brown einen Mann kennenlernen, der den Widerspruch zwischen Transzendentalismus und profaner Politik für Thoreau aufhebt – und dessen Heroismus ihn so entflammt, dass er erneut aufs Podium steigt.

DIE HÖCHSTE ALLER KÜNSTE Trotz des sich bald abzeichnenden Misserfolgs von »A Week« schreibt Thoreau weiter an »Walden«, er ergänzt und überarbeitet das Manuskript stetig, wobei ihm nicht zuletzt seine Lesungen als Korrektiv dienen. Auf Geheiß von Greeley koppelt er für »Sartain's Union Magazine« zwei kürzere Stücke aus, »The Iron Horse« aus dem »Sounds«-Kapitel und »A Poet Buying a Farm« aus »Where I Lived«, die im Juli- und August-Heft 1852 erscheinen. Aber Thoreau hat, wie fast immer, auch mit dieser Zeitschrift Pech. Herausgeber John Sartain stellt mit der August-Nummer sein Magazin ein, bleibt Thoreau das Honorar schuldig und verschludert zu allem Überfluss auch noch weitere »Walden«-Teilmanuskripte, die Thoreau ihm zum Druck überlassen hatte.

Er konzentriert sich jetzt wieder auf die Buchpublikation und stellt 1853 eine fünfte, bis zum Ende des Jahres sogar noch eine sechste Version des Manuskripts fertig. Aber weiterhin ist er unzufrieden und feilt und poliert im Februar und März 1854 an einer siebten und letzten Fassung. Ticknor & Fields aus Boston, mittlerweile eine der ersten Adressen für amerikanische Literatur, hatten vor einigen Jahren durchaus Interesse gezeigt, und so bietet er ihnen jetzt das endgültige Manuskript an. Sie greifen zu und bieten ihm 15 % vom Ladenpreis. Das ist das Spitzenhonorar im Verlag, das den »first class«-Autoren vorbehalten bleibt, zeigt also die Wertschätzung, die man ihm hier entgegenbringt. Und der Erfolg gibt ihnen schließlich recht, wenn auch erst später.

Das Buch soll im Mai erscheinen, Thoreau arbeitet die Druckfahnen zügig durch, aber es kommt zu Verzögerungen, weil die Verleger zunächst – allerdings erfolglos – eine Lizenz für den englischen Markt verkaufen wollen. So hält Thoreau erst Anfang August ein Exemplar in den Händen, und am 9. August steht »Walden; or, Life in the Woods« endlich in den Läden, für einen Kaufpreis von einem Dollar. Das Buch ist nicht sofort ein Bestseller, verkauft sich aber stetig, Jahr für Jahr einige hundert Mal, so dass die Druckauflage von 2000 Exemplaren 1859 ausverkauft ist. 1862 entschließt sich der Verlag dann, eine Neuausgabe herauszubringen, die jedoch erst einige Wochen nach Thoreaus Tod erscheint. Und von da an bleibt das Buch lieferbar.

»Walden« lässt sich in mehrfachem Sinne als eine Art Synthese seines Denkens und Schreibens begreifen. Zunächst einmal quantitativ. Thoreau inkorporiert hier Tagebuch-Einträge aus 25 Jahren, vom Beginn seiner schriftstellerischen Arbeit bis unmittelbar vor der Abgabe des Manuskripts. Aber eben auch qualitativ. Er will hier »einen einfachen, aufrichtigen Bericht über sein eigenes Leben« abliefern.

Aber ganz so einfach ist Thoreaus Leben nicht. Entsprechend vielfältig, thematisch wie stilistisch, ist dieses Buch, es vereint gleich

WALDEN;

OR,

LIFE IN THE WOODS.

By HENRY D. THOREAU,

AUTHOR OF "A WEEK ON THE CONCORD AND MERRIMACK RIVERS."

I do not propose to write an ode to dejection, but to brag as lustily as chanticleer in the morning, standing on his roost, if only to wake my neighbors up. — Page 92.

BOSTON:
TICKNOR AND FIELDS.
M DCCC LIV.

Titelblatt der Originalausgabe 1854

mehrere Bücher – einen lyrischen Panegyrikus auf die Natur, ein Glaubensbekenntnis, einen lebensphilosophischen Ratgeber, ein zivilisationskritisches Pamphlet, eine Aussteigerfibel mit praktischen Überlebenstipps, eine fundierte Naturkunde des Sees und seiner Umgebung, eine bis in die Mythologie zurückgehende Lokalhistorie, eine autobiographische Erzählung und einen – nicht zuletzt ökonomischen – Rechenschaftsbericht seines wissenschaftlichen »Experiments«.

Den Rahmen bilden die zwei Jahre, zwei Monate und zwei Tage am Waldensee. Thoreau zieht die Erlebnisse und Erfahrungen zu einem Jahr zusammen. So bekommt der offene, abschweifungsreiche, durch seine vielen Überarbeitungen und Montagen mitunter inkonsistente und willkürlich erscheinende Text eine geschlossene Binnenstruktur. Thoreau beginnt im Sommer mit dem Bau und dem Einzug in die Hütte, dann kommt der Herbst, in dem er sich um »Heizung« kümmern muss, schließlich folgen drei explizite Winterkapitel, bevor der Frühling »die Welt erneuert«.

Dieses Buch, das tief in die Natur eindringt und demonstrieren will, wie sich der Mensch an ihr aufrichten und wachsen kann, gehorcht also selbst den Ordnungsprinzipien der Natur. Das lässt sich bis in den Bauplan einzelner Kapitel beobachten, die dann ganz analog dem Ablauf eines Tages folgen. Das »Töne«-Kapitel etwa illuminiert zunächst die Geräusche des Nachmittags, das Vögelgezwitscher im Kontrast zum »Donnerschnauben« der Eisenbahn, woraufhin das »ferne Muhen einer Kuh« am Abend, die Nachtschwalben, die Schreieule und das »Trompeten der Ochsenfrösche« zu hören sind, bis er schließlich beim »Trompetengeschmetter« des Hahns landet. Man soll das wohl metaphysisch lesen. Der Anbruch eines neuen Tages bzw. Jahres symbolisiert ja nicht nur die Ewigkeit der Naturgesetze, sondern auch der menschlichen Seele. Indem er sein Buch nach der Natur arrangiert, es gewissermaßen zu einer zweiten Natur macht – die im Kleinen eher verschwenderisch arabeske, wildwüchsige Textur von »Walden« gehört unmittelbar dazu –, beglaubigt Thoreau das Heilsversprechen, das ihr eingeschrieben ist. Auch dieses Buch ist für ihn Gottesdienst.

Aber eben nicht nur das. Es ist zunächst ein Appell, sein Leben zu ändern. Einer, der auch anderthalb Jahrhunderte nach seinem Erscheinen seine Suggestivität noch nicht verloren hat, weil Thoreau hier die Defizite der Zivilisation und die Unzufriedenheit des modernen Menschen gültig beschreibt. »Die meisten Menschen sind, selbst in unserem verhältnismäßig freien Land, aus lauter Unwissenheit und Irrtum so sehr durch die unnatürliche, überflüssige, grobe Arbeit für das Leben in Anspruch genommen, dass seine edleren Früchte von ihnen nicht gepflückt werden können. Von der anstrengenden Arbeit sind ihre Finger zu plump geworden und zittern zu sehr. Tatsächlich hat der arbeitende Mensch Tag für Tag keine Muße zu einer wahren Ganzheit; er kann die Zeit nicht aufbringen, die menschlichsten Beziehungen zu den Menschen zu unterhalten; seine Arbeit würde auf dem Markte im Werte sinken, und er hat keine Zeit, etwas anderes zu sein als eine Maschine. Wie kann derjenige viel an seine Unwissenheit denken – und er muss es tun, wenn er vorwärtsschreiten will –, der so oft von dem, was er weiß, Gebrauch zu machen hat?«

In »Walden« führt er nun an seinem eigenen Beispiel vor, wie man das zermürbende Leben als Erwerbstätiger hinter sich lässt, um dadurch die Freiheit zu erlangen, zum »wirklichen Sein« vorzudringen. Sein Patentrezept lautet, die eigenen Bedürfnisse aufs Wesentliche zu reduzieren und infolgedessen das Leben ökonomisch zu vereinfachen. In einer Hütte im Wald zu leben, ist dabei nur eine Möglichkeit, zum Ziel zu kommen.

»Ich möchte um keinen Preis, dass irgendjemand meine Lebensweise befolge«, fügt er vorsorglich hinzu, »denn abgesehen davon, dass ich, ehe er sie ordentlich gelernt hat, schon wieder eine andere für mich gefunden haben kann, wünsche ich auch, dass es so viel verschiedene Menschen wie möglich in der Welt geben möge; ich möchte nur, dass jeder recht sorgfältig trachtete, seinen eigenen Weg zu finden und nicht stattdessen den seines Vaters, seiner Mutter oder seines Nachbarn.« Aber die Imagination seiner märchenhaften Walden-Existenz ist dann doch so suggestiv und schön, dass die Öko-Freaks, Landkommunarden,

Waldläufer und Naturapostel sich immer wieder gern von ihm anfixen lassen.

Auch seine Zeitgenossen wollen ihn nur allzu gern falsch verstehen. Sein Erzfeind James Russell Lowell hat in seiner als Kritik der »Letters to Various Persons« getarnten Generalabrechnung – in der »North American Review« vom Oktober 1865 – moniert, Thoreau mache aus seinen privaten Überzeugungen ein Gesetz und »sein eigenes Wissen zum Horizont des Universums«. Das ist auch insofern absurd, als Thoreau erklärtermaßen von einer sehr begrenzten Leserschaft ausgeht, der sein Buch nützlich sein könne. »Ich habe nicht vor, kräftigen und mutigen Naturen Vorschriften zu machen, solchen, die, sei es im Himmel oder in der Hölle, für sich selbst zu sorgen wissen ... Auch jenen nicht, die Aufmunterung und Begeisterung gerade in den gegenwärtigen Zuständen finden und dieselben mit der Zärtlichkeit und dem Enthusiasmus Liebender hegen – in gewissem Sinne rechne ich mich selbst unter diese Zahl. Ich spreche auch nicht zu denen, die sich, unter welchen Umständen es auch sei, gut beschäftigen und sich darüber klar sind, ob sie sich gut beschäftigen oder nicht. Nur zu der Masse jener Menschen spreche ich, die unzufrieden sind und sich vergeblich über die Härte des Schicksals oder der Zeiten beklagen, während sie beides doch verbessern könnten.« Ein Alleinerklärungsanspruch äußert sich wohl doch noch etwas anders.

Aber jene Unzufriedenen nimmt er ordentlich ins Gebet. Die Missstände des Jahrhunderts, die sie erst in diese beklagenswerte Situation gebracht haben, kennt er ganz genau – und duldet daher auch keinen Widerspruch. Die von ihm als Krankheitssymptom diagnostizierte Dekadenz seiner Zeit, Luxus, Mode, Genuss, und der herrschende Materialismus in allen Bereichen des Lebens trennen den Menschen von seinen eigentlichen Bedürfnissen und seiner wahren Bestimmung. Mit der Vereinfachung der eigenen Lebensführung – im Austausch mit der Natur, die stets das leuchtende Vorbild liefert – kommt der Mensch wieder zu sich selbst, lernt »den leisen, aber unaufhörlichen Einflüsterungen seines Genius« zu lauschen – und sein Leben nach »höheren Gesetzen«

auszurichten. So wird aus dem fremdbestimmten, funktionalisierten, reduzierten wieder der ganze Mensch, in dem Seele und Körper eine Einheit bilden.

Das ist wahre Lebenskunst. Die Fähigkeit nämlich, sein Leben tatsächlich nach ideellen Maßstäben wie ein Kunstwerk zu formen. »Ich kenne keine erhebendere Tatsache als die zweifellose Fähigkeit des Menschen, sein Leben durch bewusste Anstrengung auf einen höhern Standpunkt zu erheben. Es will etwas heißen, ein besonders schönes Bild malen, eine Statue meißeln, etwas Schönes hervorbringen zu können; aber es ist weit ruhmvoller, die Atmosphäre, das Medium selbst, durch welches wir hindurchblicken, zu malen und zu meißeln, was wir moralisch zu tun vermögen. Auf die Beschaffenheit des Tages selbst einzuwirken, das ist die höchste aller Künste. Jeder Mensch hat die Aufgabe, das Leben selbst in seinen Einzelheiten der Betrachtung seiner höchsten und kritischsten Stunde würdig zu gestalten.«

Die Wahrheit solcher Sätze lässt sich durchaus ablösen vom religiösen Impetus und bleibt somit auch in säkularen Zeiten attraktiv, zumal er sie oft variiert und aphoristisch pointiert. Der immer wieder aufflammende Appellcharakter des Buches – »Mach deinen Lebensunterhalt nicht zur Arbeit, sondern zum Spiel!« –, der sich auch in den vielen Ausrufungszeichen manifestiert, macht wohl seine anhaltende Suggestivität aus. »Walden« ist ein flammendes Plädoyer für Umkehr und Neubesinnung. Und geht trotzdem nicht auf in dieser Funktion.

Hier hat alles Platz, was den Menschen Henry David Thoreau so umtreibt: die Beschleunigung der Lebenswirklichkeit durch Eisenbahn und Telegrafie, die allgemeine Sucht nach Neuigkeiten, die griechischen Klassiker, die Unterschiede des Schriftstellers zum Redner, die Vorteile der Einsamkeit, immer wieder die Natur in ihrer ganzen Schönheit und auch Überlegenheit gegenüber der Zivilisation, bemerkenswerte Menschen, mit denen er Umgang pflegt, seine Freunde Channing und Alcott etwa, seine tägliche Arbeit im Bohnenfeld, das harte Schicksal der irischen Immigranten, die Vorteile der vegetarischen Ernährung, die Jagd als Instrument der Erziehung, der sich eine sublimierte Menschheit irgendwann schon enthalten werde, das Animalische, das der Mensch durch strenge Askese zu überwinden habe, sein Ideal des Wohnens in einem einzigen offenen Raum, das Reisen ins Innere ... usf. »Ich würde nicht so viel über mich reden, wenn ich irgendjemand anderen ebenso gut kennte. Leider bin ich durch die Beschränktheit meiner Erfahrung auf dieses Thema angewiesen«, rechtfertigt er sich bereits in der Einleitung.

Mehrmals kommt er auf die Absurdität und Grausamkeit des Krieges zu sprechen. Eine der bekanntesten Passagen beschreibt eine »Ameisenschlacht«, die man als Allegorie, beinahe schon als Fabel, lesen soll. Dafür sorgen die vielen Anspielungen auf bedeutende Schlachten der Weltgeschichte – Troja, Austerlitz, Dresden, Concord und Bunker Hill. »Ich war selbst etwas erregt, als ob es Menschen gewesen wären. Je mehr man darüber nachdenkt, umso geringer wird der Unterschied. Gewiss ist wenigstens in der Geschichte von Concord, wenn in der amerikanischen überhaupt, kein Kampf verzeichnet, welcher mit diesem nur einen Augenblick, sowohl in Bezug auf die Streitkräfte wie auf den dabei entwickelten Patriotismus und Heroismus, den Vergleich aushielte.«

Thoreau bemüht denn auch ordentlich Pathos, wie es einem Schlachtengemälde gebührt, das in diesem Miniaturformat aber selbstredend eher komische Wirkung zeitigt. Die ästhetische Strategie dahinter ist ziemlich intrikat. Er schafft ein parodistisches Setting, durchkreuzt aber den humoristischen Effekt gleich wieder durch seinen grausamen Detailrealismus. Der Witz, der einem im Hals stecken bleibt. Thoreau beschreibt das Gemetzel zwischen den roten und schwarzen Waldameisen mit einer klinischen Präzision, die sich kein Frontberichterstatter leisten könnte, weil man sie ihm als pietätlos und inhuman auslegen würde. Um größtmögliche Genauigkeit zu erzielen, stellt er schließlich Laborbedingungen her. Er trägt einen Span mit drei kämpfenden Ameisen nach Hause und legt ihn unter ein Wasserglas.

»Mit dem Vergrößerungsglas sah ich, dass die erst erwähnte rote Ameise den Fühler ihres Feindes abgetrennt hatte und jetzt an seinem

Vorderfuß nagte, obwohl ihre eigene Brust weggerissen war und ihre Eingeweide dem Biss des schwarzen Gegners schutzlos preisgegeben waren, dessen Brustplatte jedenfalls zu dick war, als dass sie dieselbe durchbohren konnte; die dunklen Karfunkel der Augen der Leidenden erglänzten von einer Wildheit, wie sie nur der Krieg anfachen kann. Noch eine halbe Stunde lang rangen sie unter dem Glas. Als ich wieder hinsah, hatte der schwarze Soldat die Häupter seiner Feinde vom Rumpf getrennt, die beiden noch lebenden Köpfe hingen ihm auf jeder Seite – scheinbar noch ebenso fest verbissen wie zuvor – gleich gespensterhaften Trophäen am Sattelbogen. Er versuchte mit schwachen Anstrengungen – denn er hatte keine Fühler mehr und nur noch den Rest von einem Bein, dabei Gott weiß welch andere Wunden – sich von ihnen zu befreien, was ihm endlich nach einer weiteren halben Stunde auch gelang. Ich hob das Glas auf, und er kroch in seinem verkrüppelten Zustand über den Fensterrahmen davon. Ob er die Folgen dieses Kampfes überlebte und in irgendeinem ›Hôtel des Invalides‹ den Rest seiner Tage verbrachte, weiß ich nicht; nur so viel war mir klar, dass sein Fleiß von nun an kein sehr großer mehr sein könne.«

Thoreau benutzt auch literarisch das Vergrößerungsglas und entlarvt so die euphemistische Aufladung des Kampfes, wie es gängige Kriegsrhetorik zu allen Zeiten versucht. Schlicht indem er zeigt, wie Krieg aussieht – ganz und gar nicht helden- oder gar tugendhaft eben. Es ist der Analogieschluss, auf den es ihm letztlich ankommt, daran lässt er keinen Zweifel. »Welche Partei den Sieg davontrug und was die Ursache des Krieges war, konnte ich nie erfahren; aber den ganzen übrigen Tag hatte ich das Gefühl, als ob ich dem Ringen, der Grausamkeit und dem Gemetzel einer menschlichen Schlacht vor meiner Tür zugesehen hätte, so sehr fühlte ich mich innerlich davon angegriffen und aufgeregt.«

»Walden« ist ohne Zweifel Thoreaus Meisterwerk, und alles in allem weiß die zeitgenössische Kritik – anders als noch bei »A Week« – seine Qualitäten durchaus zu würdigen. Schon zwei Tage nach Erscheinen des Buches erscheint eine Rezension im »Providence Journal«, die das

Buch als »scharfsinnig und exzentrisch«, unterm Strich als »lesenswert« beurteilt. Hier zeigt sich bereits ein Muster, das sich in vielen Kritiken wiederholt. Man bemerkt zwar, mal mehr, mal weniger amüsiert, manches Kuriose, Skurrile, Abseitige, auch schon mal intellektuell Überambitionierte und Eitle, begreift dies aber als unvermeidliche Konsequenz seiner Originalität und lässt sich darüber hinaus beeindrucken von seinem Humor, seinem Esprit, seiner Bildung und seiner fast überall positiv annotierten Sprachkraft.

In »Graham's Magazine« etwa bekommt der Rezensent volle drei Seiten, in denen er das Buch mithilfe länglicher Zitate vorstellt und als »stets stimulierend und feurig« würdigt. Ein »sorgfältiger Leser« könne hinter der »Dreistigkeit seines exzentrischen Protests« jederzeit »das Wirken eines kraftvollen und kultivierten Geistes« ausmachen. »Putnam's Monthly« widmet dem »Yankee Diogenes« sogar fünf beifällige Seiten. Ein deutliches Zeichen dafür, welche Bedeutung man ihm jetzt beimisst.

Es gibt aber auch Verrisse. Im »Boston Atlas« und in der »North American Review« etwa, die das Buch allein auf seine Kulturkritik und das Aussteigerkonzept reduzieren und damit nicht viel anfangen können. Und natürlich Gefälligkeitsrezensionen. Im »National Anti-Slavery Standard« vom 16. Dezember 1854 rekapituliert der anonyme Autor die Lehre vom Leben nach höheren Gesetzen so einfühlsam und zustimmend, dass Thoreau Blake im Verdacht hat. »Sie werden nicht erstaunt sein«, schreibt er ihm am 22. Dezember, »wenn ich Ihnen sage, dass sie mich an Sie erinnert hat.«

Von seinen Freunden erfährt er, wie gewohnt, Zustimmung und Ermunterung. Alcott und Hawthorne loben »Walden« enthusiastisch und empfehlen es weiter an Bekannte. Charles Sumner wird ihm vielleicht am meisten Genugtuung verschafft haben, wenn er in seinem Brief vom 31. Oktober 1854 dekretiert, er, Thoreau, habe hier einen »bleibenden Beitrag zur Literatur unserer Muttersprache« geleistet.

Der Erfolg sorgt letztlich auch dafür, dass man sich seinen Erstling noch einmal ansieht und ihm jetzt weitaus mehr Verständnis entgegenbringt. Im darauffolgenden Januar erscheint im »Harvard Magazine« der Versuch einer ersten Gesamtdarstellung, »Thoreau and His Books«, und ihr Autor Edwin Morton preist darin vor allem die Artistik der Naturbeschreibungen in »A Week«.

Selbst in England wird »Walden« euphorisch aufgenommen, nachdem Ticknor & Fields auf Geheiß von Horace Greeley das Buch dort über ihren Londoner Agenten angekündigt hatten. George Eliot, noch nicht die gefeierte Romanautorin, sondern unter ihrem Klarnamen Mary Anne Evans beim »Westminster Review« als Journalistin bestallt, lobt im Januar 1856 vor allem die »Beobachtungen von Naturphänomenen«, die »durch das Medium einer tiefen poetischen Empfindsamkeit« gegangen seien.

Man hat Thoreau die angespannte Gemütslage nach der Publikation von »Walden« angemerkt. »Er läuft Concord hoch und runter«, schreibt Emerson am 28. August 1854 leicht maliziös an seinen Freund George Partridge Bradford, »stattlich von außen, aber bebend vor großen Erwartungen.« Dieses Mal sollten sie sich erfüllen. Über 60 Besprechungen erscheinen allein in den ersten beiden Monaten nach der Veröffentlichung. Das literarische Publikum hat ihn von nun an auf dem Plan.

JENE STILLEN UND GRÜBLERISCHEN GEDANKEN Thoreau hat offenbar genug vom Vermessen, versucht jetzt seine neugewonnene Bekanntheit monetär auszuschlachten und plant eine Vortragsreise in den mittleren Westen, wo Emerson bereits große Erfolge feiern konnte. Aber obwohl Horace Greeley ihn im »Tribune« mit auf die Liste der Autoren setzt, die im Herbst und Winter ihre Vortragsdienste anbieten, kommt die Lesungstour mangels Nachfrage nicht zustande. Also streckt er seine Fühler einmal mehr in der näheren Umgebung aus. Sein ehemaliger Studienkollege Benjamin Marston Watson und dessen Frau Mary Russell Watson laden ihn erneut nach Plymouth ein. Thoreau sagt sofort zu, und man merkt seinem Brief vom 19. September die Freude über die Offerte an. »Die Welt hält noch zusammen zwischen Plymouth und Concord, so scheint es.«

Und doch, so richtig wohl ist ihm nicht angesichts drohender Vortragsverpflichtungen. »Als ich heute Nachmittag darüber nachdachte«, schreibt er am selben Tag ins Journal, »erkannte ich, wie unvergleichlich groß die Vorteile der Verborgenheit und Armut sind, die ich so lange genossen habe und vielleicht weiterhin genießen darf. Ich dachte daran, mit welcher mehr als fürstlichen, ja, poetischen Muße ich meine Jahre bisher zugebracht habe, ohne Sorge oder Verpflichtung, frei und ungebunden. Ich habe mich der Natur hingegeben; ich habe so oft den Frühling, Sommer, Herbst und Winter durchlebt, als hätte ich nichts anderes zu tun, als zu leben und so viel aus ihnen herauszuholen wie nur möglich … Ich kann diesen Vorteil gar nicht genügend betonen. Wie hätte ich mich dessen erfreuen können, wenn die Öffentlichkeit so viel von mir erwartet hätte, wie sie jetzt, wie zu befürchten steht, von mir erwartet? Wenn ich aufbreche, um Vorträge zu halten, wie werde ich mich für den verlorenen Winter entschädigen können?«

Thoreau bricht dennoch auf und liest am 8. Oktober vor einem kleinen Kreis aus Nachbarn und Freunden offenbar erfolgreich aus seinem neuen Manuskript »Moonlight«, einer tagebuchgestützten Abhandlung über seine Nachtspaziergänge aus den Jahren 1850-54. Zehn Dollar haben die Watsons als Honorar gesammelt, und wo er schon einmal da ist, soll er auch gleich noch ihr Grundstück vermessen. Alcott ist ebenfalls zu Besuch und hilft ihm bei der Arbeit.

Thoreau hat diesen Vortrag offenbar nur einmal gehalten und danach beiseitegelegt. Erst 1859/60 kommt er darauf zurück, kann ihn jedoch abermals nicht vollenden. Das Fragment erscheint unter dem Titel »Night and Moonlight« 1863 in der November-Nummer des »Atlantic Monthly« und im selben Jahr in dem Sammelband »Excursions«. Der Text ist weitschweifig, Formulierungsaufwand und Zitatprunk stehen nicht so recht im Verhältnis zum Gehalt. Man ahnt, warum er nicht wirklich fertig geworden ist damit.

Emerson hatte in »Natur« erklärt, dass der Mensch in der Nacht wieder »eine ursprüngliche Beziehung zum Universum« unterhalte. Diese Ansicht teilt auch Thoreau. Für ihn ist die Nacht der »große Restaurator«, der die Zivilisation wieder in den Urzustand zurückverwandelt. »Die Dorfstraße ist dann so wild wie ein Wald.« Und so gelingt es der Nacht mit »ihrem Tau und ihrer Finsternis« allemal, die »erschlaffte Welt« zu erneuern.

Aber sie macht eben auch etwas mit dem Wahrnehmungsvermögen. »Wenn die Schatten sich um uns zu scharen beginnen, dann werden unsere urtümlichen Instinkte geweckt«, meint Thoreau, »und wir stehlen uns heraus aus unseren Schlupfwinkeln, wie die Bewohner des Dschungels, die sich auf die Suche nach jenen stillen und grüblerischen Gedanken begeben, der natürlichen Beute des Verstandes.« Das klingt ganz nach der romantischen Apotheose des Irrationalen. Wenn die Vernunft schläft, kommt das Unbewusste zu Wort. Und Thoreau zitiert nicht von ungefähr Jean Paul, der im »Hesperus« erklärt, es brauche die Nacht, um »leichter die höheren Melodien fassen« zu können.

Aber es bleibt eben bei der Behauptung. Thoreau beschwört zwar jene unvergesslichen Nächte, »die eine so heilkräftige und befruchtende Wirkung auf den Geist haben«, aber er verlässt letztlich nicht den Beobachtungsmodus. Er illuminiert nur das, was er sieht. Zu einem freien Spiel der Fantasie, und das wäre ja die Probe aufs Exempel, schwingt er sich an keiner Stelle auf. Hier spricht eben nicht das Unbewusste, sondern immer noch der wie auch immer inspirierte, enthusiasmierte Verstand. Thoreau ist mittlerweile schon zu sehr Forscher, um sich vollends von der Natur überrumpeln zu lassen.

DIE WEGE, AUF DENEN DU GELD MACHST Am 20. November unternimmt er eine fünfzehnstündige Zugfahrt nach Philadelphia, Pennsylvania, wo er tags darauf im Spring Garden Institute mit seinem »The Wild«-Vortrag gastiert. Er hat ein bisschen Zeit, sich die Stadt anzusehen, steigt die Kuppel des Parlamentsgebäudes hinauf, wo die Unabhängigkeitserklärung unterzeichnet wurde, schaut sich das Fairmount-Wasserwerk und das Girard College an und bekommt auf Vermittlung von Emersons Freund William Henry Furness eine Privatführung durch die Academy of Natural Science, die vor allem wegen ihrer bedeutenden Sammlung ausgestopfter Vögel überregionale Bekanntheit erlangt hat.

Auf dem Rückweg macht er einen Abstecher nach New York, um Horace Greeley zu treffen. Thoreau sieht sich den Christal Palace an, und anschließend gehen die beiden in die Oper, aber Thoreau, wie nicht anders zu erwarten, kann mit der italienischen Truppe um Guiditta Grisi wenig anfangen. Barnum's Museum, das bekannte Kuriositätenkabinett mit wissenschaftlichem Anstrich, bietet größere Sensationen für ihn, unter anderem eine Giraffenherde. Die Lesung selbst erwähnt er mit keinem Wort in seinem Tagebuch. Offenbar lief sie nicht sehr gut – das »Publikum war dumm und würdigte ihn nicht«, berichtet Furness am 26. November Emerson.

Zwei Wochen später ist er schon wieder unterwegs – nach Providence, Rhode Island. Sein Vortrag am 6. Dezember in der Railroad Hall gehört zu einer Reihe von »Reformlesungen«, die man hier installiert hat, weil »die Anthony-Burns-Affäre, das Nebraska-Gesetz und andere Freveltaten der Sklaverei« das Interesse an Themen »mit reformatorischem Charakter« entfacht haben, wie der Kurator der Reihe, Asa Fairbanks, in seinem Einladungsschreiben vom 18. Oktober erklärt. Thoreau werden »Unkosten und fünfzehn bis zwanzig Dollar« Honorar zugesichert, »vielleicht mehr«. Er sagt sofort zu und probiert einen neuen Text, an dem er in den letzten Wochen intensiv gearbeitet und für den er sogar seine Observationen vernachlässigt hat – den aus dem »Walking, or the Wild«-Konvolut hervorgegangenen Essay »What Shall It Profit«.

Der Titel spielt an auf eine Bibelstelle – Markus 8,36: »Denn was hülfe es dem Menschen, wenn er die ganze Welt gewänne und nähme an seiner Seele Schaden?« Eine Sentenz, die ins ideelle Zentrum seiner Philosophie zielt. Er wird den Vortrag noch mindestens sechsmal öffentlich halten – auch unter dem Alternativ-Titel »Getting a Living« – und kurz vor seinem Tod zur Publikation vorbereiten. Thoreau selbst überschreibt ihn »Higher Laws«, aber der »Atlantic Monthly« bringt den Essay schließlich fünf Monate nach seinem Tod, im Oktober-Heft 1863, unter dem Titel »Life Without Principle«, um Verwechslungen mit dem gleichnamigen »Walden«-Kapitel zu vermeiden. Und so findet er auch Aufnahme in dem Sammelband »A Yankee in Canada, with Anti-Slavery and Reform Papers« (1866).

»Life Without Principle« ist so etwas wie Thoreaus intellektuelles Grundsatzprogramm – gleichsam »Walden« in nuce. Er beginnt einmal mehr mit seiner mittlerweile probaten Kritik an der herrschenden Ökonomie. Die ist von den begriffsscharfen Analysen eines Karl Marx, die just in dieser Zeit auf der anderen Seite des Atlantiks entstehen, zwar weit entfernt, aber Thoreaus Vorstellung von Arbeit als »Geschäft« kennt immerhin auch schon ihren Warencharakter und die daraus resultierende Entfremdung. »Die Wege, auf denen du Geld machst, führen ausnahmslos nach unten«, stellt er fest. »Etwas getan zu haben, wodurch du nur Geld verdient hast, heißt in Wirklichkeit gefaulenzt zu haben – oder Schlimmeres. Wenn ein Arbeiter nichts außer dem Lohn erhält, den sein Arbeitgeber ihm zahlt, ist er betrogen – und betrügt sich selbst.« Er nimmt seine eigene Profession da keineswegs aus. »Um als Schriftsteller oder Redner Geld zu verdienen, musst du populär sein, und das heißt: senkrecht absteigen … Du wirst bezahlt, weil du nicht ganz Mensch bist.«

Um einer allzu weitreichenden Indienstnahme und also Abhängigkeit von der Gesellschaft entgegenzuwirken, predigt er einmal mehr – Beschränkung der Bedürfnisse. Auf diese Weise reduziere man die für die eigene Subsistenz unumgängliche Arbeit auf ein Minimum und schaffe sich ausreichend Freiräume. »Wenn ich der Gesellschaft meine Vormittage *und* meine Nachmittage verkaufte, wie es offenbar die meisten tun, würde für mich gewiss nichts mehr übrigbleiben, für das es sich lohnt zu leben. Ich hoffe fest, dass ich nie auf diese Weise mein Erstgeburtsrecht gegen ein Linsengericht verkaufen werde … Es gibt keinen schlimmeren Stümper als den, der den größten Teil seines Lebens für den Lebensunterhalt verbraucht.«

Auf vielen Seiten verteufelt er die gerade in Mode kommende Goldsuche in Kalifornien, zum einen weil sich hier das schnöde mammonistische Prinzip seines Zeitalters in Reinkultur manifestiert, zum anderen aber auch weil sie geradezu den Gegenentwurf zum Transzendentalismus darstellt »Die Welt eine Lotterie! Ein Auskommen im Reich der Natur als etwas, das ausgelost wird.« Der totale Offenbarungseid des Geistes mithin. Für ihn »ein Ausdruck der größten Schande der Menschlichkeit«.

Mit der materiellen Enthaltsamkeit muss seiner Meinung nach eine intellektuelle Askese einhergehen. Er ist erstaunt darüber, wie gerne es die Menschen gestatten, »müßige Gerüchte und Vorkommnisse der unbedeutendsten Art in ein Gebiet eindringen zu lassen, das ein Heiligtum des Gedankens sein sollte«. Er empfiehlt, »aus den innersten Bezirken des Geistes« keine »Kneipe« zu machen. »Wenn ich schon zu einem Durchlass werden soll, dann möchte ich es lieber für die Bergbäche, die Flüsse vom Parnass sein, und nicht für die städtischen Gossen ... Ich glaube, der Geist kann endgültig entwürdigt werden durch die Gewohnheit, sich um triviale Sachen zu kümmern, so dass alle unsere Gedanken von Gewöhnlichkeit durchtränkt werden.«

Thoreau hakt eine ganze Liste niederer Dinge ab, um die sich der echte »Charakter« nicht kümmern sollte – Zeitungen, Klatsch, feinere Manieren, Luxusgüter, Reichtum, Politik, die Schulwissenschaft –, weil sie ihn vom eigentlichen, ideellen, vom Leben nach moralischen Grundsätzen ablenken. Und er findet immer wieder ziemlich wuchtige, einprägsame Formulierungen für sein hehres Anliegen. »Um zu sehen, wie die Welt in die Luft fliegt, würde ich noch nicht mal um die Ecke rennen.«

Am Ende vergleicht Thoreau all diese Nebensächlichkeiten mit »Funktionen des physischen Körpers«, die »unbewusst erledigt werden sollten«, sich zurzeit aber lautstark melden wie Verdauungsstörungen. »Könnten wir uns nicht einmal treffen – nicht immer nur als Magen-

Daniel Ricketson

kranke, um uns unsere schlechten Träume zu erzählen, sondern auch manchmal als Leute mit gesundem Magen, die einander zu dem immer wieder herrlichen Morgen beglückwünschen? Ich erhebe doch gewiss keine unmäßige Forderung!«

Die Zuhörer in Providence scheint Thoreaus »Walden«-Propädeutikum in seinem Rigorismus eher verstört zu haben. Knapp zwei Wochen später, am 19. Dezember, schreibt er Blake, wie sehr er sich über die Anwesenheit ihres gemeinsamen Freundes Theo Brown im Auditorium gefreut habe. Denn der Umstand, »dass es da etwas Worcester-Erde gab«, habe ihn von dem Verdacht befreit, »meine Worte könnten ganz und gar auf steinigen Boden gefallen sein«.

In der Hafenstadt New Bedford eine Woche später scheint es nur unwesentlich besser gelaufen zu sein. Die Lesung sei gedankenreich gewesen, berichtet der »New Bedford Evening Standard«, »aber in mancher Hinsicht auch sehr sonderbar«. Daniel Ricketson, ein gut betuchter Quäker, dilettierender Autor und Hypochonder, der »Walden« unmittelbar nach Erscheinen gelesen und bereits ein paar Tage später, am 12. August, seine tiefe Bewunderung zum Audruck gebracht hatte, lädt Thoreau ein, bei ihm zu logieren. Ricketson zeigt ihm die Umgebung und fühlt sich anschließend zu schwach, um auch noch der Lesung beizuwohnen – schreibt aber später, was ihm zu Ohren gekommen ist. Sie habe seinen Freunden durchaus gefallen, sei aber wohl nicht von allen verstanden worden.

Nur zwei Tage später, am 28. Dezember, weilt Thoreau auf der Insel Nantucket, im Süden von Cape Cod, um im lokalen Lyceum zu lesen. Einmal mehr »What Shall It Profit«. Die Überfahrt macht ihn ernstlich seekrank, und das Schiff, das ihn tags darauf zurückbringt, gerät in dichten Nebel und findet nur mit Mühe den Hafen. Aber der Aufwand scheint sich gelohnt zu haben, sein Gastgeber Captain Edward W. Gardiner, ein alter Walfänger, macht ihn mit der Insel und ihren Geschichten bekannt. Thoreau ist angetan von ihren Bewohnern, und die offenbar auch von ihm. Der »Nantucket Inquirer« findet den Vortrag zwar etwas »durcheinander«, aber »nicht arm an Ideen«. Und als Thoreau am

6. Januar Ricketson von seinen Nantucket-Erlebnissen berichtet, lobt er ausdrücklich das ihm »sehr gemäße« Publikum.

Er hält denselben Vortrag noch zweimal, am 4. Januar 1855 bei Blake in Worcester und am 14. Februar in Concord, danach vergehen anderthalb Jahre, bevor er wieder ans Lesepult tritt. Und das trotz der vielen guten Besprechungen von »Walden«. Und obwohl ihn Greeley erneut im »Tribune« auf die Liste der »beliebtesten Lesenden« setzt. Thoreau ist enttäuscht und ziemlich desillusioniert. »Viele beklagen sich, dass meine Lesungen transzendental sind«, notiert er am 19. Februar 1855. »›Kann sie nicht verstehen.‹ ›Willst du, dass wir in den unzivilisierten Zustand zurückkehren?‹ etc. etc. Eine Kritik, die möglichweise wahr ist, von ihrem Standpunkt aus. Aber Tatsache ist, ein ernsthafter Vorträger kann nur zu den Seinen sprechen, und die Anpassung an sein Publikum ist bloß ein Kompliment, das er ihm macht. Wenn du wissen willst, wie ich denke, dann musst du versuchen, dich in mich hineinzuversetzen. Wenn du wünschst, dass ich so spreche, als wäre ich du, ist das etwas ganz anderes.«

ELEVEN Aber auch wenn seine Vorträge nicht immer dazu angetan sind, den Kreis seiner Anhänger zu vergrößern, seine Schriften sind es sehr wohl. Und auch im privaten Gespräch muss er auf viele durchaus inspirierend, wenn nicht gar charismatisch gewirkt haben. Regelmäßig bekommt er Briefe mit Autogrammwünschen. Einer seiner größten, aber dabei keinesfalls unkritischen Verehrer ist Daniel Ricketson, der sich auch als Verfasser einer Geschichte seiner Heimatstadt New Bedford hervorgetan hat, vor allem aber als Intimus der Transzendentalisten Beachtung verdient. Unglücklich verheiratet, überspannt, hypochondrisch, verbringt er die meiste Zeit in einem kleinen Arbeitshäuschen auf seinem Anwesen Brook Lawn und sucht brieflich Kontakt zu den Großen seiner Zeit.

»Herr Ricketson aus New Bedford hat mir gerade eineinhalb Tage einen Besuch abgestattet, und ich habe eine ganz gute Zeit mit ihm zugebracht«, schreibt Thoreau am 26. September 1855 an Blake und stellt ihm den neuen Eleven gleich mal vor. »Er und Channing haben sich ausgesprochen gut miteinander verstanden. Er ist ein Mann einfachen Geschmacks, ungeachtet seines Wohlstands; ein Naturliebhaber; aber vor allem auf einzigartige Weise freimütig und gerade heraus. Ich denke, dass es Sie freuen würde, ihn zu treffen.« Vor allem dessen Aufrichtigkeit, die vor einer harschen Kritik von Thoreaus Werk nicht zurückschreckt, scheint ihm zu gefallen. »Er sagt, dass er Vieles in meinen Büchern nachempfindet, aber Vieles in ihnen sagt ihm nichts – ›dämliches Zeug‹ – ›Kram‹ – ›mystisch‹.« Eine derartige Freimütigkeit lässt ihn über viele Schwächen hinwegsehen, die den Umgang mit ihm nicht immer ganz einfach machen. »R. sagt von sich selbst, er denke manchmal, er besitze alle Gebrechen des Genius ohne den Genius; dass es ihm schlecht gehe ohne Haarkissen etc.; bringt eine furchtbare Ungewissheit zum Ausdruck im Hinblick auf ›Gott‹, den ›Tod‹, seine ›Unsterblichkeit‹; sagt ›Wenn ich nur wüsste‹ etc. ... Er hat augenscheinlich gelitten unter einem Mangel an mitfühlenden Gefährten.« Vor allem seine Überempfindlichkeit dürfte Thoreau schwer auf die Nerven gegangen sein, weshalb er dann auch immer auf eine gewisse Distanz geachtet hat.

Neben Ricketson suchen jetzt auch andere, vornehmlich junge Intellektuelle seine Gesellschaft: der Mathematiker Eben J. Loomis etwa; der Porträtmaler Samuel Worcester Rowse, der das berühmte Wachsporträt von Thoreau gemalt hat; der junge Harvard-Student, spätere Privatlehrer für Concords Honoratiorenkinder und noch spätere Thoreau-Biograph Franklin Benjamin Sanborn; B. B. Wiley aus Providence, ein Banker ausgerechnet; Calvin Greene aus Rochester, Michigan; und nicht zuletzt Thomas Cholmondeley, ein wohlhabender Engländer, der Anfang Herbst mit einem Empfehlungsschreiben für Emerson nach Concord kommt, sich jedoch lieber an Thoreaus Fersen heftet.

»Da ist gegenwärtig ein Herr Thomas Cholmondeley (Chumly ausgesprochen) in unserem Haus«, schreibt er Blake am 5. Oktober, »ein junger englischer Autor – der mich ersucht, ihn in Botanik zu unterrichten – d.h. in allem, was ich weiß – und auch danach, mit ihm eine Exkursion zu irgendeinem Berg zu machen. Er ist eine wohlerzogene Person, und womöglich werde ich vorschlagen, dass er zu unserem Ausflug zum Wachusett mit uns kommt – wenn Ihnen das recht ist.«

Blake hat keine Einwände, und so besteigen sie am 19. Oktober gemeinsam den Mount Wachusett. Die beiden werden Freunde. Bevor Cholmondeley nach England zurückfährt, schlägt er Thoreau vor, ihn zu begleiten – und erhält den üblichen abschlägigen Bescheid. Aber sie bleiben in Verbindung. Cholmondeley schickt ihm als Freundschaftsgabe im Herbst des folgenden Jahres eine große Sammlung religiöser orientalischer Bücher – 44 Bände auf Englisch, Französisch, Latein, Griechisch und Sanskrit. Darunter Übersetzungen der »Rig Veda Sanhita«, der »Mandukya Upanishaden«, der »Nala« und »Damyanta«, der »Vishnu Purana«, der »Institute des Menu«, der »Sankhya Karika«, der »Aphorismen der Mimasma« und »Nayaya«, der »Bhagavat Gheeta«, »Sakoontala« und der »Bhagavita Purana« wie auch eine Reihe von Bänden zur indischen Literaturgeschichte und -kritik. Thoreau freut sich, aber sein Werk befruchten können diese Bände nicht mehr, sie kommen schlicht eine Dekade zu spät.

Im November 1858 stattet ihm Cholmondeley einen weiteren Besuch ab. Sie treffen Ricketson in New Bedford, dessen mildes Klima Thoreau zu schätzen gelernt hat. Und einmal mehr versucht der Jüngere ihn zu einer gemeinsamen Reise zu überreden – zu den Westindischen Inseln und von dort aus weiter ins Amazonas-Tal, wo die Riesenseerose (Victoria regia) blüht. Er verspricht sogar, alle anfallenden Kosten für Thoreau zu übernehmen. Aber der lehnt ab. Er sei guter Hoffnung, dass die seltene Blume sich irgendwann einmal auf dem Fluss Concord zeige. Cholmondeley verzichtet dann ebenfalls auf die Expedition, reist bloß für einige Wochen nach Virginia und kehrt im Januar 1859 noch einmal zurück, um sich persönlich bei Thoreau zu verabschieden, bevor er heimfährt nach England. Sie wechseln weiterhin Briefe, in denen Cholmondeley mehrmals seine Einladung erneuert, ihn in England zu besuchen. Natürlich vergeblich.

KRÄFTE SAMMELN Das Ausbleiben weiterer Vortragsengagements enttäuscht ihn einerseits, lässt ihm andererseits aber auch genügend Zeit, seinen Naturbeobachtungen nachzugehen. Und wie stets findet er hier zur inneren Ausgeglichenheit zurück. »Die herrlich weiche, vorfrühlingshafte Luft – wie füllt sie meine Adern mit Leben! Das Leben wird wieder glaubwürdig für mich«, notiert er sich am 7. Januar 1855. »Hier ist mein Italien, mein Himmel, mein Neu-England!«

Vielleicht mutet er sich etwas zu viel zu. Denn trotz seiner gesunden, fast schon diätetischen Lebensweise erkrankt er im Frühjahr schwer. Thoreaus Lunge scheint betroffen, was auf Tuberkulose schließen lässt, die Familienkrankheit. Vor allem aber spürt er eine ungekannte Schwäche in den Beinen. Bei seiner Veranlagung zu psychosomatischen Krankheitsbildern ist es möglicherweise auch eine Reaktion auf die mangelnde Resonanz des Publikums, das ihn offenbar nicht hören will. Thoreau muss befürchten, dass »Walden« als bloßer Feuilleton-Erfolg verpufft.

Er sei »krank gewesen und zu nichts nutze außer auf meinem Rücken zu liegen und darauf zu warten, dass etwas passiert, zwei oder drei Monate lang«, schreibt er Blake am 27. Juni 1855. »Das hat mich dazu *gezwungen*, manche Dinge zu verschieben, darunter auch, an Sie, dem gegenüber ich so sehr verpflichtet bin, zu schreiben und Sie und Brown nach Concord einzuladen – ich habe nicht den Kopf für eine solche Anstrengung. Ich würde mich etwas weniger schämen, wenn ich meinem Durcheinander einen Namen geben könnte, aber ich kann es nicht, und unser Arzt kann mir nicht dazu verhelfen, und ich werde den Namen welcher Krankheit auch immer nicht missbrauchen.«

Aber zumindest sein Gemütszustand hellt sich wieder etwas auf. Er könne zwar vorerst »nur träge in den Straßen von Concord spazieren gehen«, fährt er fort, aber es tröste ihn »die Möglichkeit, in einen besseren Gesundheitszustand hinein zu genesen als je zuvor«. Für den Winter plant er schon wieder Großes – einen weiteren Kanutrip durch Maine.

Ebenfalls Mitte des Jahres beginnt »Putnam's Magazine« mit der Publikation der »Cape Cod«-Serie. Also rafft er sich schließlich auf und besucht kurzentschlossen noch einmal mit Channing die Insel. Er lädt auch Blake und Brown ein, aber die beiden sind so schnell nicht abkömmlich. Thoreau erhofft sich Besserung von der Seeluft und neue Eindrücke, um seinen Essay literarisch noch etwas anzufüttern, und tatsächlich erfüllt der zweiwöchige Ausflug, vom 4. bis zum 18. Juli, seinen doppelten Zweck. Aber Thoreaus Genesung ist ein langwieriger Prozess mit Rückfällen. Im Herbst kann er schon wieder Treibolz sammeln und zu Scheiten verarbeiten. Vollständig wiederhergestellt ist er jedoch erst wieder im nächsten Frühjahr, und auch danach überkommen ihn immer mal wieder Schwächeanfälle.

Der Winter 1855/56 überwältigt ihn mit seinem Schneereichtum, und er lässt sich jetzt einen Backenbart wachsen, zum Schutz vor Erkältungen. Thoreau verbringt viel Zeit damit, die Menge des Niederschlags zu vermessen, die Tierspuren auf dem Schnee zu identifizieren und sich über seine vielfältigen Erscheinungsformen Gedanken zu machen. Bald darauf gilt sein Interesse vermehrt Bäumen. Er beschreibt nicht nur ihre Besonderheiten, sondern zapft auch ihre Säfte an, um daraus Wein und Zuckersirup zu gewinnen. Für ihn sind diese Versuche Demonstrationen seines Glaubenssatzes, dass die Natur den Menschen mit allem Lebensnotwendigen versorgt. Der Vater hält sie für bloße Zeitverschwendung, die den Sohn nur von seiner eigentlichen Arbeit am Schreibtisch fernhalten. Zucker kauft man im Lebensmittelgeschäft!

Im Frühjahr macht ihm sein wohlhabender Freund Horace Greeley ein großzügiges Angebot. Thoreau soll als Hauslehrer auf Greeleys Farm in Chappaqua, knapp 50 Kilometer oberhalb New Yorks, dessen Kinder unterrichten – und von dort, unweit der Pressemetropole, die eigene Karriere vorantreiben. Die Bedingungen sind splendide und eigens auf ihn zugeschnitten. Er hat die Freiheit, zu schreiben und auf Lesereise zu gehen, wann immer er will, und darf sogar selbst sein Gehalt bestimmen. Thoreau ist zunächst geblendet von diesen vielversprechenden Konditionen und sagt zu, ändert dann aber doch noch seine Meinung. Die von Heimweh beschwerten Monate in Staten Island 13 Jahre zuvor sind ihm offenbar noch in ziemlich guter Erinnerung.

Ende März stirbt sein Onkel Charles Dunbar, ein alter Junggeselle, der seit langem bei den Thoreaus wohnt und mit seinem kauzigen Nonkonformismus Thoreau mehr als nur Respekt abnötigt. Die beiden mögen sich, sind aus dem gleichen Holz. Thoreau wird ihn vermissen.

Ende Mai kommen Blake und Brown ihn besuchen, sie machen einen Ausflug ins nahe Fair Haven, auf dem Weg dorthin stellt Thoreau einmal wieder seine Intuition unter Beweis und findet fünf indianische Pfeilspitzen. Zwei Wochen später steht der Gegenbesuch in Worcester auf dem Programm, wo er bei Benjamin D. Maxham die berühmte Daguerreotypie von sich machen lässt.

Den Rest des Monats verbringt er mit Ricketson, der bereits bei seinen Eltern in Concord auf ihn wartet. Am 23. Juni reisen die beiden zusammen nach New Bedford und unternehmen dort mehrere Ausflüge. Sie fahren zu den umliegenden Seen, setzen mit einem Dampfboot nach Naushon Island über, besuchen einen alten Indianerfriedhof und treffen auch die letzte Indianerin der Region, die zu Thoreaus Enttäuschung allerdings bereits so sehr assimiliert ist, dass sie kaum noch etwas über Sprache und Kultur ihrer Vorfahren zu sagen weiß.

Anfang September ist er schon wieder eine Woche unterwegs. Er reist mit der Eisenbahn nach Walpole, New Hampshire, wo sich der notorisch abgebrannte Bronson Alcott mit seiner Familie im Jahr zuvor niedergelassen hat. Auf dem Weg dorthin macht er einen viertägigen Abstecher nach Battleboro, Vermont, um sich von dem passionierten Hobby-Botaniker Addison Brown, mit dem er im brieflichen Kontakt steht, ausgiebig die besondere Vegetation Vermonts zeigen zu lassen – und um sein Herbarium unter dem Dach mit diversen neuen Exponaten zu ergänzen. Beim fußlahmen Alcott hält er es nur zwei Tage aus. Bereits am 12. September macht sich Thoreau auf den Weg nach Hause.

DER GRÖSSTE DEMOKRAT, DEN DIE WELT GESEHEN HAT Er arbeitet jetzt auch wieder als Landvermesser. Auf Vermittlung von Alcott engagiert ihn Marcus Spring Ende Oktober 1856, sein Anwesen Eagleswood zu vermessen. Spring hatte das 200 Morgen große Grundstück an der Raritan Bay, etwas südwestlich von New York City gelegen, für seine lebensreformerische Raritan Bay Union erworben und ein dreistöckiges, über 75 Meter langes Brownstongebäude errichten lassen für Wohnungen, Werkstätten, Geschäfte und Ateliers. Als auch diese Wohn- und Produktionsgenossenschaft wegen mangelnden Zulaufs scheitert, parzelliert er das Grundstück, tauft es um in Eagleswood und verkauft die Teile an New Yorker Stadtflüchtlinge, die im Grünen wohnen und aufgrund der verkehrstechnisch günstigen Dampfboot-Anbindung dennoch täglich zur Arbeit pendeln können.

Am 25. Oktober, nach einem Stopp in Worcester und in New York, wo er einmal mehr das Barnum Museum besucht, kommt Thoreau in Eagleswood an und bleibt wider Erwarten einen ganzen Monat. Die eigentlichen Vermessungen ziehen sich hin, weil Spring zusätzlich noch eine Obstplantage und ein Weingut abgesteckt haben möchte und auch einige Anwohner ihren Besitz von ihm zeichnen und berechnen lassen. Dass der »Walden«-Autor, wenn man ihn schon mal dahat, auch vor der Eagleswood-Gemeinde sprechen soll, gehört von Anfang an zur Vereinbarung. Er bringe »Kompass & Vorträge mit, wie gewünscht«, schreibt er an Spring. Thoreau hält, jeweils sonntags, drei Lesungen, am 26. Oktober seine »Excursion to Moosehead Lake«, die frühe Fassung von »Chesuncook«, eine Woche später »Walking« und vermutlich erst am 16. November »Life Without Principle«. Obwohl das Auditorium zum großen Teil aus Kindern besteht, sind die ersten beiden Lesungen ein voller Erfolg. Die letzte ist wohl zu dicht und abstrakt für die gemischte Gesellschaft.

Seine Gastgeber sind zuvorkommend, dennoch fühlt er sich auf Dauer in Eagleswood nicht richtig wohl. Der Genossenschafts-Gedanke ist Thoreau von jeher suspekt. »Sie halten es für selbstverständlich, dass man Gesellschaft möchte«, schreibt er seiner Schwester Sophia am 1. November. Er macht sich dann auch ein wenig lustig über die sehr verschiedenen Menschen, die sich hier zu einer Art Großfamilie zusammengefunden haben und merkwürdige Rituale pflegen, unter anderem sich jeden Samstag mit den Kindern zum Tanz zu treffen. »Am schwersten zu finden sind hier Einsamkeit und Concord«, seufzt er am Ende des Briefes.

Aber Thoreau profitiert von der Nähe zu New York. Alcott, der den Winter dort verbringt, besucht ihn mehrmals. Am Ende der zweiten Woche treffen die beiden auch Greeley und fahren zu dessen Farm. Tags darauf hören sie den berühmten Prediger Henry Ward Beecher in der Brooklyner Plymouth Church – und Thoreau ist wie erwartet wenig amüsiert. Er lästert später im Tagebuch über dessen intimen Umgang mit Gott. Sie essen bei den Mannings, Freunden Alcotts, zu Mittag. Als das Gespräch auf Walt Whitman kommt, dessen erste Ausgabe der »Leaves of Grass« Thoreau – wie zuvor schon Emerson – begeistert aufgenommen hat, führt ihn Alcott kurzerhand in die Myrtle Avenue, zum Domizil des Dichters. Das literarische Gipfeltreffen muss jedoch vertagt werden. Whitman ist aushäusig, seine Mutter, die sie überaus herzlich empfängt, vertröstet sie auf den nächsten Morgen.

Der Umstand, dass sich Thoreau von Alcott zu einem spontanen Besuch des Dichters überreden lässt, offenbart seine Faszination. Sie wird wohl auch angefacht worden sein durch Whitmans Bubenstück, das Emerson und dessen Kreise gerade in Empörung versetzt hat. Emerson hatte Whitman am 21. Juli 1855, nach Lektüre der Erstausgabe, einen euphorischen Brief geschrieben. Er sei »nicht blind gegen den Wert der wundervollen Gabe der ›Leaves of Grass‹. Für mich sind sie das Außergewöhnlichste an Geist und Weisheit, das Amerika bis jetzt hervorgebracht hat«, heißt es da. Emerson spart nicht mit Superlativen, wenn er einem jungen Autor seine Gunst versichern will. Thoreau kennt das. »Ich freue mich über Ihre freien und tapferen Gedanken. Ich freue mich sehr darüber. Ich finde unvergleichliche Dinge, die unvergleichlich gesagt werden, so gesagt werden, wie sie gesagt werden müssen. Ich finde in den ›Leaves of Grass‹ den Mut zur Wahrheit, der so sehr erfreut und den nur tiefe Erkenntnis einflößen kann. Ich begrüße Sie am Anfang einer großen Laufbahn.« Emerson schließt mit einer Bitte. »Ich möchte meinen Wohltäter kennenlernen und halte es für meine Pflicht, nach New York zu fahren und Ihnen meine Aufwartung zu machen.«

Die Eloge des großen Emerson ist zu vollmundig, als dass der junge, von der Kritik alles andere als verwöhnte Autor sie einfach ungenutzt lassen könnte. Er spielt den Brief zunächst Charles A. Dana zu, dem Redakteur des »Tribune«, der ihn auch prompt abdruckt. Und schließlich nimmt er ihn auch noch in den Anhang der deutlich erweiterten zweiten Auflage von 1856 auf. Emerson, wie gesagt, regt sich sehr darüber auf, aber an seiner Begeisterung ändert das nichts.

Thoreau will dieses neue, auf Konventionen pfeifende Genie ebenfalls kennenlernen. Am nächsten Morgen sprechen er und Alcott noch einmal in der Myrtle Avenue vor. Begleitet werden sie von einem weiteren Gast der Mannings, einer gewissen Sarah Tyndall, einer »Art heiligem Walross von einer Frau, vollgestopft mit Güte«, wie Alcott in seinem Tagebuch schreibt. Whitman erwartet sie bereits in seiner unaufgeräumten Dachkammer, die er mit seinem geistig behinderten Bruder bewohnt. Das Bett ist ungemacht, Bücher liegen herum, man sieht den Nachttopf, und an den Wänden hängen ungerahmte Bilder von Herkules, Bacchus und einem Satyrn, das adäquate Schlafgemach eines Dichters von seinem Gepräge, dem nichts Menschliches fremd ist und der die züchtige bürgerliche Gesellschaft seiner Zeit mit seiner besonderen Betonung der Sinnenfreude und Sexualität mehr als nur aus der Reserve lockt. Man möge »diese Anhäufung von Dreck dem Gesetz« überlassen, »das, wenn es seinen Zweck erfüllt, die Gewalt haben muss, solche Schweinereien zu unterdrücken«, schreibt zum Beispiel der »New York Criterion« im Jahr darauf über seine Gedichte.

Thoreau und Whitman stehen sich zunächst eher argwöhnisch gegenüber. »Der eine betrachtete den anderen voller Neugierde«, notiert sich Alcott, »wie zwei Tiere, von denen jedes überlegte, was es tun solle: zuschnappen oder weglaufen. Es kam zwischen den beiden nur zu kühlen Komplimenten«, und jeder habe vom anderen gedacht: »Nun ja, du bist beinahe so großartig wie ich!« Schließlich entspinnt sich aber doch ein freundliches Gespräch, in dem sie ihre gegenseitige Wertschätzung zum Ausdruck bringen, das aber auch deutlich ihre Differenzen zutage treten lässt. Eine gute Woche nach dem Besuch bei Whitman teilt Thoreau Blake seine Eindrücke mit. Alcott, Mrs. Tyndall und er seien »sehr interessiert und herausgefordert« gewesen, schreibt er am 19. November 1856, noch aus Eagleswood. »Er ist offenbar der größte Demokrat, den die Welt gesehen hat. Könige und Aristokraten fallen sofort unter den Tisch, wie sie es schon lange verdient haben. Eine bemerkenswert kräftige, wenn auch grobe Natur, von einer freundlichen Art, und hoch geschätzt von seinen Freunden. Obgleich seltsam und rau in seinem Äußeren, seine Haut überall rot, so ist er im Wesentlichen doch ein Gentleman. Ich bin noch etwas unentschlossen, was ihn anbelangt – fühle, dass er mir jedenfalls im Wesentlichen fremd ist; aber ich bin überrascht von seinem Anblick. Er ist sehr stämmig, aber, wie ich schon sagte, feingliedrig ist er nicht. Er sagte, dass ich ihn falsch verstünde. Ich bin nicht ganz sicher, ob dem so ist. Er erzählte uns, dass er es liebte, den ganzen Tag über auf einem Omnibus den Broadway herauf und herunter zu fahren, neben dem Kutscher sitzend, dem Getöse der Fuhrwerke lauschend und manchmal gestikulierend und mit lauter Stimme Homer deklamierend. Er ist lange Zeit ein Herausgeber und Schreiber für Zeitungen gewesen – war einmal Herausgeber des ›New Orleans Crescent‹; aber jetzt hat er keine andere Beschäftigung, als am Vormittag zu lesen und zu schreiben und nachmittags spazieren zu gehen, wie der ganze Rest des schreibenden Adels.« Eben auch er selbst.

Es gibt genügend Anknüpfungspunkte und Korrespondenzen zwischen den beiden, ihre Auflehnung gegen den Materialismus und die Dekadenz der Zeit, gegen gesellschaftliche Normen, ihr selbstbewusster, bis zur Halsstarrigkeit behaupteter Individualismus, ihre aus heutiger Sicht ein wenig dubiose Betonung des starken und gesunden Körpers, ihr Insistieren auf dem wahren, eben auch spirituell erfüllten Leben, ihr Amerikanismus – aber das Trennende wiegt mindestens ebenso schwer.

»Da ist Vieles in Ihnen, mit dem ich mich selbst nicht Übereinstimmung bringen kann. Der Fehler mag bei mir liegen, aber die Einwände sind da«, soll Thoreau gesagt haben, wenn man Whitman bzw. den Aufzeichnungen seines Eckermanns Horace Traubel (»With Walt Whitman in Camden«) Glauben schenken darf. Und Whitman hat diese grundsätzliche Differenz ebenfalls gesehen. »Thoreaus großer Fehler war seine Verachtung, seine Verachtung des Menschen (eines Tom oder Dick oder Harry), seine Unfähigkeit, das durchschnittliche Leben zu schätzen, selbst das außergewöhnliche: ich empfand das als einen Mangel an Phantasie. Er konnte sein Leben nicht in ein anderes hineinverlegen, konnte nicht erkennen, weshalb ein Mensch so und ein anderer wieder so war, war voller Ungeduld anderen Menschen auf der Straße gegenüber und so weiter. Hierüber hatten wir eine scharfe Auseinandersetzung – es war eine bittere Meinungsverschiedenheit: es war für mich schon eine Überraschung, bei Thoreau einen so schweren Fall von Hochmut feststellen zu müssen.«

So ganz trifft Whitman nicht den Punkt. Es ist nicht der einzelne Mensch, dem Thoreau mit Unverständnis gegenübersteht; das vervielfachte und dadurch seiner Ansicht nach nivellierte Individuum, die Masse, das niedere Volk verstört ihn. Für einen guten Amerikaner und Verächter der Alten Welt denkt er immer noch bemerkenswert aristokratisch. Ganz anders dagegen Whitman, der die urbane Landschaft liebt, als eine Art zweiter Natur, der keine Berührungsängste kennt, das Plebejische nachgerade feiert und sich in der Menge suhlen kann – wie Thoreau mit der Omnibus-Szene hübsch illustriert. »Henry schreckt vor etwas Furchtbarem in Ihnen zurück – in Ihrem Buch, in Ihrer Persönlichkeit –, über das ich mich aber freue«, soll ihm Emerson anvertraut haben. Vor dem »demos« in Demokratie, dem »Volk«. Aber solcherart Berührungsängste des Intellektuellen gegenüber dem Pöbel sind auch Emerson nicht ganz fremd. Er zeigt sich ebenfalls einigermaßen indigniert, als Whitman ihm ein paar Freunde vorstellt, einfache Feuerwehrleute, und in seinem Hotel einen Krug Bier bestellt.

Thoreaus »Hochmut« ungeachtet scheint ihn Whitman gemocht zu

Walt Whitman

haben. »Thoreau hat so seine eigene Art«, erzählt er Horace Traubel. »Als er eines Tages zu uns kam und ich nicht zu Hause war, ging er einfach in die Küche, in der meine Mutter Kuchen backte, und nahm die heißen Kuchen vom Ofen. Er tat alles ganz schlicht und einfach, ohne jedes Getue. Das gefiel mir sehr an ihm.« Besonders beeindruckt zeigt er sich jedoch von seiner intellektuellen Statur. »Thoreau war ein ganz überraschender Bursche – eine dieser ursprünglichen Kräfte, als Persönlichkeit nicht so wertvoll und lieb wie Emerson: aber er war eine Kraft und wird immer größer. Etwas in seinem Wesen bringt ihn mir besonders nahe, seine Gesetzlosigkeit, seine betont eigene Meinung, und dass er, mag auch ein Höllenfeuer um ihn lodern, unbekümmert seinen Weg geht.«

Ganz ähnlich hat sich Thoreau schließlich auch über Whitman geäußert. Am 7. Dezember, mittlerweile zurück aus Eagleswood, schreibt er Blake noch einmal zum Thema. Unmittelbar nach Lektüre der zweiten Ausgabe von »Leaves of Grass«, die ihm der Dichter geschenkt hat, fasst er ein endgültiges Urteil, das noch positiver ausfällt. Er schwärmt, das Buch habe ihm »größere Lust bereitet als irgendeine Lektüre seit langem«. »Alles in allem hört es sich für mich sehr mutig an & amerikanisch, nach welchen Abstrichen auch immer. Ich glaube nicht, dass all die sogenannten Predigten, die in diesem Land gehalten wurden, zusammengenommen, ihm im Predigen ebenbürtig sind … Wenn auch grob & zuweilen ineffektiv, so ist es doch ein großes, primitives Gedicht – ein Aufschrei oder Trompetenstoß, der durch das amerikanische Feldlager geht. Wundervoll auch wie die Orientalen, wenn man bedenkt, dass er nach Überlegen, als ich ihn fragte, ob er sie gelesen hätte, antwortete: ›Nein: Erzählen Sie mir von ihnen.‹

Ich bin im Gespräch mit ihm nicht weit gekommen – zwei andere waren noch anwesend – und unter den wenigen Dingen, auf die ich zufällig zu sprechen kam, erinnere ich mich an eines, als Antwort auf ihn als den Repräsentanten Amerikas, dass ich nicht viel von Amerika oder von Politik hielte und so weiter, was für ihn eine Art Dämpfer gewesen sein mag.

Seit ich ihn gesehen habe, stelle ich fest, dass ich von keiner Prahlerei oder Selbstsucht in seinem Buch gestört werde. Er mag sich als der geringste Prahler von allen erweisen, der ein größeres Recht hat, selbstsicher zu sein. Er ist ein großartiger Bursche.«

Aber auch er hat etwas an seinem Gegenüber auszusetzen. »Es gibt 2 oder 3 Stücke in dem Buch, die, gelinde gesagt, unangenehm sind, schlichtweg lüstern«, fährt Thoreau fort. »Er feiert keineswegs die Liebe. Es ist, als wenn die wilden Tiere sprächen. Ich denke, dass die Menschen nicht grundlos Scham vor sich selbst empfinden. Kein Zweifel, es hat immer Lasterhöhlen gegeben, wo solche Taten vorgetragen wurden, ohne rot zu werden, und es ist kein Verdienst, mit ihren Bewohnern zu wetteifern. Aber selbst auf dieser Seite hat er mehr Wahres ausgesprochen als irgendein Amerikaner oder Moderner, den ich kenne.«

Hier stehen sich Antipoden gegenüber, der Stoiker aus Concord dem Epikureer aus Brooklyn. Aber es spricht für Thoreaus Konzilianz und sein literarisches Urteilsvermögen, dass er sich – anders als Emerson – den Spaß dadurch nicht verderben lässt. Er bekennt sich ganz offen zu Whitman, indem er ostentativ das Buch bei sich trägt, wohl wissend, dass es in seiner Stadt vielfältige Reserven gegen dessen Autor gibt.

VOM INDIANER LERNEN Am 18. Dezember wird Thoreau nach Amherst, New Hampshire, eingeladen und liest aus »Walking«. Es ist eine beschwerliche Reise, ein bitterkalter Dezembertag, und Thoreau muss sich vom Bahnhof in Nashua für die letzten 17 Kilometer ins Städtchen Amherst einen Pferdeschlitten mieten. Er kommt völlig durchgefroren an. Das Auditorium hört ihm andächtig zu, etwas zu andächtig für seinen Geschmack, er interpretiert die Zurückhaltung als Verständnislosigkeit, zumal auch nach der Lesung kein Gespräch zustande kommt. Und seine Unterkunft ist ein heruntergekommenes Gasthaus, das an diesem Abend ein Fest ausrichtet, es wird zu allem Überfluss also auch noch eine unruhige Nacht. Immerhin, eine bittere Genugtuung verschafft ihm diese Lesung im Keller einer »orthoxen

Kirche«, wie er im Tagebuch zu Protokoll gibt. Er habe »mitgeholfen sie zu untergraben«. Thoreau ist einigermaßen frustriert, hadert einmal mehr mit seinem Job.

Aber seine schlechte Laune verfliegt bei ausgiebigen Januarspaziergängen, er sieht sich schon bald wieder in der Lage, Vorträge zu halten. Am 3. Februar liest er in dem gut 40 Kilometer entfernten Fitchburg aus »Walking«. Und zehn Tage später gastiert er in Worcester, mit demselben Manuskript. Das bleiben die einzigen beiden Engagements in diesem Jahr. Nachdem er Anfang April für zwei Wochen nach New Bedford gereist ist, offenbar um sich bei Ricketson von einer neuerlichen Schwächephase zu erholen, betätigt er sich jetzt wieder vermehrt als Landvermesser.

Im Juni macht er seine letzte und mit zehn Tagen immerhin längst Reise zum Cape Cod. Fast wäre es seine letzte gewesen. Er wandert bei Ebbe die Nordküste entlang und wird von der Flut überrascht, aber glücklicherweise leert gerade ein Hummerfischer in der Nähe seine Reusen und bringt ihn wohlbehalten an Land. Channing hat wieder einmal abgesagt, und so ist er solo unterwegs. Er trifft alte Bekannte wieder, der knorrige Austernhändler John Newcomb aus Wellfleet, mit dem er sich schon auf der ersten Reise angefreundet hatte, ist jedoch inzwischen verstorben. Thoreau dokumentiert diese Exkursion im Tagebuch, aber seine Notizen finden keinen Niederschlag mehr in dem geplanten Buch.

Einen Monat später, am 20. Juli 1857, macht er sich schon wieder auf den Weg – in die Wälder von Maine. Offenbar fühlt er sich endlich gesund genug für die schon lange geplante Exkursion. Blake, der sich als Begleiter angeboten hat, traut er einen solchen Trip nicht zu, weder körperlich noch was seine waidmännischen Fähigkeiten angeht, aber sein alter Brandstifter-Komplize Edward Hoar ist von einem längeren Aufenthalt aus Kalifornien zurück und muss nicht lange überredet werden. Sie fahren mit der Bahn nach Portland, und von dort aus geht es weiter mit dem Dampfschiff. Sie erreichen Bangor am Abend des folgenden Tages. Thoreaus Cousin George Thatcher, Reisegefährte der ersten beiden Maine-Exkursionen, beherbergt sie und bringt sie tags darauf in Oldtown mit Joseph Polis zusammen, einem Indianer vom Stamm der Penobscot. Thatcher kennt ihn seit Kindertagen und schenkt ihm sein volles Vertrauen, also heuern sie ihn als Führer an. Thoreau ist sofort begeistert von Polis.

Sie nehmen zusammen mit einer anderen Jagdgesellschaft eine etwas überfüllte Kutsche zum Moosehead Lake und rudern zum Mount Kineo, wo die Indianer traditionell Hornstein für ihre Pfeilspitzen abbauten. Polis' Kanu ist zu klein, es liegt zu tief im Wasser. Das würzt ihre Tour sofort mit etwas Abenteuer, weil sie bei stärkerer Wellenbewegung der Gefahr ausgesetzt sind zu kentern. Sie müssen Boot und Gepäck mehrfach über Land tragen, mitunter mehrere Kilometer weit. Bereits beim zweiten Landgang, vom Umbazookskus Lake hinüber zum Allagash River können sie Polis, der mit dem Kanu vorweggeht, nicht folgen und verlaufen sich. Der Indianer findet sie schließlich weitab von der eigentlichen Route.

Sie paddeln den Chamberlain Lake hinunter zum Telos und Webster Lake, wo sie auf den East Branch, den östlichen Arm des Penobscot treffen. Die Stromschnellen am Webster Stream kann Polis nur allein bewältigen. Thoreau und Hoar müssen bisweilen aussteigen und den Weg am Ufer entlang nehmen, dabei geht der kurzsichtige Hoar verloren. Thoreau befürchtet das Schlimmste, aber am nächsten Morgen finden sie ihn wohlbehalten wieder. »Mein Freund hatte schon darüber nachgedacht, wie lange er sich nur von Beeren ernähren könnte.«

Es regnet immer wieder auf dieser Reise, vor allem nachts, aber ihr Zelt hält sie halbwegs trocken. Sie sehnen den Regen geradezu herbei, weil er die Moskitos und Kriebelmücken vertreibt, die sie unaufhörlich plagen. Auf dem Weg zum Second Lake schießt Polis einen Elch, und Thoreau geht fischen, nachdem er das Tier vermessen hat, um die Häutung nicht mitansehen zu müssen. Sie fahren weiter den East Branch hinunter. Thoreau hatte eigentlich vor, noch einmal den Katahdin zu besteigen, muss aber darauf verzichten, weil Hoar Blasen an den Füßen hat. Sie stoßen auf den West Branch des Penobscot und folgen ihm nach

Süden, als Polis an schweren Magenschmerzen zu laborieren beginnt. Thoreau versucht in Lincoln Branntwein für ihn zu bekommen, hat aber kein Glück. Am Ende kuriert Polis sich selber mit einem Cocktail aus Wasser und Schießpulver, so dass sie am 3. Oktober alle wohlbehalten in Oldtown ankommen. Insgesamt haben sie über 500 Kilometer mit dem Kanu zurückgelegt.

Thoreau und Hoar fahren weiter mit dem Zug nach Bangor und verbringen dort noch ein paar Tage mit den Thatchers. Am 7. Oktober nehmen sie den Zug nach Portland und reisen über Nacht mit dem Schiff weiter nach Boston. Am 8. Oktober ist Thoreau wieder zu Hause – mit prall gefüllten Tagebüchern, aus denen er dann seinen Reisebericht »The Allegash and East Branch« zusammenstellt. Bis kurz vor seinem Tod arbeitet er an diesem langen Text, der fast so umfangreich ist wie die beiden früheren Maine-Essays zusammen, ohne ihn jedoch für den Druck fertigstellen zu können. Gleichwohl nehmen ihn Sophia Thoreau und Ellery Channing – neben »Ktaadn« und »Chesuncook« – in den Sammelband »The Maine Woods« auf, der 1864 bei Ticknor & Fields erscheint.

»The Allegash and East Branch« lehnt sich eng an die Tagebuchaufzeichnungen an und liefert dann auch vor allem eine detailreiche, stilistisch eher unprätentiöse Beschreibung der Reiseerlebnisse. Für eine Publikation hätte Thoreau an dem Text sicher noch geschraubt und ihn mit weiteren Lesefrüchten und Exkursen ausgestopft. In dieser Rohfassung lebt er vor allem von der kurzweiligen, mitunter sogar spannenden Narration der mehr oder minder abenteuerlichen Ereignisse und dem sehr persönlichen, menschenfreundlichen Porträt ihres Expeditionsführers. Joseph Polis ist der eigentliche Held dieser Reportage – der »Wilde«, der sich in den Wäldern ganz zu Hause fühlt, Körper und Geist optimal angepasst hat an das Leben draußen in der Natur und dessen körperliches Geschick, Intuition und Beobachtungsgabe Thoreau stets aufs Neue Respekt und Bewunderung abnötigen.

Mit unverhohlener Befriedigung registriert er jede Gelegenheit, bei der sich wieder einmal Polis' Überlegenheit offenbart, und das obwohl

Thoreau keineswegs unerfahren ist und sich einiges zugutehält auf die eigene »woodcraft« – die Fähigkeit, sich in der unwirtlichen Natur zu behaupten. Fast scheint er sich darüber zu freuen, wenn der Indianer wieder mal nur ungläubig den Kopf schütteln und die Defizite seiner weißen Begleiter nicht anders als »seltsam« finden kann. Polis liefert ihm den lebenden Beweis eines Ideals.

Gleich zu Beginn ihres zweieinhalbwöchigen Trips schließen die beiden eine Vereinbarung. »Ich sagte ihm, dass ich ihm auf dieser Reise alles beibringen wolle, was ich weiß, und er solle mich sein ganzes Wissen lehren, woraufhin er bereitwillig zustimmte.« Das funktioniert vor allem für den Bereich der Sprache. So enthält »The Maine Woods« – neben Bestandslisten von Bäumen, Blumen, Sträuchern, Pflanzen, Vögeln und Vierfüßlern – auch einen sechsseitigen Appendix mit Begriffserläuterungen, die Summe seiner Recherchen dieser und der vorangegangenen Maine-Reise an der Seite von Joe Aitteon.

An das wahre Indianerwissen allerdings kommt er nicht so leicht heran. Als er Polis fragt, wie er es anstellt, stets den richtigen Weg zu finden, bleibt der ihm eine Antwort schuldig. »Großer Unterschied zwischen mir und weißen Mann.« Thoreau spekuliert. »Anscheinend nutzte er so viele verschiedene Informationsquellen, dass er keiner davon bewusst besondere Aufmerksamkeit schenkte und sie auch nicht sofort beschreiben konnte, wenn man ihn danach fragte, sondern er fand seinen Weg ganz ähnlich wie ein Tier. Vielleicht ist das, was man bei Tieren Instinkt nennt, in diesem Fall nur ein geschärfter und geübter Sinn. Wenn ein Indianer hinsichtlich der Richtung, die er einschlagen soll, ›ich weiß nicht‹ sagt, meint er mit diesen Worten meistens nicht dasselbe wie ein Weißer, denn sein indianischer Instinkt kann ihm dennoch genauso viel mitteilen wie der Verstand dem selbstsichersten Weißen. Er trägt die Fakten nicht im Kopf herum oder erinnert sich genau an den Weg wie ein Weißer, sondern verlässt sich auf den Augenblick. Da er nicht erfahren hat, wie notwendig die andere Art von Wissen ist, in der alles etikettiert und geordnet wird, hat er sie sich nicht angeeignet.«

Der Indianer »setzt da an, wo wir aufhören«, schreibt er Blake am 18. August 1857, anderthalb Wochen nach seiner Heimkehr. Thoreau ist immer noch zutiefst beeindruckt. »Der Indianer, der auf so wundersame Weise seinen Weg durch diese Wälder finden kann, besitzt so viel an Intelligenz, die der weiße Mann nicht hat, und es vergrößert meine eigene Befähigung wie auch meinen Glauben, das zu beobachten. Ich freue mich zu sehen, dass Intelligenz in anderen Kanälen fließt als den mir bekannten. – Es macht für mich Teile wieder wett von dem, was zuvor roh erschien.«

Auch diese Maine-Exkursion offenbart die beiden Herzen, die, ach, in seiner Brust schlagen. Er unternimmt sie als Naturkundler und Ethnologe und ist insofern durchaus um wissenschaftliche Präzision bemüht – ein bisschen romantische Verklärung ist dann allerdings auch stets dabei. Im Kern sind es sentimentalische Reisen ins verlorene Paradies. »Kurz vor Einbruch der Nacht sahen wir eine *musquash* oder Bisamratte, die einzige, die wir auf dieser Reise beobachteten, auf der anderen Seite des Flusses stromabwärts schwimmen«, schreibt Thoreau in »The Allegash and East Branch«. »Der Indianer, der ein Tier fangen wollte, um es zu braten, wies uns an, still zu sein, und sagte: ›Halt, ich sie rufen.‹ Dann setzte er sich flach auf die Uferböschung und begann mit seinen Lippen ein seltsames quietschendes, vibrierendes Geräusch zu machen, wobei er sich mächtig anstrengte. Ich war sehr erstaunt – dachte, dass ich nun endlich in der Wildnis angekommen und er wirklich ein Wilder sei, der mit einer Bisamratte sprach! Ich wusste nicht, welches der beiden Geschöpfe mir merkwürdiger vorkam. Der Indianer schien plötzlich alles Menschliche aufgegeben zu haben und auf die Seite der Bisamratte übergewechselt zu sein.« Wenn Menschen mit Tieren sprechen können, haben wir die Grenzen zum Mythos überschritten.

Aber Thoreau spielt mit offenen Karten. Er gibt durchaus zu, dass er seine eigenen Bedürfnisse in das Erlebnis hineinliest. Als er nachts konfrontiert wird mit einem kuriosen Naturschauspiel, einem fluoreszierenden Stück Holz, lässt er sich genussvoll hineinfallen in den mythischen Affekt. Er wischt »die Wissenschaft« mit Kalkül beiseite, um sich besser seiner heidnischen Stimmung hingeben zu können. »Eine sogenannte wissenschaftliche Erklärung wäre hier völlig fehl am Platz gewesen. Diese gehört ins helle Licht des Tages. Die Wissenschaft mitsamt ihren Antworten hätte bei mir wie ein Schlafmittel gewirkt«, konstatiert er. »Stattdessen erfreute ich mich an der Gelegenheit, unwissend zu sein. Mehr als alles andere bestärkte es mich in meinem Glauben. Ich glaubte, dass die Wälder nicht unbewohnt waren, sondern tagtäglich voll mit ehrlichen Geistern, so gut wie ich selbst – keine leere Kammer, in der die Chemie allein ihren Werken nachging, sondern ein bewohntes Haus.«

So ist es auch den Indianern ergangen. »Die Natur muss ihnen tausende Offenbarungen gewährt haben«, vermutet er. Er erlebt hier also eine indianische Epiphanie nach und stellt befriedigt fest, dass sein Transzendentalismus mit den religiösen Erfahrungen der Indianer letztlich mehr gemein hat als mit dem orthodoxen Christentum. »Vom Indianer kann ich noch viel lernen, vom Missionar nichts. Ich bin mir nicht sicher, aber das Einzige, was mich dazu bewegen könnte, den Indianer meine Religion zu lehren, wäre sein Versprechen, mich in *seinem* Glauben zu unterrichten. Lange genug hatte ich von belanglosen Dingen gehört. Nun freute ich mich endlich darüber, das Licht kennenzulernen, das in verfaultem Holz haust.«

Man kann sich vorstellen, was ein James Russell Lowell mit dieser Stelle gemacht hätte, wenn Thoreau »The Allegash and East Branch« dem »Atlantic Monthly« angeboten hätte. Lowell fragt ihn ja tatsächlich danach, aber Thoreau hat Skrupel wegen Polis, der so großen Raum in seinen Aufzeichnungen einnimmt. Er glaubt dessen Person schützen zu müssen und gibt dafür lieber »Chesuncook« in den Druck – mit den bekannten Folgen.

Aus dem Manuskript von »The Allegash and East Branch« liest Thoreau vermutlich erstmals am 13. Januar 1858 in Lynn, Massachusetts. Eingeladen wird er vom Senatsmitglied John B. Alley, in dessen Salon die Lesung auch stattfindet. Offenbar fühlt sich Thoreau wohl in diesem Kreis, denn er bleibt noch ein paar Tage länger hier an der Küste, bei Jonathan Buffum, einem Freund Alcotts, trifft lokale Naturkundler und botanisiert. Ende Februar hält er den Vortrag schließlich auch noch vor dem Lyceum seiner Heimatstadt.

DIE SICHEREN BANKEN Thoreaus Vater John leidet schon eine Weile an Altersschwäche. Eine Gelbsucht nimmt ihn im Herbst 1857 so stark mit, dass die Familie mit seinem baldigen Ableben rechnet. Er erholt sich dann zwar wieder, aber in der Folge setzen ihm starker Husten und Auswurf zu. Er schläft viel und verlässt kaum noch das Haus. Thoreau muss jetzt mehr und mehr Aufgaben in der Firma übernehmen. Er kontrolliert die Herstellung des Graphitpulvers in der Mühle, besorgt den Transport und die Verpackung. Familiäre Notwendigkeit macht aus ihm ganz schnell den Geschäftsmann, über den er sich in der Vergangenheit ausgiebig mokiert hat. Aber er fügt sich klaglos in sein Schicksal.

Ende Mai 1858 reist er für vier Tage geschäftlich nach New York, sein letzter Besuch der Metropole, die ihm als Zielscheibe seiner Idiosynkrasien stets gute Dienste geleistet hat. Er engagiert einen Agenten, der die Belange der Firma vertritt, aber die muss jetzt auch massive Umsatzeinbußen hinnehmen – zum einen durch die gewachsene Konkurrenz, zum anderen durch die schwere Wirtschaftsdepression, die im Herbst des Vorjahres zum Konkurs einiger New Yorker Bankhäuser geführt hat. Eine bedrohliche Baisse, die bei Thoreau vor allem Häme hervorruft.

»Die Kaufleute und ihre Gesellschaften haben lange Zeit über den Transzendentalismus, höhere Gesetze etc. gelacht«, schreibt er Blake am 16. November 1857. »Wenn es eine Einrichtung gab, von der man annahm, dass sie auf einer soliden und sicheren Basis stehe ..., dann war das die Bank; und nun stellen sich eben diese Banken als bloßes Rohr heraus, das der Wind hin und her weht ... Aber den Mondschein gibt es noch immer, heiter, wohltuend und unverändert. Harte Zeiten, sage ich, haben unter anderem den Wert, dass sie uns zeigen, was solche Versprechen wert sind – wo die *sicheren* Banken sich befinden.«

In der Natur natürlich. Im Juni 1858 trifft er Blake am Bahnhof in Fitchburg, fährt mit ihm nach Troy, New Hampshire, um ein weiteres Mal den Mount Monadnock zu besteigen. Die Freunde kampieren dort zwei Tage, vervollständigen Thoreaus Herbarium und schauen sich den Sonnenaufgang an – allerdings wird es kein ungetrübtes Vergnügen, der viele Müll und die Initialen auf Bäumen und Felsen demonstrieren Thoreau, dass der Berg längst ein beliebtes Ziel für Touristen ist. Immerhin werden sie nicht von anderen Ausflüglern gestört.

Edward Hoar, sein Bootsgenosse auf der letzten Maine-Reise, lädt ihn Ende Juni zu einer weiteren Bergtour in die White Mountains ein. Thoreau fragt auch bei seinen Worcester-Eleven Theo Brown und Blake nach, aber die Einladung kommt zu spät. Sie fahren allein los in einem Pferdewagen, beginnen am 7. Juli mit dem Aufstieg zum Mount Washington und erklimmen tags darauf den Gipfel. Durch dichten Nebel machen sie sich auf zu Tuckermans Schlucht. Am Nachmittag hören sie Stimmen. Wie Thoreau gleich richtig vermutet, sind Blake und Brown ihnen nachgereist. Am nächsten Tag, dem 9. Juli, verstaucht sich Thoreau beim Klettern in der Schlucht den Fuß und muss, geplagt von Kriebelmücken, im Camp bleiben. Er kühlt den Fuß im eiskalten Gebirgsbach und macht sich Arnika-Umschläge, trotzdem kann die Gruppe erst am 12. Juli mit dem Abstieg beginnen. Sie fahren nordwärts nach Gorham, umrunden das Gebirge in einem Bogen Richtung Südwesten, kommen durch Randolph, Jefferson, Bethlehem und besteigen am 15. Juli den Mount Lafayette. Am folgenden Tag machen sie sich auf den Heimweg. Drei Tage später, am 19. Juli, ist Thoreau wieder zurück in Concord. Der Ertrag: Diverse beeindruckende Gipfelperspektiven, Begegnungen mit Bergleuten und anderen Autochthonen, gute Gespräche mit den Kumpanen, und schließlich hat er auch noch fast alle Pflanzen gefunden, die auf seiner Wunschliste standen.

Ende September besucht er den bedeutenden Amateur-Botaniker John Russel aus Salem, und zusammen wandern sie vier Tage lang über

Cap Ann, den nördlichen Zipfel der Massachusetts Bay, um ihrer botanischen Leidenschaft zu frönen. Die meiste Zeit jedoch verbringt Thoreau in der näheren Umgebung. Im Frühjahr untersucht er Fisch- und Amphibieneier, später wecken Frösche sein Interesse, und er steht stundenlang in einem Teich, um ihr Verhalten zu beobachten – zum Ärger des einen oder anderen Kleingeistes, der hier wieder sein altes Vorurteil vom Taugenichts Thoreau bestätigt sieht.

Seit dem Sommer 1958 verschlimmert sich der Zustand des Vaters, er wird schwächer und stiller. Ab Mitte Januar 1859 weiß die Familie, dass es dem Ende zugeht. Noch quält er sich täglich aus dem Bett, aber am Ende des Monats ist er auch dafür zu schwach. Thoreau pflegt ihn liebevoll bis zu seinem Tod am 3. Februar. John Thoreau senior wird 71 Jahre alt. Und jetzt gesteht sich selbst der Stoiker Henry Thoreau Trauer zu. »Ich bemerke, dass wir durch das Mitleiden bei dem Tod eines jeden unserer Freunde oder nahen Verwandten selbst teilweise sterben«, notiert er sich an diesem Tag. »Jede solche Erfahrung ist ein Angriff auf unsere Lebenskraft. Es ist ein Wunder, dass diejenigen, die viele Freunde verloren haben, noch am Leben sind.«

Thoreau ist nun offiziell Kopf der Familie und verantwortlich für deren Subsistenz. Entsprechend ernst nimmt er seine neue Aufgabe. Zunächst eignet er sich die entsprechenden betriebswirtschaftlichen Kenntnisse an und optimiert die innerbetrieblichen Abläufe, anschließend analysiert er den Produktionsprozess des Graphitpulvers und verbessert erneut den Mahlvorgang. Wenn es darauf ankommt, legt er einmal mehr eine beachtliche Geschäftstüchtigkeit an den Tag.

PATRIOTISCHE FARBEN Dennoch findet er immer noch Zeit für seine täglichen Observationen – und ihre literarisch-wissenschaftliche Auswertung. Blake bittet ihn Anfang Januar um einen weiteren Auftritt in Worcester. Thoreau sagt zwei Lesungen zu und kündigt dabei einen neuen Vortrag an, »Autumnal Tints«. Er muss den Freund aber wegen der Krankheit seines Vaters noch vertrösten. Erst nach dessen Tod können die Lesungen stattfinden. Am 22. Februar liest er aus seinem gerade fertiggestellten Manuskript über die Herbstfarben, am 23. vermutlich aus seiner aktuellen Maine-Reportage.

Wenngleich er gegenüber Blake einige Bedenken geäußert hatte, ob ein Text über die Verfärbung der Blätter ein Publikum interessieren könne, erntet er viel Lob. Nicht nur von seinen Anhängern Blake, Alcott und Sanborn, sondern auch von anderen Anwesenden wie Caroline H. Dall, einer der führenden Feministinnen der Zeit, die gerade dabei ist, in Margaret Fullers Fußstapfen zu treten. Er selbst bleibt einmal mehr skeptisch. Einige Zuhörer hätten sich danach bei ihm beschwert, notiert er sich am 25. Februar im Tagebuch, er sei wohl der Ansicht gewesen, dass sie noch nicht viel von der Laubfärbung gesehen hätten. »Aber nach der Lesung bin ich mehr als jemals zuvor davon überzeugt, dass sie noch nicht viel davon gesehen haben – dass es da nur einige wenige Personen gibt, die mehr sehen von der Natur.«

Andererseits will der Text ja ausdrücklich Lust machen und den Blick schärfen, diesen Farbenreichtum der Blätter zu entdecken. »Uns wird gerade so viel von der Schönheit der Landschaft sichtbar, als wir zu würdigen bereit sind – nicht ein Gran mehr«, schreibt er gegen Ende von »Autumnal Tints«. »Die Scharlach-Eiche muss gewissermaßen schon in deinem Auge sein, wenn du aufbrichst. Wir können erst dann ein Ding sehen, wenn eine Vorstellung von ihm Besitz von uns ergriffen hat, wenn wir diese in unserem Kopf tragen – und dann vermögen wir kaum etwas anderes zu sehen.« Eben diese »Vorstellung« der Herbstverfärbung soll der Essay evozieren, damit man sie endlich richtig wahrnimmt. Nämlich nicht als Ausdruck des Verwelkens, sondern einer »späten vollkommenen Reife« der Blätter. Das ist seine nachträgliche Legitimation für das virtuose Beschreibungsexerzitium zuvor.

Thoreau erklärt auch, warum er sich ausgerechnet für dieses scheinbar banale Thema interessiert. »Europäer, die nach Amerika kommen, sind überrascht von der Leuchtkraft der Farben unseres herbstlichen Laubes«, beginnt er seine Ausführungen. Es sind höchst patriotische

Farben, in denen Thoreau hier schwelgt. Und sie haben bedauerlicherweise »auf unsere Literatur noch kaum abgefärbt«.

Es gibt noch einen weiteren Grund. Herbstblätter lassen sich nicht ökonomisch nutzen, sie sprechen »ausschließlich unseren Sinn für Schönheit« an. Wertlos sind sie damit noch lange nicht. »Meint ihr nicht, dass es für diese Kinder etwas bedeutet, wenn sie unter Ahornbäumen groß werden? Hunderte von Augen trinken beständig diese Farbtöne, und von solchen Lehrmeistern werden sogar die Schulschwänzer eingefangen und erzogen, sobald sie einen Schritt ins Freie tun.« Ein bisschen fühlt man sich an Friedrich Schillers Poetik »Über die ästhetische Erziehung des Menschen« erinnert, wenn er hier die ästhetische Erfahrung als Voraussetzung für die Entwicklung des Menschen in Anschlag bringt. Aber Thoreau meint das gar nicht abstrakt moralphilosophisch, sondern ganz konkret. »In der Tat wird gegenwärtig in den Schulen weder den faulen noch den strebsamen Schülern etwas über Farbe beigebracht ... Anstelle der von uns bereitgestellten Malkästen, oder zusätzlich zu ihnen, sollten wir die Jugend mit diesen natürlichen Farben versorgen. Wo sonst können sie Farben unter günstigeren Umständen studieren. Welche Kunstakademie kann sich damit messen?«

Und erst recht welche Kirche?, darf man ergänzen. Denn letztlich sind diese prachtvollen Bäume – zumindest für einen guten Transzendentalisten wie ihn – »wohlfeile Prediger«. »Sie haben sich dauerhaft niedergelassen, predigen ein halbes, ein ganzes oder sogar anderthalb Jahrhunderte mit wachsender Inbrunst und Wirksamkeit und dienen auf diese Weise zahlreichen Generationen und Menschen.«

Am 2. März, zwei Wochen nach Worcester, wiederholt er diesen Vortrag in Concord vor dem Lyceum – mit ähnlichem Erfolg. Die Zuhörer brechen mitunter in Gelächter aus, was Thoreau offenbar eher verständnislos zur Kenntnis nimmt, und spenden viel Beifall. Eine Woche später gibt er ihn im privaten Kreis bei den Emersons zum Besten. Am 26. April auch noch einmal in Lynn, wo er wieder ein paar Tage länger bleibt, um mit Channing, der ihn begleitet, die Küste zu inspizieren. Der »Lynn Weekly Reporter« hat zwar in seiner Kritik vom

30. April einiges auszusetzen am farblosen Vortragsstil, der sogar einige Zuhörer vorzeitig aus dem Saal getrieben habe, aber für die Mehrheit sei es dennoch ein »Privileg« gewesen, mit Thoreau eine gute Stunde lang durch die Wiesen und Felder Concords zu streifen. Sogar Thoreau ist zufrieden mit diesem Abend.

»Autumnal Tints« gehört ebenfalls zur Gruppe jener Essays, die Thoreau in den letzten Monaten vor seinem Tod für den Druck im »Atlantic Monthly« überarbeitet. Sein Verlag Ticknor & Fields hat die Zeitschrift übernommen, und ab Mitte 1862, nach der Demission von James Russell Lowell, besorgt Mitverleger James T. Fields selbst die Redaktionsgeschäfte. Thoreau hat somit wieder einen Publikationsort. Im Februar 1862 weiß er, dass ihm nicht mehr viel Zeit bleibt. Er beeilt sich mit der Bearbeitung, und so stimmt der publizierte Text wohl weitestgehend mit der Vortragsversion überein. Anfang März korrigiert er die Druckfahnen und schickt sie am 11. März an Ticknor & Fields zurück. Der Text erscheint dann aber erst postum, in der Oktober-Ausgabe des »Atlantic Monthly«.

EIN MANN MIT IDEEN UND GRUNDSÄTZEN Im Spätsommer 1859 sucht die Twenty-Eight Congregational Society in Boston Redner für ihre verwaiste Kanzel. Ihr Pastor Theodore Parker, der bekannte Transzendentalisten-Prediger aus Emersons Kreis, weilt für einen längeren Kuraufenthalt in Europa. Emerson schlägt Thoreau vor – und »Autumnal Tints«. Die Gemeinde nimmt sofort Kontakt auf. Thoreau sagt zu, wählt allerdings ein für diesen Anlass adäquater erscheinendes Manuskript, »Life Misspent«, eine weitere Fassung von »Life Without Principle«. Thoreau hat die Aufmerksamkeit einer breiten Öffentlichkeit, als er am 9. Oktober auf die Kanzel der Bostoner Music Hall steigt, und sein Vortrag stößt auf Zustimmung im Auditorium. Es erscheinen danach einige, durchaus kontroverse Zeitungskritiken, alles in allem überwiegen aber die positiven Stimmen, die sich vor allem auf die Originalität, Verve und den effektvollen Stil des »Eremiten aus Concord« kaprizieren.

Für noch mehr Aufmerksamkeit sorgen dann allerdings Thoreaus Einlassungen in Sachen John Brown. Bereits im März 1857 hatte er Brown kennengelernt, diesen braven Puritaner, der im Vorfeld des Bürgerkriegs zu einem politischen Radikalinski wider Willen mutiert. Auslöser ist der »Kansas-Nebraska Act« 1854, der die Siedler selbst vor die Wahl stellt, sich in den neuen Bundesstaaten für oder gegen die Sklaverei zu entscheiden. Das fatale Gesetz zieht einen regelrechten Besiedlungswettkampf nach sich, der vor allem in Kansas grausame Folgen zeitigt. Beide Parteien stellen Milizen zusammen, die sich blutige Kämpfe liefern. Aus dem Nachbarstaat Missouri dringen sogenannte Border Ruffians ins Land. In der Regel arme Schlucker, die selbst gar keine Sklaven besitzen, aber für Demagogen wie den Senator von Missouri, David Rice Atchison, die Drecksarbeit erledigen und die Farmen und Ansiedlungen des gegnerischen Lagers angreifen.

John Brown lässt sich mit seiner Frau und vier Söhnen 1855 in Kansas nieder und wird einer ihrer erbittertsten Gegner. Anfangs soll er sich noch »als friedlicher Farmer« ferngehalten haben »vom Getriebe der kämpfenden Parteien«, das schreibt jedenfalls sein Zeit- und Geistesgenosse Friedrich Kapp in der linken deutschen Zeitschrift »Demokratische Studien« (1861), aber die »Grenzstrolche« zerstören »die Ruhe seines Hauses gewaltsam« und machen den »Mann der Pflugschaar zu dem kühnsten und verwegensten Parteigänger«. »Einer seiner Söhne, Friedrich, wird auf offener Straße wehrlos von einer Bande Missourier überfallen und brutal ermordet; ein anderer, John, nach der Einnahme der freistaatlichen Ansiedlung Osawatomie, mitten im Sommer ohne Kopfbedeckung und mit Ketten beladen, einige fünfzehn Meilen weit von den Grenzen durch die offene Prairie getrieben, so dass er in Folge dieser grausamen Behandlung wahnsinnig wurde. Brown's und seiner Söhne Häuser werden bald darauf niedergebrannt; seine Nachbarn und Freunde ermordet.«

So ganz kann das nicht stimmen. Die Schlacht von Osawatomie, die

Kapp hier beschreibt, in der sich Brown mit ein paar Dutzend Siedlern gegen die gewaltige Übermacht von mehreren hundert Border Ruffians heldenmütig, jedoch vergeblich zur Wehr setzt, findet erst Ende August 1856 statt. Davor hatte Brown selbst viel Schuld auf sich geladen. Nach dem Überfall einer Abolitionisten-Siedlung in Lawrence führt er eine Strafexpedition an und massakriert in der Nacht zum 25. Mai fünf Sklavenhalter-Siedler in Pottawatomie auf ziemlich bestialische Weise. Das Pottawatomie-Massaker macht ihn berühmt und berüchtigt. Der Süden setzt einen Preis auf seinen Kopf aus, den er noch einmal in die Höhe treibt, als er den »Grenzstrolchen« in der Schlacht von Black Jack Anfang Juni eine vernichtende Niederlage beibringt.

Im März 1857 macht Brown in Concord Station. Gerade hat der Supreme Court mit dem Skandalurteil im Fall »Dred Scott versus Sandford« den Missouri-Kompromiss für verfassungswidrig erklärt und damit juristisch den Weg für eine Ausweitung der Sklaverei geebnet, indem es jedem Staat freistellte, eben auch denen im Norden, selbst über die Einführung der Sklaverei zu entscheiden. Ein weiterer Sieg des Südens, der Brown nur noch bestärkt haben dürfte, das Recht selbst in die Hand zu nehmen. Aber dafür braucht er Geld. Auf Einladung von Franklin B. Sanborn begibt er sich auf Spendentour durch den Nordosten und hält auch in Concord einen Vortrag. Sanborn isst zu dieser Zeit regelmäßig bei den Thoreaus zu Mittag, also lädt er Brown einfach ein, ihn zu begleiten. Weil Sanborn noch zu tun hat in seiner Schule, verbringt Thoreau den Nachmittag mit dem alten Haudegen.

Browns Vortrag abends in der Stadthalle von Concord wird ein voller Erfolg. Er hält ein von den Border Ruffians erbeutetes Bowie-Messer und die blutige Kette hoch, mit der man seinen Sohn gefangen hielt, und die hiesigen Abolitionisten feiern ihn als einen ihrer Heroen. Die Spendenkasse füllt sich. Thoreau indessen gibt nur eine Kleinigkeit, enttäuscht darüber, dass Brown kein Wort darüber verliert, wofür er das Geld verwenden will. »Ich hatte so viel Vertrauen in den Mann«, notiert er sich viel später, am 22. Oktober 1859, »aber es schien, dass er

John Brown

zu wenig Vertrauen in mich hatte, und auch in jeden anderen, den ich kannte, um uns in seine Pläne einzuweihen.«

Fast zwei Jahre danach, am 8. Mai 1859, kommt es zu einer neuerlichen Begegnung der beiden. Brown besucht Concord, einmal mehr um Spendengelder, diesmal aber auch Gewehre und weitere Kombattanten zu akquirieren. Browns Reputation ist mittlerweile gewachsen. Wieder hält er eine flammende Rede in der Concord Town Hall, in der er detailliert Auskunft gibt über seine Kämpfe in Kansas und schließlich zum »Heiligen Krieg« aufruft. Dieses zweite Aufeinandertreffen hat Thoreau noch tiefer beeindruckt.

Aber seine Pläne scheint Brown abermals gut unter Verschluss gehalten zu haben, denn von den nun folgenden Ereignissen werden alle überrascht. Am 16. Oktober 1859 überfällt er mit 21 Kämpfern, 7 weißen und 14 schwarzen, das US-Waffenarsenal in Harper's Ferry, Virginia, dem heutigen West Virginia, um mit den erbeuteten Waffen einen landesweiten Sklavenaufstand anzuzetteln. Aber die Zeit ist noch nicht reif, vielleicht kommt auch alles viel zu überraschend, die große Revolte der Schwarzen gegen ihre weißen Peiniger bleibt jedenfalls aus. Eingeweihte Abolitionisten hatten Brown gewarnt. Der Angriff auf eine solche Bundeseinrichtung sei ein Himmelfahrtskommando, weil man das gesamte Land gegen sich aufbringen werde. Und so geschieht es dann auch. Die Regierung in Virginia reagiert prompt und lässt knapp hundert US-Marines und eine um das Vielfache größere Menge Südstaaten-Milizionäre aufmarschieren, die den Stützpunkt am 18. Oktober wieder zurückerobern. Zehn Männer aus seiner Guerillatruppe bleiben auf der Strecke, darunter zwei seiner Söhne. Fünf können fliehen. Die übrigen werden mit ihrem schwer verwundeten Anführer gefangen genommen und bereits zwei Wochen später, am 2. November, vor Gericht gestellt. »Diese Untersuchung ist ein Hohn auf die Justiz und eine der widerlichsten Farcen, die je im Namen des Rechtes aufgeführt sind«, schimpft der bereits zitierte deutsche Sklavereiverächter Friedrich Kapp. »Die Gefangenen sahen sich da von einem Haufen aufgeregter und tobender Zuschauer umgeben, welche sie tätlich bedrohten; sie stehen vor einer Jury, welche sich als ihr erbittertster Feind bekennt und dennoch in aller Form Rechtens eingeschworen wird. Um das Ganze würdig zu krönen, wird der Verteidiger Brown's vom Auditorium mit persönlicher Gewalt bedroht, falls er es versuchen sollte, das Verbrechen seines Klienten zu beschönigen.«

Am 19. Oktober treffen die ersten Berichte bei Thoreau ein. Und man kann seinem Tagebuch entnehmen, wie ihn die Sache erregt. Widmet er sich in den Tagen davor noch vornehmlich Naturphänomenen wie Herbstfrüchten, roten Eichenblättern und dem frostigen Wetter, gehört seine Aufmerksamkeit danach fast ausschließlich John Brown. »Wenn irgendjemand, der ihn hier gesehen hat, irgendeinem anderen Gedanken nachgehen kann, dann weiß ich nicht, woraus der gemacht ist. Wenn so einer schlafen kann wie gewöhnlich, dann kann ich euch versichern, dass er in jeder Situation mühelos fett wird, in der es ihm nicht an Leib oder Geldbeutel geht. Ich habe mir ein Stück Papier und einen Stift unter das Kopfkissen gelegt, und wenn ich nicht schlafen konnte, habe ich im Dunkeln geschrieben«, bekennt er später in seinem »Plädoyer«.

Bereits im ersten Eintrag zum Thema, am 19. Oktober, zeigt sich seine apologetische Haltung. Denn alle anderen sind sich einig, sogar die Abolitionisten, dass es sich beim Angriff auf Harper's Ferry um die sinnlose Tat eines Wahnsinnigen handelt. Thoreau schreibt ein paar tausend Wörter in diesem Monat, schließlich kompiliert und kondensiert er aus seinen Tagebucheinträgen »A Plea for Captain John Brown«. Er will dieses »Plädoyer« am 30. Oktober, also noch ein paar Tage vor dessen Gerichtsverhandlung, in der Stadthalle halten, stößt jedoch auf den Widerstand des Stadtrats, der es nicht für schicklich hält, einem offensichtlichen Verbrecher seine Solidarität zu bekunden. Auch Sanborn und die anderen Abolitionisten halten den Zeitpunkt einer Rehabilitation für verfrüht. Man verstärke damit nur die Ressentiments gegen die Anti-Sklaverei-Bewegung. Als er Billets mit der Einladung zum abendlichen Vortrag verschickt, versucht man ihn umzustimmen. Aber Thoreau lässt sich nicht beirren und poltert zurück. »Ich habe Sie nicht um Ihren Rat gebeten, sondern Sie lediglich darüber informiert, dass ich sprechen werde.«

Als Bürger von Concord hat Thoreau das Recht dazu. Aber der Stadtrat weigert sich, die Glocke zu läuten, um die Veranstaltung anzukündigen. Also legt Thoreau selbst Hand an. Die Halle füllt sich, vonehmlich mit Gegnern Browns, die gekommen sind, um ihren Unmut zu bekunden. Seine Unterstützer sind auffallend kleinlaut, als wäre es ihnen unangenehm, hier gesehen zu werden. Aber Thoreau soll »gebrannt« haben an diesem Abend, wie Emersons Sohn Edward sich später erinnert. Sein »Plädoyer« überzeugt an diesem Abend sogar die Gegner Browns von dessen Edelmut.

LASST DIE TOTEN DIE TOTEN BEGRABEN Seine anderthalbstündige Tirade oszilliert zwischen zwei Polen – einer beherzten Beschimpfung der Regierung, der Zeitungen und seiner Mitbürger und einer vollmundigen Apotheose des Helden John Brown.

Thoreau ist verärgert darüber, »auf welch kaltblütige Art Zeitungsschreiber und die Leute im Allgemeinen« von den Ereignissen in Harper's Ferry sprechen, als ob man es hier mit einem »gewöhnlichen Missetäter« zu tun habe. Für Thoreau ist Brown das eben gerade nicht, sondern ein »Transzendentalist«, ein Mann, der nach »Ideen und Grundsätzen« leben will und deshalb für sich das Recht in Anspruch genommen hat, »mit Gewalt gegen den Sklavenhalter vorzugehen, um den Sklaven zu retten«. Und damit das allen gleich mal klar ist: »Ich stimme mit ihm überein.«

Thoreau »will weder töten noch getötet werden«, doch kann er sich Umstände vorstellen, unter denen beides für ihn »unvermeidlich wäre«, konstatiert er in seinem »Plädoyer für Captain John Brown«. »Ich weiß, dass das Gros meiner Landsleute glaubt, dass der Gebrauch von Sharpe-Gewehren und -Revolvern nur dann gerechtfertigt ist, wenn man sich damit duelliert oder wenn wir von anderen Nationen angegriffen werden oder wenn es darum geht, Indianer zu jagen oder flüchtige Sklaven damit zu erschießen oder sonst dergleichen. Ich glaube, dass dieses eine Mal die Sharpe-Gewehre und die Revolver für die gerechte Sache gebraucht wurden. Die Werkzeuge waren in den Händen eines Mannes, der sie zu gebrauchen wusste.« Inzwischen sind ihm alle Mittel recht, entscheidend ist allein der »Geist, in dem ihr sie gebraucht«. Das schließt ein Pottawatomie-Massaker offenbar mit ein.

In der Folge versteigt er sich dann zu einer mehr als dubiosen Legitimationsvolte und versucht Browns Gewalttaten zu bagatellisieren, indem er seine Opfer schon vorher für tot erklärt. »Lasst die Toten die Toten begraben«, winkt er ab. Er will damit aber nicht allein das Leben der Sklavenhalter disqualifizieren. »Es scheint, als sei in Amerika nie zuvor ein Mensch gestorben, denn um zu sterben, muss man zuerst gelebt haben. Ich glaube nicht an die Leichenwagen und Sargtücher und Totenfeiern, die es bisher gab. Da gab es keinen Tod, denn es hatte kein Leben gegeben; sie verfaulten nur oder wurden zu Morast, wie sie schon früher mehr oder weniger vor sich hin gefault und vermodert waren.« Ein Leben, in dem man die Sklaverei als unvermeidbar akzeptiert, hat es folglich nicht verdient, dass man es so nennt. Was für ein Affront!

Zugleich sakralisiert er John Brown und seine 21 Jünger. Der Captain trage »einen Funken des Göttlichen in sich«, glaubt er. Das ist insofern merkwürdig, als die transzendentalistische Lehre dieses Attribut jedem Menschen zubilligt – hier adelt es Brown ganz exklusiv. Aber Thoreau will eben unbedingt »ein übernatürliches Wesen« aus ihm machen. Einen Wiedergänger des Heilands. »Vor ungefähr achtzehnhundert Jahren wurde Christus gekreuzigt; diesen Morgen vielleicht wurde Captain Brown gehängt. Dies sind die beiden Enden einer Kette, die nicht ohne Glieder ist. Er ist nicht mehr Old Brown; er ist ein Engel des Lichts.«

Aber in dem Moment der totalen Überhöhung lässt ihn Thoreau auch gleich kaltblütig über die Klinge springen. Denn als Märtyrer dient er der Sache noch mehr. »Ich sehe jetzt, dass es nötig war, den tapfersten und menschlichsten Mann im ganzen Land zu hängen. Vielleicht sah er das selbst. Ich *fürchte beinahe*, dass ich doch noch von seiner Errettung hören könnte, denn ich bezweifle, ob ein verlängertes Leben, ob *irgendein* Leben so viel Gutes bewirken kann wie sein Tod.«

Thoreau weiß sich darin mit John Brown einig. Als die einschlägigen Kreise ihm die Nachricht zuspielen, man plane eine Befreiungsaktion, lehnt Brown entschieden ab. Und so wird er genau einen Monat später, am 2. Dezember, wegen Hochverrats, Mordes und Anstiftung eines Sklavenaufstands in Charles Town, Virginia, gehängt.

Browns feuriger Verteidiger Friedrich Kapp skizziert die »Stimmung des Südens« kurz vor der Hinrichtung. So hätten »sich aus verschiedenen Sklavenstaaten Individuen die Ehre« ausgebeten, »Brown hängen zu dürfen. Aus Mississippi meldete sich sogar eine Frau. Andere südliche Staaten sandten Proben von Hanf für den bei der Exekution zu brauchenden Strick ein. Süd-Carolina – der rabiateste südliche Staat – trug mit seinem baumwollenen Strick den Sieg davon.«

Die Stimmung im Norden ist nicht ganz so mordlüstern, aber niemand außer Thoreau wagt es, öffentlich für ihn in den Ring zu steigen. Es bleibt auch nicht sein einziges Mal. Für seine Verhältnisse entwickelte er jetzt eine beinahe hektische Umtriebigkeit. Bereits zwei Tage später, am 1. November, hält er sein »Plädoyer« noch einmal – im Tremont Temple, einem der größten und wichtigsten Vortragssäle Bostons. Thoreau muss für den schwarzen Abolitionisten Frederick Douglass einspringen, der sich aus Angst vor Vergeltungsmaßnahmen nach Kanada abgesetzt hat. Man wirft Douglass vor, an der Planung des Überfalls beteiligt gewesen zu sein, und tatsächlich hatte er sich kurz zuvor mit Brown getroffen, allerdings nur um ihm einen Korb zu geben. Um halb acht abends soll der Vortrag beginnen, bereits um sieben Uhr ist der Saal mit 2500 Zuhörern mehr als ausverkauft. Thoreau reißt sein Publikum erneut mit und wird mehrmals von Applaus unterbrochen.

Auch an Blake geht die Bitte, »vor einer Gesellschaft in Worcester sprechen« zu dürfen. »Ich denke, dass wir uns sofort äußern sollten«, schreibt er seinem Freund am 31. Oktober, »solange Brown am Leben ist. Je früher, desto besser.« Blake mietet daraufhin die Washburn Hall, wo Thoreau am 3. November spricht. Tags darauf besucht er seinen Freund Alcott. »Thoreau hat ein gutes Recht, vollends zu sagen, was er über Brown denkt«, notiert der sich daraufhin ins Tagebuch, »er ist der Erste gewesen, der über den Mut und die Großherzigkeit des Helden sprach und ihn feierte … Die Männer haben Vieles gemeinsam: die robuste Mannhaftigkeit, Geradlinigkeit und Unabhängigkeit. Es ist gut, dass sie sich trafen …«

Am Tag der Hinrichtung selbst, einen Monat später, hält er mit Alcott, Sanborn und noch einigen anderen in Concord eine Gedenkstunde ab, die nebenbei auch den Zweck erfüllen soll, Spenden für Browns Familie zu sammeln. Thoreau liest »The Martyrdom of John Brown«, eine Art Montage aus Versen von Andrew Marvell, Sir Walter Raleighs »The Soul's Errand« und schließlich eine längere selbstübersetzte Passage aus dem »Agricola« von Tacitus. Da keine Kirche ein entsprechendes Ritual für den so seltenen Fall vorgesehen habe, wie man einen Helden und Märtyrer zu Grabe trage, sei dies die adäquate Liturgie, erklärt er in der Einleitung. Die abschließende »Agricola«-Stelle ruft noch einmal das Exemplarische und Vorbildhafte des Helden in Erinnerung. Man möge seine Wertschätzung ihm gegenüber nicht durch »schwächlichen Kummer und weibische Klage« über seinen Tod zum Ausdruck bringen, sondern durch Bewunderung und Nachahmung seines Handelns.

Keiner der beiden Vorträge findet zunächst einen Abnehmer. Auch die Zeitungsartikel, die über die Veranstaltungen berichten, weisen seine Kritik eher zurück. Vor allem die polemischen Rundumschläge gegen die Presse, diesmal ohne Ausnahme, nimmt man ihm übel. Man habe bereits gegen die Sklaverei angeschrieben, halten sich die elenden Scribenden zugute, als er noch politisch völlig desinteressiert im Wald herumgestromert sei. Vergessen dabei aber Thoreaus praktisches Engagement als Fluchthelfer für schwarze Ausreißer, das ihm weitaus gefährlicher hätte werden können als ein paar abolitionistische Polemiken.

Aber langsam wandelt sich jetzt das Bild von John Brown in der Öffentlichkeit. Ausgelöst wohl nicht in erster Linie durch Thoreaus »Plädoyer«, sondern vor allem durch die vielen Augenzeugenberichte, die von Browns Gefangenschaft und Hinrichtung kursieren. Selbst seine ärgsten Feinde zeigen sich beeindruckt von der Würde und dem Mut, mit denen er seinem nahen Tod entgegengetreten ist. Die Mythologisierung nimmt ihren Lauf. Nur zwei Jahre später schmettern Unionssoldaten im Krieg gegen die Konföderation sein Lied. »John Brown's body lies a-mouldring in the grave / But his soul goes marching on.«

LEBENDIGER, ALS ER JEMALS WAR Thoreau hatte einigen Anteil an Browns Rehabilitation. Und so versucht man ihn jetzt dafür zu gewinnen, Browns Biographie zu schreiben. Aber er lehnt ab, weil er sich lieber wieder seinen Studien über die Kultur der Indianer widmen will. Vielleicht auch, weil er weiß, dass James Redpath, ein Reporter des »New York Tribune«, bereits an einem Buch sitzt. Redpath hatte Concord besucht, um Beiträge zu sammeln für eine einschlägige Anthologie. »Echoes of Harper's Ferry«, wo auch die beiden Reden Thoreaus abgedruckt sind, erscheint bereits Anfang 1860 und verkauft sich 33 000 Mal in ein paar Wochen. Die Erlöse aus der Buchverkäufen gehen an Browns Witwe.

Aber noch immer ist Thoreau nicht fertig mit ihm. Am 4. Juli 1860, natürlich, findet die Beerdigung an Browns Stammsitz in North Elba statt. Thoreau soll eine Rede halten, kann die Reise dann aber doch nicht antreten, und so wird »The Last Days of John Brown« von dem Journalisten und ehemaligen Brown-Kombattanten R. J. Hinton verlesen. Am 27. Juli erscheint der Text in Garrisons »Liberator«, der längst auf die Brown-Heiligsprechungen eingeschwenkt ist.

»Die letzten Tage von John Brown« ist ein Manifest der Genugtuung. Thoreau blickt darin zurück auf den heißen Herbst des letzten Jahres und ruft noch einmal in Erinnerung, wie schnell sich der Stimmungswandel in der Bevölkerung vollzogen hat. Dass er selbst daran nicht ganz unschuldig war, vergisst er keineswegs zu erwähnen. »Jahre waren hier nicht nötig, um die öffentliche Meinung umzuwälzen; Tage, nein Stunden, bewirkten in diesem Fall einen bedeutenden Wandel. Fünfzig Menschen auf dem Weg zu einer Versammlung zu seinen Ehren, die bereit gewesen waren, seine Erhängung zu fordern, forderten sie nicht mehr, als sie herauskamen. Man hatte ihnen seine Worte vorgelesen; sie sahen den Ernst auf den Gesichtern der Versammlung; und vielleicht sangen sie schließlich mit den anderen die Hymne zu seinem Lob.«

Kein anderer als Thoreau hatte ihnen seine Worte vorgelesen, in seinem »Plädoyer« nämlich. Die dabei waren, in Concord, Boston oder Worcester, sollen sich gefälligst erinnern. Er kartet nach, konfrontiert sie noch einmal damit, wie sie, die jetzt die Lobeshymnen anstimmen, John Brown zunächst missverstanden oder verächtlich gemacht haben. Zuallererst die Geistlichen, die »den weitaus größten Prediger unter ihnen, der die Bibel in seinem Leben und in seinen Taten wahrmachte«, nicht erkannt haben. Dann das Parlament natürlich. Schließlich auch die Zeitungen – und dieser Seitenhieb geht direkt an die Redaktion des »Liberator«. Man habe John Brown für »verrückt« gehalten, weil sein Unternehmen zum Scheitern verurteilt war, ein Unternehmen, dessen Erfolg aber gerade in seinem Scheitern liege. Denn durch seinen Tod bleibe er »lebendiger, als er jemals war«. So lautet ja schon die sinistre Quintessenz im »Plädoyer«.

Es ist die durch das Beispiel von Brown gestärkte »Haltung«, die ihm Hoffnung gibt und »vielleicht – im Lauf der Zeit – die Möglichkeit einer Revolution zugunsten eines anderen unterdrückten Volkes« eröffnet. Thoreau meint hier keineswegs nur die Schwarzen. Brown habe »viele tausend Sklaven befreit«, heißt es an anderer Stelle der Rede, und zwar »im Norden und im Süden«. In »The Last Days of John Brown« weitet er den Begriff des Sklaven strategisch aus, um damit eine besondere Geisteshaltung anzuprangern. So ähnlich urteilt er auch im Journal. »Geschwätz über Sklaverei! Sie ist keineswegs die besondere Einrichtung des Südens«, notiert er sich am 4. Dezember 1860. »Sie existiert überall dort, wo Menschen gekauft und verkauft werden, wo immer ein Mensch es zulässt, dass er zu einem bloßen Ding oder Instrument gemacht wird, und seine unveräußerlichen Rechte der Vernunft und des Gewissens aufgibt. Diese Art von Sklaverei ist in der Tat umfassender als diejenige, die allein den Körper versklavt.« Das ist für ihn auch keine Frage der Bildung oder gesellschaftlichen Klasse. »Ich habe nie einen Richter getroffen oder von ihm gehört, der in diesem Sinn kein Sklave war und damit die beste und unfehlbarste Waffe der Ungerechtigkeit. Er erzielt einen höheren Preis als der schwarze Mann, aber er ist nur ein wertvollerer Sklave.« Weil er nicht seinem Gewissen folgt, sondern es dem Gesetz unterwirft.

Es sind solche selbstverschuldeten Abhängigkeiten von fremden Autoritäten, die Thoreau als Filiationen von Sklaverei brandmarkt. Und mittlerweile geht er von Menschen aus, denen ihr sklavisches Dasein so habituell geworden ist, dass ihnen schlicht nicht mehr zu helfen ist. »Einige von ihnen sind ganz einfach Dickhäuter. Ich sage das voller Trauer, nicht im Zorn. Wie kann jemand das Licht wahrnehmen, wenn er nicht in sich ein Licht hat, das darauf antwortet?«, heißt es in »Last Days«. »Nicht jeder Mensch, ganz gleich welche Erziehung er bekommt, kann ein Christ sein – sogar in einem sehr bescheidenen Sinn. Schließlich ist es eine Sache von Veranlagung und Temperament. Vielleicht muss er erst viele Male wiedergeboren werden. Ich kannte viele Leute, die vorgaben, Christen zu sein, und an denen es sich lächerlich ausnahm, da sie kein Talent dafür hatten. Es ist ja nicht einmal jedem Menschen gegeben, ein *freier* Mensch zu sein.«

Hier manifestiert sich eine Misanthropie, die mit der transzendentalistischen Lehre nur noch wenig zu tun hat. Sein Freund Ellery Channing überliefert, dass Thoreau auch später stets eine gewisse Erregung überfiel, wenn von Brown die Rede war. Hier spricht vielleicht diese Erregung. Die Enttäuschung darüber, dass sich einige partout nicht erwecken lassen wollen vom heiligen John.

LETZTE PROJEKTE Nach dem Tod Browns ist auch sein politisch-publizistisches Intermezzo beendet. Thoreau kümmert sich wieder um die wirklich wichtigen Dinge. Bereits im Frühjahr 1860 hat er Charles Darwins soeben erschienenes Epochenwerk »Origin of Species« mit Zustimmung gelesen und ist affiziert vom Schlusskapitel, in dem Darwin die Naturforscher ins Gebet nimmt, seine Evolutions-These mit weiterem Belegmaterial zu unterfüttern. Thoreau fühlt sich sofort angesprochen. Er sieht seine Tagebücher nach entsprechenden Stellen durch und stellt daraus einen Vortrag zusammen. »The Succession of Forest Trees«, gehalten vor der Middlesex Agricultural Society am 20. September 1860, ist fröhliche Wissenschaft im besten Sinne. Mit nachgerade humoristischer Leichtigkeit führt er hier seine Hypothesen zur Artenfolge von Bäumen vor. Blütenstaub werde durch den Wind, durch Tiere oder auch Menschen in alle Richtungen und oftmals über große Entfernungen hinweg verbreitet, gehe aber nur auf und führe noch seltener zum tatsächlichen Heranwachsen des Baumes, wenn die Bedingungen dafür entsprechend günstig seien. So könne es eben geschehen, dass auf einem abgeholzten Pinienwald plötzlich Eichen wüchsen – und vice versa. Obwohl er ihn nicht eigens erwähnt, scheint Darwin im Hintergrund freundlich zu winken.

»The Succession of Forest Trees« bleibt sein einziger wirklich fachwissenschaftlicher Text zu Lebzeiten – und seine letzte Publikation. Horace Greeley druckt ihn im »New York Tribune« am 6. Oktober, kurz darauf erscheint er auch in den »Transactions of the Middlesex Agricultural Society for the Year 1860« und wird anschließend noch mehrmals nachgedruckt. Er hat an diesem Thema weitergearbeitet und den Blütenstaub besonders in Augenschein genommen. Am 21. Juni 1860 formuliert er die Vermutung, dass die »Pollen einiger Pflanzen« schädlich für den Menschen und folglich Auslöser für »Krankheiten der Saison« sein könnten. Ein erster Schritt auf dem Feld der Allergologie.

Die von ihm selbst bemerkte und gelegentlich betrauerte Verwissenschaftlichung seiner Naturbetrachtung hätte noch weitere wilde

Früchte tragen können, wenn ihm das verhasste Erwerbsleben nicht am Ende doch noch in die Quere gekommen wäre. So bleibt das gleichnamige Buch »Wild Fruits«, in das er in den letzten beiden Jahren seines Lebens einige Energie steckt, ein Fragment. Aber was für eins. Ein Katalog aller natürlichen Früchte Concords in der chronologischen Reihenfolge ihrer Reife hätte es werden sollen – von den Ulmen Anfang Mai bis zum Wacholder im folgenden März. Von Systematik kann jedoch keine Rede sein. Skrupulösen botanischen Detailbeschreibungen folgen ästhetische Erwägungen, hymnische Lobgesänge, autobiographische Anekdoten und kulturhistorische Erläuterungen. Die bunte Vielfalt der Pflanzenwelt wird hier genauso bunt nacherzählt.

Eine Art Nebenprodukt dieses Projekts ist der Vortrag »Wild Apples«, den er bereits am 8. Februar 1860 im Concord Lyceum hält und der dort begeistert aufgenommen wird. Eine Woche später liest er den Text im benachbarten Bedford vor einigen hundert Menschen, die ihm offenbar ebenfalls zu Füßen liegen, obwohl sein Journaleintrag vortags, am 13. Februar, sich wenig verheißungsvoll liest. »Immer hat man mit der Dummheit der Menschen zu kämpfen.«

Aber seine Befürchtungen sind unbegründet, »Wild Apples« ist eingängig genug, anscheinend sogar für die Dummen. Thoreau gibt hier einen unterhaltsamen kulturhistorischen Abriss über die Verbreitung des Apfelbaums vom paradiesischen bis zum heimischen Garten, beschreibt plastisch verschiedene Gattungen, Geschmack, Genese und moderiert sein profundes botanisches Wissen mit Witz und erzählerischer Verve – etwa wenn er den nachgerade heroischen Kampf schildert, den die Wildapfel-Schösslinge gegen grasende Kühe auszufechten haben, bis sie endlich zu einem veritablen Baum heranwachsen. Vor allem aber ist Thoreau so nah dran an seinem Thema und so von ihm eingenommen, dass er explizite moralische Bevormundungen und transzendentalistische Glaubensbekenntnisse ganz vergisst. Er verlangt keine politische oder gar moralische Positionierung von seinen Zuhörern, und das nimmt man in Concord und Bedford dankbar zur Kenntnis. Vermutlich auch einer der Gründe dafür, warum dieser Essay postum so oft nachgedruckt wurde. Thoreau bietet ihn dem »Atlantic Monthly« an, als er sich Anfang 1862 eingestehen muss, dass seine Kräfte nicht mehr ausreichen, seine große botanische Studie über die wilden Früchte zu vollenden. Und dort erscheint »Wild Apples« dann auch, allerdings zu spät, im November des Jahres.

Noch ein Buch bleibt unvollendet, seine Anthropologie des Indianers. Seit seiner Kindheit sammelt Thoreau indianische Artefakte. Später, mit geschärftem Sensorium und einer differenzierten Vorstellung, wo und wonach er suchen muss, fallen ihm Pfeil- und Speerspitzen, Meißel, Mörser, Äxte und Schmuckgegenstände nur so zu. Thoreaus Sammlung umfasst schließlich um die 900 Exponate. Gegen Ende der 1840er Jahre beginnt er damit, Exzerpte und Lektürefrüchte für ein Buch zusammenzutragen. Aber erst im Spätherbst 1960 geht er daran, das mittlerweile auf elf Notizbücher angewachsene Material in einzelne Kapitel zu strukturieren. Allerdings kommt das geplante Werk über den – von ihm als vitale Nischenexistenz zwischen Natur und Zivilisation hochverehrten – amerikanischen Ureinwohner nie über den Status einer Materialsammlung hinaus.

An neuen Buchideen mangelt es ihm durchaus nicht. Alcott, der mittlerweile die Schulen in Concord beaufsichtigt, versucht ihn zu überzeugen, eine Naturgeschichte seiner Heimat für den Schulgebrauch zu schreiben, aber es wird nichts draus, obwohl Thoreau zunächst durchaus Interesse signalisiert an einem solchen »Atlas of Concord«. Eine Weile beschäftigt er sich auch mit einem Buch über den Mount Monadnock. Den Anstoß dafür gibt seine dritte Gipfelbesteigung mit Ellery Channing vom 4. bis zum 9. August des Jahres. Es herrscht schlechtes Wetter, aber Thoreau scheint auch das noch zu genießen. »Das war um ein Vielfaches besser, als da bei schönem Wetter hochzugehen & kein Abenteuer zu haben«, schreibt er Blake zwei Monate später, am 4. November 1860. »Wie haben wir uns darüber gefreut, nass zu sein, damit wir getrocknet werden könnten! Wie haben wir uns über den Sturm gefreut, der unserem Haus den Anschein gab, als wäre es uns ein neues Zuhause!«

Er führt ein Beil mit sich und baut bei strömendem Regen einen soliden und offenbar sogar ganz ansehnlichen Fichtenunterstand. Channing ist einmal mehr tief beeindruckt von Thoreaus Waldläufer-Fähigkeit, von der er selbst gern etwas mehr hätte. Ihm wird irgendwann klar, dass sie völlig ungeschützt und »draußen« kampieren, und macht erst mal kein Auge zu. Er habe sich die ganze Zeit gefragt, lästert Thoreau gegenüber Blake, »was wohl das größte wilde Tier wäre, das seine Beine dort anknabbern könnte«. Noch füllt er sie ganz aus, die Rolle des kernigen Naturburschen.

NIEMALS GENESEN Trotz des wiederkehrenden Tagebuchlamentos über das unverständige Publikum bemüht er sich auch weiterhin um Engagements. Er hält am 9. September zwei Vorträge in Lowell, Massachusetts, und dient sich dem Lyceum in Waterbury, Connecticut, an, das ihn dann auch einlädt für den 11. Dezember. Ein fast schon schicksalhafter Termin.

Kurz davor macht er eine Wanderung zum Fair Haven Hill. Es ist ein bitterkalter Tag, vermutlich fängt er sich hier eine Erkältung ein. Vielleicht hat er sich auch bei Alcott angesteckt, der ebenfalls gerade an einer Grippe laboriert. Er müsste jetzt eigentlich das Bett hüten, um sich auszukurieren, aber er hat einen Job zu tun, und so macht er sich gegen den Rat der Familie und seines Arztes am 9. Dezember für eine Freundschaftsrunde auf nach Worcester, um einen Tag darauf nach Waterbury weiterzufahren und seinen letzten öffentlichen Vortrag zu halten – »Autumnal Tints«. Er ist heiser und malade, der Abend wird ein absoluter Reinfall. Als »langweilig, gewöhnlich und unbefriedigend« bezeichnet ihn der Rezensent des »Waterbury American« am 14. Dezember. Vor allem der »monotone Stil« seiner Rede fällt ihm unangenehm auf.

Und jetzt streckt ihn die Erkältung erst richtig nieder. Sie wächst sich aus zu einer schweren Bronchitis. Vermutlich bricht irgendwann in dieser Zeit auch seine Tuberkulose, die alte Thoreau'sche Familienkrankheit, wieder auf. Für den Rest des Winters ist er mehr oder weniger ans Haus gefesselt – und diese Immobilität, diese Absenz von seinem Kraftzentrum, stört seine Produktion empfindlich. Erstmals vernachlässigt er jetzt sein Journal, manchmal tage-, mitunter sogar wochenlang. Er beginnt noch einen Vortrag über die Heidelbeere, eine weitere Auskopplung aus dem »Wild Fruits«-Projekt, aber es fehlt ihm schlicht die produktive Energie. Der gelegentliche Gang zur Post erschöpft ihn bereits vollends. Thoreau wird sich nie wieder ganz erholen.

Ohnedies angeödet von der Tagespolitik, gelingt es ihm jetzt noch weniger, Interesse aufzubringen für die sich anbahnende innenpolitische Katastrophe. Bereits die kontroverse Wahl Abraham Lincolns zum Präsidenten der Vereinigten Staaten am 6. November nimmt Thoreau nur am Rande zur Kenntnis. In der Zeit bis zur Amtseinführung im März 1861 brennt die Lunte weiter. Ende November beraten die Staaten im Süden über die Sezession. South Carolina schafft Fakten und sagt sich los von der Union. Mississippi, Florida, Alabama, Georgia, Louisiana und Texas folgen. Die Sezessionisten beanspruchen die Festungen der Union, aber Lincoln weist diese Forderung entschieden zurück. Und so nehmen konföderierte Milizen am 13. April Fort Sumter in South Carolina ein. Erste Feuergefechte folgen. Zwei Tage später ruft Lincoln 75 000 Soldaten zu den Waffen, um den »Aufstand« niederzuschlagen. Der Bürgerkrieg beginnt.

Thoreau geht das alles nicht mehr viel an. Ricketson versucht ihn brieflich zu einer Stellungnahme zu bewegen, aber der ignoriert ihn so hartnäckig, dass der Freund schon befürchtet, er habe sich von ihm abgewendet. Parker Pillsbury, einen befreundeten alten Abolitionisten-Feuerkopf, der ihn brieflich um seine Meinung fragt, brüskiert er mit der Weigerung, »großes Bedauern für die aktuelle Lage der Dinge in diesem Land« zu empfinden. So ganz ist Channing nicht zu trauen, wenn er später in »Thoreau, the Poet-Naturalist« behauptet, das Unglück seines Landes habe ihn so stark mitgenommen, dass er öfter geäußert habe, »er werde niemals genesen, solange dieser Krieg andauert«. Womöglich erscheint ihm Thoreaus Indifferenz in dieser Sache als ein zu großer Makel.

Im Frühjahr tritt nur eine geringfügige Besserung ein, vor allem seine starke Kälteempfindlichkeit macht ihm schwer zu schaffen und verhindert längere Wanderungen. Sein Arzt Dr. Josiah Bartlett rät ihm zu einer Klimaveränderung, die Westindischen Inseln oder Südeuropa stehen zur Debatte, aber Thoreau schrecken neben der Entfernung vor allem die hohen Kosten. Schließlich entscheidet er sich für eine Reise nach Minnesota. Es geht die Mär um vom besonderen Heilklima dort, offenbar ein Werbefeldzug der Regierung Minnesotas und der Eisenbahngesellschaften, um den etwas abseitigen, wenig attraktiven Bundesstaat für Neusiedler und Reisende interessant zu machen. Zudem hatte tatsächlich ein entfernter Cousin in der Vergangenheit sein Lungenleiden dort auskuriert.

Thoreau ist zu schwach, um allein zu reisen, also fragt er bei seinen Freunden Channing und Blake nach, ob sie ihn begleiten wollen. Blake mag nicht monatelang weg sein von zu Hause und Channing kann sich wie üblich nicht entscheiden. Ricketson wird gar nicht erst gefragt. Er ist selber viel zu labil, als dass er einen adäquaten Reisegenossen abgeben würde. Dafür hat sich Thoreau gerade mit dem angehenden Harvard-Studenten Horace Mann angefreundet. Der Sohn des verstorbenen Bildungsreformers gleichen Namens ist ein aufgeweckter Bursche, er teilt Thoreaus Leidenschaft für Botanik – und vor allem hat er Zeit. Die Witwe Mann erhofft sich einen guten Einfluss auf ihren Sohn, und so gibt sie dieser Reise ihren Segen.

Am 11. Mai brechen die beiden auf – mit Empfehlungen von Emerson ausgestattet – und bleiben fast zwei volle Monate. Nach einem zweitägigen Zwischenstopp bei Blake und Theo Brown in Worcester machen sie einen ersten längeren Halt an den Niagara-Wasserfällen, weil sie immer noch hoffen, dass Channing sich ihnen hier anschließt. Aber der lässt sich nicht blicken. Es geht weiter nach Chicago und von dort nach Dunleith, Illinois, wo sie ein Dampfschiff nehmen hinauf nach Saint Paul, Minnesota. Hier verweilen sie anderthalb Wochen, machen Ausflüge zu den lokalen Sehenswürdigkeiten, zu den Minnehaha-Wasserfällen, zum Lake Calhoun, zum Minnesota River, und besuchen die

Bibliotheken in Minneapolis. Thoreau fahndet nach dem wilden Holzapfel in seiner natürlichen Umgebung und findet immerhin seine Blüte. Es scheint ihm zunächst besser zu gehen, vor allem sein nächtliches Husten nimmt ab, aber dieser Zustand währt nicht lange. Bald zweifelt er an dem Erfolg seiner Reise und schlägt einen Ortswechsel vor. Sie lesen von einer über 500 Kilometer langen Rundreise auf dem Minnesota River mit einem Raddampfer und schiffen sich am 17. Juni ein. Das Ziel ist eine Versammlung der Sioux im Reservat, die in einem Festakt von der lokalen Regierung ihre jährlichen Tributzahlungen erhalten. Thoreau und Mann wohnen den Feierlichkeiten bei, sehen sich einen Stammestanz an und hören die Reden der Indianer, die Beschwerde führen über ihre schlechte Behandlung. Thoreau ist beeindruckt von der Würde und der Eloquenz ihrer Ansprachen und billigt die Gründe für ihre Unzufriedenheit. Schon im Jahr darauf lässt sich ihr Unmut nicht mehr mit einer freundlichen Rede des Gouverneurs weglächeln, die Sioux graben das Kriegsbeil aus, das vielen hundert Siedlern das Leben kosten wird.

Nach ihrer Rückkehr nach Saint Paul nehmen die beiden einen Raddampfer stromabwärts nach Red Wing, wo sie im Mississippi baden, und von dort weiter nach Prarie du Chien, um in einen Zug nach Milwaukee umzusteigen. Die Stadt erlebt gerade die Ruhe nach dem Sturm, diverse Bankenschließungen haben die Leute am Vortag auf die Straße gebracht, und auch der eine oder andere Schalter ist davon in Mitleidenschaft gezogen worden.

Sie besteigen ein Schiff den Lake Michigan hinauf nach Mackinaw City, wo sie am 30. Juni eintreffen. Thoreau bekommt Schüttelfrost und bleibt während ihres fünftägigen Aufenthalts vornehmlich im Zimmer. Sie fahren anschließend im Schiff den Lake Huron hinunter nach Goderich, weiter mit dem Zug nach Toronto und von dort über Ogdensburg, New York, nach Boston zurück. Am 9. Juli ist Thoreau wieder zu Hause in Concord – kränker als zuvor. Kein Wunder, ihr Trip war keine Kur, sondern ein langer, strapaziöser Studienaufenthalt, der wohl auch einem gesunden Körper einiges abverlangt hätte. Thoreau ahnt langsam, dass ihm nicht mehr viel Zeit bleibt.

IN HEITERKEIT UND RUHE Das Gerücht spricht sich herum. Ein paar Wochen später berichtet Greeleys »Tribune« von seiner schlechten Verfassung. Die literarische Öffentlichkeit nimmt jetzt großen Anteil an seinem Schicksal. Um die Unstimmigkeiten mit Ricketson endgültig aus der Welt zu schaffen, fährt Thoreau am 19. August für fünf Tage nach New Bedford und lässt sich dort, auf Ricketsons Wunsch, ein letztes Mal vom Fotografen Edward Sidney Dunshee ablichten. Sein Gastgeber chauffiert ihn mit der Kutsche durchs Umland, aber gelegentlich rafft er sich auch auf für einen kurzen Spaziergang – und findet wie stets ein paar Pflanzen, die seinem Herbarium noch fehlen.

Als im späten Herbst die Tage kühler werden, geht es auch mit seiner Gesundheit weiter bergab. Im November sieht ihm jeder an, dass er dem Tod geweiht ist. Seine Tagebuchnotate werden seltener und versiegen schließlich ganz. Am 3. November gibt er das Journal endgültig auf, um in der verbleibenden Zeit seine literarischen Dinge zu regeln. Einige seiner zentralen Texte wie »Walking« oder »Life Without Principle« bekommen jetzt ihren letzten Schliff, weil sein Verleger Fields ihn ermuntert, wieder Beiträge für den »Atlantic Monthly« einzureichen. Nachdem man ihm zugesichert hat, kein Wort ohne seine Einwilligung zu ändern oder zu streichen, mobilisiert er tatsächlich noch einmal alle seine Kräfte.

Ricketson lädt ihn erneut nach New Bedford ein, aber dafür ist er längst zu schwach. Nicht einmal zu einer Absage kann er sich noch zwingen, die schreibt schließlich Alcott für ihn. »Er wird von Tag zu Tag schwächer«, heißt es in seinem Brief vom 7. Januar 1862. »Er schläft bisweilen ein, hat aber einen ziemlich guten Appetit, liest mit Unterbrechungen, macht sich Notizen zum Gelesenen, und es gefällt ihm, seine Freunde zu sehen, sich zu unterhalten, allerdings fällt es ihm schwer, da auch seine Stimme von der allgemeinen Schwäche erfasst worden ist.«

Thoreau muss sich offenbar gar nicht besonders um Haltung bemühen, er ergibt sich demütig seinem Schicksal. Das bestätigen alle, die ihn in seinen letzten Wochen besuchen. Blake und Theo Brown kommen

Mitte Januar mit Schlittschuhen den vereisten Fluss hinunter gelaufen. »Wir fanden ihn in ziemlich schlechter Verfassung, jedoch noch in der Lage, auf einem Stuhl zu sitzen. Er schien sich über unseren Besuch zu freuen und sagte, dass wir nicht zu früh gekommen seien«, erinnert sich Brown in einem Brief an Ricketson vom 19. Januar 1868. »Nach einer Weile sagte er: ›Du bist auf dem Fluss Schlittschuh gelaufen. Vielleicht laufe ich bald auf einem anderen Fluss‹, und dann: ›Vielleicht ziehe ich landaufwärts.‹ … Schon lange vor seinem Tod schien er in einem entrückten Zustand zu sein. Er sagte auch, es sei ebenso angenehm, krank wie gesund zu sein – man könne sich dabei genau so wohl wie schlecht befinden.«

Ricketson kommt ihn nicht mehr besuchen, aus Angst, Thoreaus rapider Verfall könne ihn selbst allzu sehr demoralisieren. Dafür schickt er nun wöchentliche »Spring Notes«, mit denen er seinen Freund über die Fortschritte in der Natur auf dem Laufenden hält. Sophia antwortet ihm am 6. April. Ihr Bruder sei mittlerweile der »Inbegriff von Schwäche«, »dennoch freut er sich, wenn Freunde ihn besuchen, und jede gute Stunde widmet er seinen Manuskripten, die er für den Druck vorbereitet. Seit vielen Wochen kann er nur leise flüsternd sprechen. Henry nimmt seinen Zustand mit einem so kindlichen Vertrauen hin und ist so glücklich, dass ich eher das Gefühl habe, er werde verwandelt, als dass er auf die gewöhnliche Weise der meisten Menschen stürbe.«

Sein stoisches Ideal muss sich jetzt bewähren – und offenbar tut es das ohne weiteres. Sein alter Freund und Gefängniswärter Sam Staples erzählt Emerson nach einem Besuch, er habe »niemals eine erfülltere Stunde erlebt, niemals einen Menschen in so viel Heiterkeit und Ruhe sterben sehen«. Schmerzmittel lehnt Thoreau ab, um den Rest seiner Tage nicht im narkotischen Rausch zu verdämmern.

Als Thoreau die Treppe hinauf ins Dachgeschoss nicht mal mehr mit Unterstützung schafft, lässt er sich sein altes Walden-Bettgestell in den Salon stellen, um nicht wie sein Vater allein in seinem Zimmer dahinzusiechen. Nur wenig erinnert an ein Krankenzimmer. »Mein Sohn wollte Blumen, Bilder und Bücher um sich haben«, erzählt Mrs. Thoreau später, »und er war immer so fröhlich und mochte es, wenn auch die anderen sich freuten, solange sie bei ihm waren.« Hier wird kein Trübsal geblasen, folglich kommen sogar die Nachbarskinder weiterhin ohne Scheu zu ihm.

Gleichwohl überschütten Freunde und Bekannte den Kranken mit Anteilnahme und Gesten ihrer Wertschätzung. Die schönste kommt von Bronson Alcott. Er schreibt für die April-Nummer des »Atlantic Monthly« eine Art Nachruf zu Lebzeiten – »The Forester«. Eine Liebeserklärung an den Gefährten und Geistesgenossen und zugleich eine hochgestimmte Würdigung seines literarischen Ingeniums. Alcott nennt Thoreau nicht beim Namen, es wissen trotzdem alle, wer hier mit »meinem Freund«, diesem »wahren Sohn der Natur« gemeint ist. Thoreau zeigt sich tief bewegt von den vielen Gunstbeweisen, die ihm jetzt selbst von wildfremden Menschen zuteilwerden. Das söhnt ihn auch ein wenig aus mit den Bürgern seiner Stadt, die ihn lange Zeit bestenfalls belächelt haben.

An seinen Überzeugungen ändert das nichts, erst recht nicht an seinen Glaubensgrundsätzen. Als ihn ein alter Freund der Familie fragt, wie er zu Christus stehe, meint er nur lapidar, ein Schneesturm bedeute ihm mehr. Und als seine bigotte Tante Louisa ihn bittet, wenigstens jetzt im Angesicht des Todes mit Gott Frieden zu schließen, antwortet er freundlich. »Ich wüsste nicht, dass wir jemals Streit miteinander gehabt hätten, Tante.«

Channing und Alcott sehen am 4. Mai nach ihm und auch am Tag darauf. Jetzt geht es ans Sterben. In der Nacht zum 6. Mai wacht Thoreaus alter Freund Edmund Hosmer an seinem Bett. Bei seinem Aufbruch am nächsten Morgen schenkt Thoreau ihm zum Dank eins seiner Bücher. Richter Hoar bringt frische Hyazinthen aus dem Garten und Thoreau lobt ihren Duft. Bald darauf verliert er das Bewusstsein. Sein letzter Satz ist unartikuliert, nur noch die Worte »Elch« und »Indianer« sind deutlich zu verstehen. Offenbar kreisen seine Gedanken um die Maine-Reportagen, an denen er fast bis zum Schluss mit seiner Schwester gearbeitet hat. Gegen 9 Uhr morgens stirbt Henry David

Thoreau im Alter von 44 Jahren – so ruhig, dass es von den Angehörigen zunächst gar nicht bemerkt wird.

DIE MÖGLICHKEITEN AUSGESCHÖPFT Sofort beginnen die Freunde mit den Vorbereitungen für die Beisetzung. Emerson möchte die Zeremonie in der First Parish Church abhalten. Das stößt zwar ausdrücklich auf den Widerstand der anderen, die zu Recht einwenden, Thoreau sei schon als junger Mann aus dieser Kirche ausgetreten, aber Emerson setzt sich durch. Die Kinder Concords haben schulfrei am 9. Mai und finden sich zahlreich in der gefüllten Kirche ein. Außer Ricketson, dessen lädiertes Nervenkostüm so viel Gefühlsaufwallung anscheinend nicht verträgt, sind alle da. Hawthorne mit Familie, die Worcester-Abordnung um Blake und Brown, sogar sein Verleger James T. Fields ist aus Boston angereist. Der Ablauf des Gottesdienstes folgt dem Muster, das sich Thoreau für John Browns Trauerfeier ausgedacht hat, nur dass hier der zuständige Pastor Grindall Reynolds eingangs ein paar Sätze aus der Bibel vortragen darf. Anschließend singt der Chor eine von Channing zu diesem Anlass geschriebene und gedruckte Hymne, Emerson liefert den obligatorischen Nachruf, bevor Alcott ein paar Passagen aus dem Werk liest. Zum Abschluss spricht Reynolds noch ein Gebet. Danach wird Thoreau auf der Grabstelle der Familie Dunbar auf dem New Burying Ground beigesetzt. Jahre später werden seine Gebeine umgebettet und liegen nun auf dem Sleepy Hollow Cemetery unweit der Gräber seiner Freunde Alcott, Channing, Emerson und Hawthorne.

Emersons exzellenter Nekrolog, eine erste skrupulöse, stilistisch und intellektuell angemessene, immer noch unbedingt lesenswerte Annäherung an den Menschen, Philosophen und Literaten Thoreau, erscheint bald darauf im »Atlantic Monthly« und trägt sicher nicht wenig bei zur postumen Thoreau-Konjunktur. »Der Umfang, den seine Studien annahmen, hätte ein langes Leben erfordert und umso weniger waren wir auf seinen plötzlichen Tod vorbereitet«, schreibt Emerson. »Das Land weiß noch nicht, oder nur der kleinste Teil von ihm weiß, was für einen großen Sohn es verloren hat. Es scheint wie eine Verwundung, dass er in der Mitte seines Werkes, das niemand zu Ende führen kann, gegangen ist – eine Entwürdigung für eine so edle Seele, dass er aus der Natur treten sollte, noch ehe er den ihm Ebenbürtigen zeigen konnte, wer er ist. Doch hat er seinen Frieden gefunden. Seine Seele war für die edelste Gesellschaft geschaffen. Er hat in einem kurzen Leben die Möglichkeiten dieser Welt ausgeschöpft. Wo immer es Wissen gibt, wo immer es Tugend gibt, wo immer es Schönheit gibt, wird er eine Heimat finden.«

Es sollte noch viele Jahrzehnte dauern, bis die etablierte Literaturgeschichtsschreibung sein Werk dem Kanon überantwortet – und noch ein bisschen länger, bis diverse Gegenkulturen ihn zu ihrem Haus- und Hofheiligen küren. Die Beat-Generation ein Jahrhundert später hat ihm seine nachhaltigste Renaissance beschert und letztlich dafür gesorgt, dass man Thoreau mittlerweile in Bildungsbürgerkreisen ebenso lesen kann wie im Underground. Man muss ihn eben nur richtig lesen.

Aber Thoreaus Auratisierung, das hat Emerson kaum voraussehen können, beginnt unmittelbar nach seinem Tod – ähnlich wie bei John Brown. In allen wichtigen Zeitungen und Zeitschriften kann man nun Nachrufe lesen. Die Hinterbliebenen werden überschüttet mit Kondolenzschreiben. Ein paar Wochen später sind »Walden« und »A Week« wieder auf dem Markt, sukzessive erscheinen seine letzten Essays im »Atlantic Monthly«, und bereits ein Jahr später beginnt sein Verlag Ticknor & Fields mit der Edition gesammelter Werke in Einzelbänden, einschließlich der Nachlassmanuskripte. Bewunderer pilgern nun nach Concord, und es gibt so viel Nachfrage nach einem Bild von Thoreau, dass Sophia und ihre Mutter schließlich Rowses Wachskreidezeichnung von 1854 vervielfältigen lassen und gegen einen Obolus von einem Vierteldollar verkaufen. »Es ist schon komisch, wie sehr die meisten Menschen die Toten lieben«, hat sich ein anderer großer Künstler in der Tradition Thoreaus, Jimi Hendrix, mal gewundert. »Wenn du erst mal tot bist, hast du dein Lebtag lang ausgesorgt.«

ANHANG

Quellen und Literatur

Dank der Digitalisierungsoffensive diverser Bibliotheken und Forschungsgesellschaften ist das gedruckte Werk Thoreaus vollständig, die ältere Sekundärliteratur (etwa die Arbeiten von Sanborn, Channing, Salt etc.) zumindest zu großen Teilen online einsehbar. Die wichtigsten Webseiten:
https://archive.org/
https://catalog.hathitrust.org/
https://www.walden.org/thoreau/the-writings-of-henry-david-thoreau-the-digital-collection/
http://www.gutenberg.org/
http://www.thoreau-online.org/
http://thoreau.eserver.org/
http://thoreau.library.ucsb.edu/
http://commons.digitalthoreau.org/
http://www.jstor.org/

Quellen

Publikationen zu Lebzeiten (und unmittelbar danach)

DIED … Miss Anna Jones. In: The Yeoman's Gazette 22, 25. November 1837.
Aulus Persius Flaccus. In: The Dial 1, Juli 1840, S. 117–121.
Natural History of Massachusetts. In: The Dial 3, Juli 1842, S. 19–40.
A Walk to Wachusett. In: The Boston Miscellany 3, January 1843, S. 31–36.
Dark Ages. In: The Dial 3, April 1843, S. 527–529.
A Winter Walk. In: The Dial 4, Oktober 1843, S. 211–226.
The Landlord. In: The United States Magazine and Democratic Review 13, Oktober 1843, S. 427–430.
Paradise (To Be) Regained. In: The United States Magazine and Democratic Review 13, November 1843, S. 451–463.
Homer, Ossian, Chaucer. In: The Dial 4, April 1844, S. 290–305.
Herald of Freedom. In: The Dial 4, April 1844, S. 507–512.
Wendell Phillips before the Concord Lyceum. In: The Liberator 15, 28. März 1845.
Thomas Carlyle and His Works. Graham's Magazine 30. 1. Teil, März 1847, S. 145–152; 2. Teil, April 1847, S. 238–245.
Ktaadn and the Maine Woods. In: Sartain's Union Magazine 3, 1848. 1. Teil: The Wilds of the Penobscot, Juli, S. 29–33; 2. Teil: Life in the Wilderness, August, S. 73–79; 3. Teil: Boating in the Lakes, September, S. 132–137; 4. Teil: The Ascent of Ktaadn, Oktober, S. 177–182; 5. Teil: The Return Journey, November, S. 216–220.
A Week on the Concord and Merrimack Rivers. Boston 1849.

Resistance to Civil Government. In: Aesthetic Papers, Mai 1849, S. 189–211 [1866 (s.u.) unter dem Titel: Civil Disobedience].
The Iron Horse [Vorabdruck aus Walden]. In: Sartain's Union Magazine 11, Juli 1852, S. 66–68.
A Poet Buying a Farm [Vorabdruck aus Walden]. In: Sartain's Union Magazine 11, August 1852, S. 127.
An Excursion to Canada. In: Putnam's Monthly Magazine 1, 1853. 1. Teil: Januar, S. 54–59; 2. Teil: Februar, S. 179–184; 3. Teil: März, S. 321–329.
A Massachusetts Hermit [Vorabdruck aus Walden]. In: New York Daily Tribune, 29. März 1854.
Slavery in Massachusetts. In: The Liberator 24, 21. Juli 1854.
Walden; or, Life in the Woods. Boston 1854.
Cape Cod. In: Putnam's Monthly Magazine. 1. Teil: The Shipwreck, 5, Juni 1855, S. 632–637; 2. Teil: Stage Coach Views, 5, Juni 1855, S. 637–640; 3. Teil: The Plains of Nanset [sic], 6, Juli 1855, S. 59–66; 4. Teil: The Beach, 6, August 1855, S. 157–164.
Chesuncook. In: The Atlantic Monthly 2. 1. Teil: Juni 1858, S. 1–12; 2. Teil: Juli 1858, S. 224–233; 3. Teil: August 1858, S 305–317.
A Plea for Captain John Brown. In: James Redpath (Hg.): Echoes of Harper's Ferry. Boston 1860, S. 17–42.
Martyrdom of John Brown. In: James Redpath (Hg.): Echoes of Harper's Ferry. Boston 1860, S. 439–445.
The Last Days of John Brown. In: The Liberator 30, 27. Juli 1860.
An Address on the Succession of Forest Trees. In: New York Daily Tribune, 6. Oktober 1860.
Walking. In: The Atlantic Monthly 9, Juni 1862, S. 657–674.
Autumnal Tints. In: The Atlantic Monthly 10, Oktober 1862, S. 385–402.
Wild Apples. In: The Atlantic Monthly 10, November 1862, S. 513–526.
Excursions. Boston 1863.
Life Without Principle. In: The Atlantic Monthly 12, Oktober 1863, S. 484–495.
Night and Moonlight. In: The Atlantic Monthly 12, November 1863, S. 579–583.
The Maine Woods. Boston 1864.
The Wellfleet Oysterman. In: The Atlantic Monthly 14, Oktober 1864, S. 470–478.
The Highland Light. In: The Atlantic Monthly 14, Dezember 1864, S. 649–659.
Cape Cod. Boston 1865.
Letters to Various Persons. Boston 1865.
A Yankee in Canada, with Anti-Slavery and Reform Papers. Boston 1866.

Gesamtausgaben

The Writings of Henry David Thoreau. 10 Bde. Boston/New York 1893 [Riverside Edition]

The Writings of Henry David Thoreau. Hg. von Bradford Torrey und Francis Allen. 20 Bde. Boston/New York 1906 [Walden Edition].
The Writings of Henry David Thoreau. Hg. von J. Lyndon Shanley, Joseph J. Moldenhauer, Wendell Glick u.a. Bisher 17 Bde. [Journals komplett bis einschließlich 1854; Correspondence bis 1848] Princeton 1971ff. [Princeton Edition].
The Correspondence of Henry David Thoreau. Hg. von Walter Harding und Carl Bode. New York 1958.
Collected Poems of Henry David Thoreau. Hg. von Carl Bode. Baltimore 1964.

Deutschsprachige Ausgaben (Auswahl)
Walden. Übersetzung von Emma Emmerich. München 1897.
Walden oder Leben in den Wäldern. Übersetzung von Wilhelm Nobbe. Jena 1922.
Herbst. Aus dem Tagebuch von Henry David Thoreau. Hg. v. H. G. O. Blake. Übersetzung von Bertha Engler. Zürich 1944.
Die Welt und ich. Aus den Tagebüchern, Schriften und Briefen ausgewählt und übertragen von Fritz Krökel. Gütersloh 1951.
Leben – ein unversuchtes Experiment. Walden. Übersetzung von Erika Ziha. Zürich 1961.
Walden oder Leben in den Wäldern. Übersetzung von Emma Emmerich und Tatjana Fischer. Vorwort von Walter E. Richartz. Zürich 1971.
Walden oder Hüttenleben im Walde. Übersetzung und Nachwort von Fritz Güttinger. Zürich 1972.
Über die Pflicht zum Ungehorsam gegen den Staat und andere Essays. Übersetzung, Nachwort und Anmerkungen von Walter E. Richartz. Zürich 1973.
Leben aus den Wurzeln. Übersetzt und eingeleitet von Susanne Schaup. Freiburg 1978.
Leben ohne Grundsätze. Eine Auswahl aus seinen Schriften. Übersetzung und Vorwort von Philipp Wolff-Windegg. Stuttgart 1979. [Später: Denken mit Henry David Thoreau. Zürich 2008.]
Vom Wandern. Übersetzung und Nachwort von Heiner Feldhoff. Horn/Bad Meinberg 1983.
Leben ohne Grundsätze. Ausgewählte Essays. Übersetzung von Peter Kleinhempel, Peter Meier, Auswahl und Nachwort von Utz Riese, Anmerkungen von Brigitte Leuschner. Leipzig und Weimar 1986.
Aus den Tagebüchern 1837-1861. Hg. und übersetzt von Susanne Schaup. Oelde 1996.
Vom Spazieren. Ein Essay. Übersetzt von Dirk van Gunsteren. Zürich 2004.
Über die Pflicht zum Ungehorsam gegen den Staat. Civil Disobedience. Zweisprachige Ausgabe. Übersetzung von Walter E. Richartz. Nachwort von Manfred Allié. Zürich 2010.
Briefe an einen spirituellen Sucher [i.e. H. G. O. Blake]. Hg. von Bradley P. Dean, Übersetzung von Klaus Bonn. Wien/Berlin 2012.

Die Wildnis von Maine [The Allegash and East Branch]. Eine Sommerreise. Hg. und übersetzt von Alexander Pechmann. Salzburg/Wien 2012.
Wildäpfel. Übersetzung, Vorwort und Anmerkungen von Susanne Schaup. Leipzig 2012.
Wilde Früchte. Übersetzung von Uda Strätling. München 2012.
Ich befuhr einen Fluss bei günstigen Winden. Eine Bootfahrt auf dem Concord und Merrimack. Übersetzung, Einführung und Anhang von Susanne Schaup. Berlin 2013.
Kap Cod. Mit einem Essay von Ilija Trojanow. Herausgegeben und übersetzt von Klaus Bonn. St. Pölten/Salzburg/Wien 2014.
Vom Wandern. Übersetzt von Ulrich Bossier. Stuttgart 2014.
Lob der Wildnis. Übersetzt von Esther Kinsky. Berlin 2014.
Vom Glück, durch die Natur zu gehen [Walking]. Übersetzung von Meike Breitkreutz. Köln 2015.
Herbstfarben. Ein Winterspaziergang. Hg. und übersetzt von Susanne Schaup. Leipzig 2016.
Tagebuch I. Übersetzt von Rainer G. Schmidt. Berlin 2016.
Nacht und Mondlicht. Übersetzung und Anmerkungen von Klaus Bonn. Norderstedt 2016.
Ktaadn. Mit einem Essay von Ralph Waldo Emerson. Übersetzt und herausgegeben von Alexander Pechmann. Salzburg/Wien 2017.
Tagebuch II. Übersetzt von Rainer G. Schmidt. Mit einem Nachwort von Dieter Schulz. Berlin 2017.

Andere Quellen

Ralph Waldo Emerson: Natur. Hg. und übersetzt von Harald Kiczka. Mit einem Nachruf von Herman Grimm. Zürich 1988.
Ralph Waldo Emerson: Der amerikanische Gelehrte. In: Ders.: Drei Ansprachen. Über Bildung, Religion und Henry David Thoreau. Aus dem Englischen von Heiko Fischer. Mit einer Einleitung von Dieter Schulz. Freiburg im Breisgau 2007, S. 21–49.
Ralph Waldo Emerson: Thoreau. Ebd., S. 79–107.
Walter Harding (Hg.): Thoreau as Seen by His Contemporaries. New York 1989.
Friedrich Kapp: Die erste politische Hinrichtung in den Vereinigten Staaten. (John Brown). In: Demokratische Studien, Bd. 1, 1861, S. 289–312.
Sandra H. Petrulionis: Thoreau in his Own Time. A Biographical Chronicle of His Life, Drawn from Recollections, Memoirs, and Interviews by Friends and Associates. Iowa City 2012.

Literatur

Die US-Sekundärliteratur über Thoreau ist so umfangreich wie die deutsche über Goethe. Nicht mal ein Thoreau-Extremist kann und will das alles lesen. Ich belasse es im Folgenden bei Überblicksdarstellungen, Handbüchern und Standardwerken. Die entsprechende Spezialliteratur ist darüber leicht zu eruieren. Eine erschlagende, komfortabel erschließbare Auswahl der einschlägigen Zeitschriftenliteratur findet man zudem auf: http://www.jstor.org/.

David Bergmann (Hg.): Gay American Autobiography: Writings from Whitman to Sedaris. Madison 2009.

John Schuyler Bishop: Thoreau in Love. North Charleston 2013.

Richard Bridgman: Dark Thoreau. Lincoln/London 1982.

Henry Seidel Canby: Thoreau. Boston/New York 1939.

William Ellery Channing: Thoreau, the Poet Naturalist, with Memorial Verses. Boston 1873. Reprint: Boston 1902.

Stanley Cavell: Die Sinne von Walden. Aus dem amerikanischen Englisch von Klaus Bonn. Berlin 2014 [dt. Ausgabe von: The Senses of Walden. New York 1972].

Susan Cheever: American Bloomsbury. Louisa May Alcott, Ralph Waldo Emerson, Margaret Fuller, Nathaniel Hawthorne, and Henry David Thoreau. Their Lives, Their Loves, Their Work. New York/London/Toronto/Sydney 2006 [dt. Ausgabe: Berlin 2017].

Bradley P. Dean, Ronald Wesley Hoag: Thoreau's Lectures before »Walden«: An Annotated Calendar. In: Studies in the American Renaissance, 1995, S. 127-228.

Bradley P. Dean, Ronald Wesley Hoag: Thoreau's Lectures after »Walden«: An Annotated Calendar. In: Studies in the American Renaissance, 1996, S. 241-362.

Bradley P. Dean: The Reception of Thoreau as a Lecturer. http://thoreau.eserver.org/reception.html.

Mark Van Doren: Henry David Thoreau. A Critical Study. Boston/New York 1916.

Heiner Feldhoff: Vom Glück des Ungehorsams. Die Lebensgeschichte des Henry David Thoreau. Weinheim 1989.

Walter Harding: The Days of Henry Thoreau. A Biography. New York 1967.

Walter Harding, Michael Meyer: The New Thoreau Handbook. New York/London 1980.

Walter Harding: Thoreau's Sexuality. In: Journal of Homosexuality 21, 3, 1991, S. 23-45.

William L. Howarth: The Book of Concord. Thoreau's Life as a Writer. New York 1982.

Hans-Dieter und Helmut Klumpjan: Henry David Thoreau. Reinbek 1986.

Helmut Klumpjan: Die Politik der Provokation: Henry David Thoreau. Frankfurt/Bern/New York/Nancy 1984.

Francis Otto Matthiessen: Amerikanische Renaissance. Kunst und Ausdruck im Zeitalter Emersons und Whitmans. Wiesbaden 1948.

Joel Myerson (Hg.): The Cambridge Companion to Henry David Thoreau. Cambridge 1995.

Robert D. Richardson: Henry Thoreau: A Life of the Mind. Berkeley/Los Angeles/London 1986.

Henry Stephens Salt: The Life of Henry David Thoreau. London 1890. Reprint: London 1896.

Franklin Benjamin Sanborn: The Life of Henry David Thoreau: Including Many Essays Hitherto Unpublished, and Some Account of His Family and Friends. Boston/New York 1917.

Dieter Schulz: Amerikanischer Transzendentalismus. Ralph Waldo Emerson, Henry David Thoreau, Margaret Fuller. Darmstadt 1997.

Townsend Scudder: Henry David Thoreau. In: Spiller u.a.: Literaturgeschichte der Vereinigten Staaten. Mainz 1959, S. 402–429.

Michael Sims: The Adventures of Henry Thoreau. A Young Man's Unlikely Path to Walden Pond. London/New Delhi/New York/Sydney 2014.

Robert E. Spiller, Willard Thorp, Thomas H. Johnson und Henry Seidel Canby (Hg.): Literaturgeschichte der Vereinigten Staaten. Mainz 1959.

Robert Louis Stevenson: Henry David Thoreau: His Charakters and His Opinions. In: Ders.: Familiar Studies of Men and Books. New York 1891, S. 137–173. [dt. in Sinn und Form 4/2014, S. 480–500].

Jack Turner (Hg.): A Political Companion to Henry David Thoreau. Lexington 2009.

Bildnachweise

S. 15 National Portrait Gallery, Washington
S. 35 Past is Present, Blog der American Antiquarian Society
S. 46 American Antiquarian Society
S. 52 Past is Present, Blog der American Antiquarian Society
S. 53 American Antiquarian Society
S. 82 University of Virginia Library, Albert and Shirley Small Special Collections Library
S. 85 P.E.M. Peobody Essex Museum
S. 191 New Bedford Whaling Museum, New Bedford, MA
S. 221 Library of Congress Prints and Photographs Division, Washington D.C.

Alle weiteren Nachweise über das Bildarchiv des Suhrkamp Verlags

Namenregister